U0932896

半元社稷 半明臣

詹谷丰 著

長江出版傳媒 | 长江文艺出版社

图书在版编目（C I P）数据

半元社稷半明臣 / 詹谷丰著. -- 武汉 ：长江文艺出版社，2020.9
（文化散文经典系列）
ISBN 978-7-5702-1433-4

Ⅰ. ①半… Ⅱ. ①詹… Ⅲ. ①散文集－中国－当代 Ⅳ. ①I267

中国版本图书馆 CIP 数据核字(2020)第 094117 号

责任编辑：周　聪　　　　责任校对：毛　娟
封面设计：颜森设计　　　　责任印制：邱　莉　　胡丽平

出版：长江出版传媒 | 长江文艺出版社
地址：武汉市雄楚大街 268 号　　邮编：430070
发行：长江文艺出版社
http://www.cjlap.com
印刷：湖北新华印务有限公司

开本：880 毫米×1230 毫米　1/32　　印张：9　　插页：4 页
版次：2020 年 9 月第 1 版　　2020 年 9 月第 1 次印刷
字数：153 千字

定价：45.00 元

目　录

藏尽四库谁续书 …………………………………… 1

半元社稷半明臣 …………………………………… 56

安南的禁果 ………………………………………… 111

文烈，增城的最后背影 …………………………… 137

哑　琴 ……………………………………………… 181

一个人的《中国史纲》 …………………………… 219

远去的房客 ………………………………………… 254

藏尽四库谁续书

博尔赫斯说："天堂应该是图书馆的模样。"这个当过阿根廷国家图书馆馆长的作家，如果生前到过东莞，一定会将伦明、莫伯骥两个人的名字刻在天堂的石碑上，并且在天堂的建筑图纸上，画上"五十万卷楼"和"续书楼"，同时在天堂图书馆的醒目位置，摆上浸透了伦明终生心血的《四库全书》续书。

博尔赫斯笔下的天堂图书馆，是一个活着的读书人无法描绘的仙境，我想象中巍峨的天堂图书馆，"五十万卷楼"和"续书楼"，都是奠基的砖头和支撑穹顶的梁柱。

一

伦明出生的时候，《四库全书》以国宝的珍贵收藏在皇宫的文渊阁里。一个南海岸边名为望牛墩的乡间孩子出生，他与众相同的呱呱哭声里，所有算命卜卦测字的半仙，都无法看出这个孩子日后与一部浩如烟海的丛书之间的关联。后人只能通过他的家族文化传承和姓名字号找到一个续书者的蛛丝马迹。

字号，是一个读书人姓名的延续和补充。清朝光绪四年（1878年）出生的伦明，用哲如、哲儒、喆儒、节予、哲禹等书香弥漫的汉字做了他的称呼。在《横沥伦氏族谱》繁体竖排的汉字中，后人看到了伦文叙的大名。

伦文叙是我少年时代从说书人口中知道的传奇式人物，他集中了少数民族的阿凡提和汉族解缙的智慧，他与湖北才子柳先开用对联斗智的故事，演变成了神话，像树根一样深深地扎在我心里。

民间的鬼才，在文人才子的笔下回归了人的真容。明朝朱国桢在《涌幢小品》中有如下记载：

> 伦文叙，字伯畴。头颅大二尺许，长身玉立。以儒士，御史收遗才，考遂中式，举会元、状元。广西全州舒尚书应龙之子弘志，儒士，中第六。其年试录五策，皆用其稿。次年丙戌举南宫廷试，上亲拔一甲第三。伦以谕德卒，年四十七。舒不踰年卒，年仅二十余，皆可惜也。伦之子以谅，乡试第一，辛丑进士，官通参。以训，会试第一，廷试第二，官祭酒。以诜，进士，官郎中。父子殆占四元矣。

我愿意把伦明日后入县庠，补廪生，拜师康有为，乡试中举，拣发广西知县，就读京师大学堂，以及后来任教两广方言学堂、浔州中学堂、北京大学、辅仁大学、北平民国学院的经历视为他散尽家财搜书藏书，为《四库全书》续书的起源。如果说，伦明续书《四库全书》是海明威笔下的老渔夫桑提亚哥钓到的大马林鱼，那么伦明此前所经历过的一切，都是大马林鱼上钩之前的渔船、钓竿、诱饵、长线、食物、匕首等准备的漫长过程。后来的读者，看到的只是那条一千五百磅的大鱼和海上的历险，却忽视了那些平淡的准备过程。

如果说《四库全书》是一个帝王的文化伟业，那么，续书《四库全书》就是一介书生的最大梦想。在伟大的汉字中，平民伦明与乾隆皇帝之间搭建了一座长桥。

读书和藏书，是伦明续书《四库全书》宏大理想的一粒种子。这粒种子入土、发芽、长叶、开花，没有人留意到那些漫长的光阴。

十一岁的时候，伦明随知县任上的父亲伦常居住江西崇仁，遍读家中藏书。听私塾先生说南昌书肆林立，可以购到自己的心仪之书，便开列书单，托县衙差人解饷的机会，到省会买书。年终时，父亲召集伦明诸兄弟，询问赏钱，兄弟们争先恐后亮出积蓄，只有伦明不剩分文。父亲以为伦明不知节俭，面露愠色，乃至声色俱厉，伦明坦言购书之事，父亲初时不信，后来竟被儿子购书丰富和广泛涉猎折服。

后来的《续书楼藏书记》记载了这个不为人所知的细节。伦常说："孺子亦解此乎？善读之。"伦明则言："溯聚书所从始也。"

清光绪十五年（1889 年）伦常卒于江西任所，伦明迫不得已回到东莞故里的时候，才是 12 岁的舞象年华。罗志欢先生在《伦明评传》中认为："因受父亲熏陶，此后教书、藏书、续书《四库全书》成了伦明生活的重心，一生与'书'结下不解之缘。"

罗志欢先生采用了模糊和跳跃的方式，隐去了伦明与《四库全书》结缘的具体年代和日期，《伦明评传》用搜书和藏书的情节，指向了一个读书人的终极目标：续书。

倒是最了解伦明搜书藏书的岭南才女冼玉清教授，为伦明藏书的时间做了一个年代上的大致界定。在《记大藏书家伦哲如》一书中，冼玉清说："五十年来，粤人蓄书最富而精通版本目录之学者，当推东莞伦哲如先生。"

二

《四库全书》，是一个国家的文脉，同时也是一个读书人的命运。

只有一个站在盛世里的帝王，才会在威严的龙椅上想起汉字，想起用无数汉字排列组合的巨书。

乾隆皇帝的伟大设想产生于安徽学政朱筠的一封奏折。乾隆三十七年（1772 年），朱筠上奏，建议各省搜集前朝刻本、抄本，

“沿流溯本，可得古人大体，而窥天地之纯”。

帝王的龙颜在安徽学政的上书中大放喜悦，乾隆皇帝想起了明朝的《永乐大典》，那部成祖皇帝下令编纂的巨书，以一万多册的巨幅引领了中国所有的典籍，可惜被战火焚毁，它用藏之书库秘不示人筑成的金汤也无法抵御乱世的兵燹。藏在南京的原本和副本几乎全部化为灰烬。

在没有战争和领土扩张的盛世繁荣中，一个帝王的最大雄心转化成了汉字和典籍。纸页虽然轻薄，但用它承载的汉字却可以用书的形式展示一个帝王的抱负。一个王朝的盛世，不是残阳里的人头和鲜血，而是纸页上的歌舞升平，是阳春三月的清明上河图。

安徽学政朱筠的上书，成了那个年代的合理化建议，而乾隆皇帝的表态，化作了“四书全书馆”的设立。

故宫学研究员、散文家祝勇在《故宫的隐秘角落》一书中描述了《四库全书》的滥觞：

> 只有在乾隆时代，在历经康熙、雍正两代帝王的物质积累和文化铺垫之后，当“海内殷富，素封之家，比户相望，实有胜于前代”，才能完成这一超级文化工程，而乾隆自己也一定意识到，这一工程将使他真正站在“千古一帝”的位置上。如果说秦始皇对各国文字的统一为中华文明史提供了一个规范化的起点，那么对历代学术文化成果全面总结，则很可能是一个

壮丽的终点——至少是中华文明史上一个不易逾越的极限。

我没有在故纸堆中找到《四库全书》启动的具体日期，我推断乾隆时期，一定不会有如今工程开工时盛大的庆典仪式，也不会有由秘书起草的领导讲话和剪彩及锣鼓。文字的仪式，最适合在安静的环境中进行，最适合在肉眼看不到的心灵深处开始。我只是在今人的著作中寻到了《四库全书》完成的大概时间。

祝勇在《文渊阁：文人的骨头》一文中说："乾隆四十六年（公元1781年）十二月，历经十年，第一部《四库全书》缮写完成。三年后，第二、三、四部抄写完成。又过六年，到乾隆五十五年（公元1790年），最后一部（第七部）《四库全书》抄完了最后一个字，装裱成书。"

由此推断，《四库全书》这项史无前例的国家文化工程，奠基于乾隆三十六年（1771年）十二月。经、史、子、集，四个汉字，几乎将乾隆之前中国古代所有的大书囊括其中。在乾隆这个既懂业务，又代表了国家最高权力和意志的帝王召唤下，一大批文化精英陆续走进了四库全书馆。

我在线装的古籍中，管窥到了那些与《四库全书》紧密关联的名字：戴震、于敏中、纪晓岚、陆锡熊、孙士毅、姚鼐、邵晋涵、周永年、余集、杨昌霖……这些照亮了中国文化夜空的大学者，聚集起来的文化重量，超过了巍峨的泰山。这份编纂者的名单太长了，我单薄的稿纸上无法容纳满天的灿烂繁星，所以后人经常以“鸿才硕学荟萃一堂，艺林瀚海，盛况空前”之类的行话来形容描述。在史料的记载中，《四库全书》正式列名的编纂者达360多名，而那些从全国各地层层遴选产生担任抄写的馆阁体书法家们，更是达到了3800多人。

只有这么多的学者和这么多的缮写人员，只有十年的漫长时间，才能让汉字堆码成一座书籍的珠穆朗玛峰。

回到乾隆四十六年（1781年）十二月，后人无法从文字史料中看到锣鼓鲜花，或许《四库全书》从受孕到出生的漫长十年中，从来都没有过庆典的仪式，后人能够看到的是，以“四库”命名，以“全”字修饰的巨书，排列在皇宫的文渊阁里。在祝勇先生的描述中：“乾隆第一次站在文渊阁的内部，背着手，望着金丝楠木的书架上整齐码放的一只只书盒，心底一定充满成就感。那些书籍，是用木夹板上下夹住，用丝带缠绕后放在书盒中的，开启盒盖，轻拉丝带，就可以方便地取出书籍。乾隆还特许在每册书的首页钤‘文渊阁宝’印，末页钤‘乾隆御览之宝’玺，以表明自己对《四库全书》的那份厚爱。时隔两百余年，我仍然听得见他黑暗中的笑声。”

乾隆皇帝对书检阅之后产生的满足感和自豪感，是后人能够想象得到的逻辑。《四库全书》在经、史、子、集的分类中，收入了3461种、79309卷图书，这些图书包括早已绝版、失传了的许多珍品，共装订成36300册，6752函，皇皇九亿多字。

没有人从体积上描述过《四库全书》的巨大，我能够想象到的是，金碧辉煌的文渊阁，此刻成了排列在金丝楠木架上的《四库全书》的华丽函套，乾隆皇帝自信的笑容，成了《四库全书》最生动的封面。

三

《四库全书》第一次排列在文渊阁里接受乾隆皇帝检阅的时候，光绪四年（1878年）出生的伦明是不可能看见人类历史上文字和图书的壮阔场景的。

伦明出生的地方离我居住的东莞莞城近在咫尺。每次我去那个名为望牛墩的小镇时，总是被一个关于牛的故事羁绊，从来没有在那里找到与《四库全书》关联的半张纸片，也不知道日后以续编《四库全书》为使命的“破伦”先生从这里发源。这个现实，印证了我后来对书的认识：书籍这个世界上最神奇的魔法师，它隐身的时候，小如一个人的巴掌，可以藏在读书人的指间。只有展开之后，才如同铁扇公主的芭蕉扇，可以扇风灭火，可以看见大千世界，宇宙洪荒。

二十年之后，我无意中在东莞市中心广场上看到伦明的青铜像时，才认识了这个从望牛墩乡间走出来的先贤。伦明身穿长衫，眼睛在镜片的掩护下眯成了一道缝，我端详许久，终于看到了伦明命中的那一张纸和纸上的文字。

伦明的图书，最早源于他父亲的收藏。

伦明的父亲伦常是个与书有缘的人。《伦明评传》记载："年二十八中咸丰十一年（1861）辛酉科乡试举人。伦常善诗工书，与同乡谢荩臣、邓蓉镜等皆一时名士，时有唱和。"光绪十三年（1887年）伦明十岁的时候，随江西崇仁知县任上的父亲迁居，就读于崇仁县衙斋。父亲的藏书，在伦明幼小的心中，留下了不灭的印象："予先代居望乡，藏弃图书甚多，自移居后，全散失矣。"又说，父亲夙好书，所至以十数簏自随。伦明的回忆，印证了他父亲在崇仁知县任上建毓秀书院，将自家藏书尽数捐献书院，供仕子课读的事实。

没有史料记载伦明与《四库全书》结缘的具体年代，我只能从伦明藏书的范围和目的性上推断一个学者治学的轨迹。

伦明的书斋命名与众不同，去除了地域或环境的因素，也不张扬个人藏书的数量，却以个人终生的心态作为理想的旗帜。续书楼，暗藏了《四库全书》的体量，又体现了一个读书人的伟大抱负。在研究者那里，伦明的目的更加简洁明确："为了表明续修《四库全书》的志向和决心，遂将家中藏书处命名为'续书楼'。"

以"续书"两字命名的书斋，为伦明所独有。文化人多以静、雅、趣等汉字命名书房，赋予它读书写作的日常功能，极少有人像伦明一样，凭一己之力，用一生时间，完善补充作为国家文化工程的巨书。

苏精先生的《近代藏书三十家》一书，伦明的名字和盛宣怀、张元济、傅增湘、梁启超、张寿镛、莫伯骥、周叔弢、郑振铎等大家并列，从藏书数量的丰富以及学界地位影响力而言，伦明无法与他们并驾齐驱，然而，就藏书的功能、目的和志向而言，却无人可以与伦明比肩。所以，伦明用续修《四库全书》这个几乎不可能完成的宏伟目标，作为自己藏书室的命名。

“续书楼”这个独一无二的命名，发源于伦明读书的思考。在《续书楼藏书记》和《伦明评传》中，我看到了伦明“续书楼”建立的基石和伦明心中的那张建筑图纸：

> 与其他藏书家不同，伦明藏书目的很明确，就是要续修《四库全书》。原来伦明读书眼光别具一格，他认为“书至近代始可读”，以为乾隆时编纂的《四库全书》并不完备，于清代尤为疏漏。他指出此书有三大缺点：一是由于七阁抄本“急于完书，以致缮校不精，讹错百出”。二是参加编修的大臣不识版本，往往以劣本充数，随意删节和篡改书中的内容。三是忌讳太多，遗书未出，进退失当。因此，这部书大有增补、校勘和续修的必要。为了表明续修《四库全书》的志向和决心，遂将家中藏书处命名为“续书楼”。

没有资料记载伦明藏书的数量。与伦明的朋友，东莞的另一藏书家五十万卷楼主莫伯骥相比，伦明藏书的数量当不可能超出。苏精先生认为，伦明藏书范围多为清人的诗文集，“而莫伯骥的五十万卷楼”顾名思义即是以量取胜了。在他之前，广东藏书家以卷数名楼的是清末同光之际的孔广陶“三十三万卷书堂”（即岳雪楼），莫伯骥后来居上，五十万卷的声势惊人，直逼近代我国藏书第一的刘承干“嘉业堂”六十万卷。他的藏书之多居民国以来广东第一，确是翕口同声公认。

对于以续修《四库全书》为目标的伦明来说，藏书数量多寡仅是一个方面，搜集收藏清人诗文集却更为重要。幸好那些黄脆的资料，留下了伦明藏书的时间轨迹和光阴年轮。所有的研究资料一致表明，伦明搜藏书籍的基础，奠定于他光绪二十八年（1902 年）入读京师大学堂之时，而这条路的另外一头，大约终止于辛亥革命。此后抗日战争的炮火，严重地阻挡了他搜藏书籍的进程。

四

一个以搜藏书籍续修《四库全书》为人生目标的读书人，他的人生履历却并不像战争那样惊险和曲折。

作为藏书家，伦明的生平只是广东至北京之间一条漫长的直线。而这条长线上的每个绳结，都与读书、访书、买书、卖书、抄书、校书、藏书、编书关联。

光绪二十八年（1902年），二十五岁的伦明进入京师大学堂学习。由于住在烂缦胡同的东莞会馆，他从光绪十八年的探花东莞人陈伯陶那里借到了一本《四库全书略注》，用工整的小楷抄录下来。

十三年之后，伦明再次北上来到北京的时候，已经将他多年收藏的精善书籍随同带来，那些书，成了他生命的一部分，而且，他还远赴上海等地访书，用书籍延续着生命。伦明作为北京大学教授的职业与身份，也从1917年开始。

《四库全书》，是乾隆皇帝的血肉，从它出生的那一天开始，乾隆就为它的未来作了精心的安排。

任何一本书，都有自己的外衣，即使朴素的大众读物，也会用厚纸做成封面，为内部的纸页和文字遮风挡雨。精装书，用坚硬的纸板做衬底，再用皮革、丝、棉、亚麻、人造革、漆布、聚氯乙烯涂料纸等作面料，在保护性功能增强的同时，突出了书籍的坚固、耐用、美观。在书籍进化的漫长过程中，诞生了环衬、护封、腰封、平装、精装、豪华本、圆脊、平脊、条码、书签带、书耳、书角、书脚、飘口、书根、书顶、堵头布、勒口等繁多的名词，这些组成一部书的外观要素，就是人类的衣裳，是皇妃头上的凤冠，是女性的翡翠华盛和金玉宝钿。

至于与线装书形成了血缘关系的函套，则是贵重书籍保护的房屋，函套用最贴心的方式，呵护了文字和纸页的冷暖。

作为一个热爱文字，一生写过四万多首诗的帝王，乾隆皇帝肯定想起过函套这种书籍保护的形式。帝王的想象，超越了凡夫俗子的有限边界，让工匠们思维止步的函套，显然不能限制乾隆皇帝对一部巨书保护的宏观想象。文渊阁，就必然成为《四库全书》的巨大函套。

我在巨大的故宫中寻找文渊阁，故宫的宏大迷宫和时间的限制一次次让一个购买门票进入的游客空手而归，喧闹的旅游者和故宫的隐秘是大小宫殿的厚重帷幕，陌生人无法加入宫廷的游戏。我只能在祝勇先生描述故宫的散文中发现文渊阁的真身：

> 文渊阁在故宫的另一侧，也就是故宫东路，原本是未开放区，今年（2013年）4月才刚刚对外开放。从太和殿广场向东，出协和门，透过依稀的树丛，就可以看见文华殿，文渊阁就坐落在文华殿的后院里。

在一个读书人的眼里，文渊阁的每一块砖瓦，在漫长的时光里，成了中国文字经典的坚硬护封，成了《四库全书》的保护神。乾隆皇帝的私家图书馆，成了人类建筑中的圣殿。

乾隆是一个有为的帝王，他的眼光，超越了属于他的那个时代。然而，他无法看到故宫的易姓换代，更不能预测《四库全书》的未来和最终命运。

光绪二十六年（1900年）出现的义和团，是《四库全书》劫难的导火索。义和团在帝国列强对中国的欺凌中产生，是菜园里必然结出的一个苦瓜。在“扶清灭洋”的旗帜下，义和团拔电杆、毁铁路、烧教堂、杀洋人、打教民，导致了英、美、法、德、俄、日、意、奥匈八个国家的军队入侵。八国联军以镇压义和团的名义，大肆瓜分和掠夺中国。

史料的记载中，这支大约5万人的军队在北京所向无敌。侵略者将对义和团的仇恨扩张到了古老帝国和它所有的子民。北京古城沦陷于1900年8月14日，除了杀人放火之外，皇家禁地紫禁城、中南海、颐和园成了他们偷窃和抢掠的宝库。

在八国联军的强盗暴行中，中国就是一个被咒语打开了石门的巨大宝库，金银珠宝之外，宫廷、王府以及民间的藏书楼，都是他们掠夺的对象。上海广益书局1913年出版的《都门识小录》有如下记载：“庚子拳乱后，四库藏书残佚过半，都人传言，英、法、德、日四国运去者不少。又言洋兵入城时，曾取该书厚二寸许、长尺许者以代砖，支垫军用等物。”一场劫掠，圆明园文源阁中的《四库全书》和御河桥翰林院藏书以及王府名宦所藏典籍，均被夺走，还有许多书籍，漏网之鱼一样散落到了民间。

《四库全书》的每一张纸页和书上的文字，都是人类生命的载体。九泉之下的乾隆皇帝，在陵寝中尸骨疼痛，但是，他无法在万众朝拜的威严中站立起来，重新回到他的辉煌之中。

幸好，古老中国的辽阔大地上，还有文津、文溯、文宗、文汇、文澜藏放了乾隆皇帝梦想的五处宝阁。在帝王的想象中，强盗的魔爪再长，也不会伸到那些遥远的地方。

五

伦明不在《四库全书》遇难的现场，但他在遥远的南方感受到了文明毁灭的痛楚。一年之后，以京师大学堂学士身份来到了北京的伦明，仍然在宫墙上看到了战火的创伤，在夕阳里看到了中华文明的灰烬。

一百多年之后，我在文字中看见了 25 岁的伦明在北京的身影。在《续书楼藏书记》中，伦明记载了自己的踽踽脚步。“壬寅（1902 年）初至京师，值庚子之乱后，王府贵家储书大出，余日游海王村、隆福寺间，目不暇给，每暮必载书满车回寓。”

伦明自述的文字简洁，惜墨如金，但北京古籍出版社 1982 年出版的《天咫偶闻》一书，为伦明的购书藏书提供了一个清晰的背景：

> 大抵近来诸旧家皆中落，子弟不复潜心学业。每一公卿即世，其家所出售者，必书籍字画也。市贾又百万觸之，不售不止，售不尽不止。有自国初守之至今，亦荡尽者。

伦明与北京海王村，是一个续书四库者命中注定的缘分。

海王村，如今已经沦落为一个非常陌生的地名，二十世纪九十年代初，我曾经多次到过那个地方，却不知道那个散发着文字墨香的繁华街道有过一个乡村的名字。是伦明，让我在古籍的字里行间了解到了海王村的前世今生。

海王村，如今被遐迩闻名的“琉璃厂”三个字取代。然而，在伦明疯狂搜书的那个年代，“海王村”，却是一个地方的大名和学名，而琉璃厂，只是它附加的一个字和号。

辽金时代，海王村只是紫禁城外的一处郊区。到了元朝，这里开设了烧制琉璃瓦的官窑。由于明朝修建宫殿的需要，官窑规模扩大，此地不仅成了朝廷工部的五大工厂之一，后来更是建起了海王村公园。北京城里最早的大型图书古玩市场就在此形成。海王村和琉璃厂的血缘关系，“先”与“后”两个汉字就是它们最准确的界定。

我在琉璃厂一次次走过的时候，从来没有将这些街道和书店同《四库全书》联系起来。后人的粗疏，并非故意，只是由于时光久远，岁月倥偬，山一般的《四库全书》，隐藏在乾隆皇帝精心设定的藏书阁里。目光炯炯的乾隆皇帝虽然具有超常的预见，却也无法细致地想到，琉璃厂，这个《四库全书》滥觞的地方，日后会成为一个梦想续书《四库全书》的书生日日流连散尽家财的搜书之地。

乾隆三十八年（1773 年）朝廷开馆修纂《四库全书》的时候，

海王村这个地名日渐淡薄，而琉璃厂这个名字却因为古董玩物古籍图书而声名日隆。琉璃厂的另一种景观由一批学富五车的鸿儒耆宿组成，这是修建《四库全书》巍峨文字金字塔的杰出工匠群体。为了考证典故，这些编纂者经常去琉璃厂访书购书，切磋学问，琉璃厂无意中成了《四库全书》的第二个编纂处。清人翁方纲在《复初斋诗集》中记载了《四库全书》编纂的一个情景："每日清晨，诸臣入院，设大厨供茶饭。午后归寓，各以所校阅某书应考某典，详列书目，至琉璃厂书肆访之。"

《四库全书》的滥觞之处，一百多年之后，成了伦明的寻根之地。乾隆三十八年（1773 年），《四库全书》编纂者们在琉璃厂出入的忙碌，为民国时期的北京大学教授伦明提供了一幅文化的背影。

伦明的访书购书藏书，起于续修《四库全书》的目的，所以，他与书的因缘，贯穿了一生。光绪二十八年（1902 年），第一次来到北京的伦明，只是一个京师大学堂的学生，琉璃厂就成了他经常光顾的地方，1917 年，伦明重回京都，受聘为北京大学教授之后，琉璃厂更是他出入往返的私家菜园。书籍，成了一个续书者的命之后，伦明的执着乃至迂腐，就发酵成了琉璃厂的流行故事，"破伦"这个不无贬义的名词，就成了一个书生的绰号。

"破"，在任何一个时代，都是贫苦的证明，都是寒酸的讽刺。民国时期的教授，收入待遇高于常人，购房屋、买汽车之类的高消费，都是一个文人正常收入的体现。只有伦明，被人用“破”字修饰，成了一个大学教授的嘲讽。我在久远的资料中，找到了“破伦”这个名词的来源：

> 他为了购置图书，不惜四处搜求，如无余财，借债、押物也是常有的事。教书之余，他总是身披一件破大衣，脚蹬一双破鞋袜，出没于大小书摊之间，凡有用之残篇小册，断简零书，无不收纳。久而久之，北京大小数百家书铺伙计，沿街书摊小贩无不认识这位先生，大家乐于向他提供图书信息，打趣地称他为“破伦”。

“破”，显然是伦明的心甘情愿。伦明家境并不富裕，又无官职支撑，他的每一本书，都是自己省吃俭用节衣缩食换来的。伦明自述：“余一窭人耳，譬入酒肉之林，丐得残杯冷炙，已觉逾分，遑敢言诸藏哉？”当他为了购书变卖家当，动用妻子妆奁时，夫妻矛盾无法避免。面对妻子的怨言，伦明写诗自嘲：“卅年赢得妻孥怨，辛苦储书典笥裳。”

伦明对书的热爱与感情，超越常人，令许多藏书家自叹不如。伦明曾用诗记录过自己的爱书境界：“我生寡嗜好，聚书成痼疾。佳椠如佳人，一见爱欲夺。”

孙殿起先生的《记伦哲如先生》一文中，曾讲述过一个伦明购书的故事：

一日，伦明偶然听说琉璃厂晋华书局新近购进一批图书，便赶忙跑去看。见书目中有一部《倚声集》，心中窃喜，这正是他久访未得之书，便要购买此书。但书肆中人告知，刚刚派店里的伙计送往某宅了。伦明闻之，焦急万分，赶紧乘人力车追赶，他吩咐车夫抄近路，快跑，在某宅门外等着送书的伙计。一会，该店伙计夹书包而来，不等进门，便将所喜好之书半路“打劫”了。

我在陈旧的黑白照片上看到过 20 世纪 30 年代的隆福寺。那个年代，“破伦”也是这里的常客。这处坐落在北京东四北大街西的繁华之地，最盛时约有旧书铺四五十家，鳞次栉比。琉璃厂和隆福寺，因为搜书的因缘，与胸怀续书大志的伦明连在了一起。那个时候，伦明住在距琉璃厂和隆福寺不远的北京上斜街东莞会馆，他的房屋，成了书籍的家，人却难以插足。他的藏书，房间码放不下，便移出室外，堆至屋檐下。另外 400 多箱藏书，只得寄身烂缦胡同的旧东莞会馆。数百万册藏书，堆成小山，伦明便雇了一个叫李书梦的人专门看管和晒书。

续书楼，只有“破伦”这个名词，才能当得起它隐藏的抱负与雄心。

六

那一年，散文家祝勇来东莞讲学。伦明的故乡，让他感受到了浓郁的文化气息。机缘巧合，那天晚上我们就餐的酒店有一间以“文渊阁”命名的包厢。这个日后写了《文渊阁：文人的骨头》这篇影响极大的历史散文的作家，停住了脚步，仔细打量起那块庄重的镏金木牌，发出了一声“大胆”的深沉感叹。

“大胆”，这两个具有金属般重量的汉字，是一个学者和散文家对商人的轻视，更是代表了续书楼主人对文化滥用的强烈不满。我的脸，在祝勇先生的棒喝里，慢慢地红起来。

续书楼主人的家乡，已经没有了文化的敬畏，“文渊阁”这个名词，在商人的心里，充满了铜臭。

东莞的“文渊阁”里，只有我们几个人吃饭，大家兴味索然，草草结束。我们内心知道，文渊阁，不是一个摆放酒菜的场所，三万六千多册古书和近十亿字的重量，是任何一群美食的饕餮者所无法撑起的文化泰山。

乾隆皇帝的眼光，后人已经无法想象。乾隆皇帝知道，帝王的陵寝再宏大，也无法安置《四库全书》的图书馆。所以，文渊阁之后的文源阁、文津阁、文溯阁、文宗阁、文汇阁、文澜阁，就是他陆续为《四库全书》精心建筑的宫殿和后事安排。在乾隆皇帝的文化布局中，帝国辽阔的疆土可以阻挡强盗的脚步，确保《四库全书》的安全。

从乾隆四十一年（1776 年）文渊阁建成至乾隆四十八年（1783 年）文澜阁竣工，珍藏《四库全书》的七座阁楼在辽阔的中国大地上南北分布。紫禁城、圆明园、承德避暑山庄、沈阳故宫、镇江金山寺、扬州天宁寺、杭州圣因寺七处吉祥的地方，就成了《四库全书》安置的福地，那七个地名，就化身为乾隆皇帝文化理想寄托的洞天。

七套大山一般的《四库全书》在七座藏书阁中安放完毕的1782 年，距离乾隆皇帝下诏建“四库馆”刚好过去十年。七座藏书阁，被读书人称为北四阁与南三阁，它的另外一个统称是，内廷四阁和江浙三阁。乾隆皇帝为《四库全书》命运的安排布局，后人已经无法看穿历史的心机。我们只能从除“文宗”之外的六个阁名中，看到一个贯穿始终的“水”字，这个最常见的汉字偏旁，代表着帝王的隐忧，乾隆皇帝，想用天一生水的吉祥，让《四库全书》隔绝火患，万世平安。

生活用火，始终没有成为《四库全书》的灾难，但是，战争的烈焰，却超出了乾隆皇帝的掌握。乾隆皇帝不可能预见，庚子事变的战火，会给《四库全书》带来灭顶之灾。

以《四库全书》焚毁为标志的文化劫难，镇江的文宗阁首当其冲。鸦片战争时期英军用强盗的抢掠使文宗阁遭受了第一次创伤，而太平军的炮火则让它在咸丰三年（1853 年）焚为灰烬。战火蔓延之后，扬州天宁寺内的文汇阁和杭州圣因寺中的文澜阁也无法幸免。江浙三阁，成了《四库全书》的最早噩运。当年在《扬州画舫录》里以“千箱万帙”繁盛面目出现的江浙三阁，经受不起烈火的焚毁，残骸全无。乾隆皇帝苦心孤诣建造起来的纸上帝国，在战争面前土崩瓦解。

文源阁，七年之后，成了圆明园薨殂的陪葬。英、法两国士兵掠尽了园中的珍宝，为了掩盖他们的强盗行为，最后用一把火焚毁了古老国家象征的万园之园。五天五夜的大火，北京城中飘浮的灰烬，让正在茶楼上品茶后来就任湖南巡抚的江西人陈宝箴失声痛哭。一个国家的痛楚，在陈宝箴的泪水中体现。

藏书七阁，在不到八十年的时间里，就毁灭了四阁。在内忧外患的乱世中，没有“万无一失”这个成语的生存空间，所谓的固若金汤，远不是战火和枪炮的对手。乾隆皇帝的心血，在能够熔化钢铁的烈焰中化成了文字的灰烬。

伦明出生的时候，时光已经来到了光绪四年（1878 年），一个后来者无法看到藏书七阁的建成与焚毁，他只能用一个书生的锥心之痛面对那场文化毁灭，然后用个人的微薄之力，为中国这部千疮百孔的大书做一点点修补。东莞人宴请的文渊阁，糟蹋了汉语中那个最美好的名词，所幸，东莞人伦明，用藏书家、学者、教授和

《四库全书》续书者的清誉，为这个无视文化的酒楼挽回了一点东莞的颜面。

东莞，远离北京，远离《四库全书》的所有现场，对《四库全书》的劫难，对藏书七阁苦难命运的疼痛，没有人超得过伦明。伦明穷尽一生，用一介读书人的微薄之力，修补文化，实在是东莞的幸运与光荣，东莞的伦明，是一个可以与他的乡贤何真、袁崇焕、张家玉并肩的英雄。

每次来到东莞城市中心的那家宾馆，我都会想起散文家祝勇那句“大胆”的棒喝。我早已是一个户籍意义上的东莞人，虽然与东莞的粤语方言仍旧格格不入，但我想，如果每一个来到文渊阁吃饭的粤人，能够通过门楣上那块镏金木牌，想起伦明，想到《四库全书》，文渊阁的这块牌子，一定会闪耀文化的光芒，照亮那些荒芜了的人心。

七

时光久远，已经无从知道伦明从何时开始，立下续书四库的宏愿。后人只能从他藏书的选择上，推断他人生的轨迹，找到他与《四库全书》交融的契机。

《伦明评传》的作者罗志欢先生认为：“与其他藏书家不同，伦明藏书很明确，就是要续修《四库全书》。”《近代藏书三十家》

一书，对于伦明藏书的目的性，有着更明确的时间分期：

> 伦明自己藏书颇重清人撰著，所以对《四库》所收书范围之褊狭，既收书内容之讹误、未收书种类之繁多都非常了解，因此他主张《四库全书》应予增补、重校、续修，三项中又以后者为最重要。伦明从民国十三年（1924年）起立志续修库书，自号室名“续书楼”。

续书《四库全书》，不是伦明一时的心血来潮，将一生的时光和所有家财投在海洋一样的文字上，他并没有不沉的航船，前方也没有指引方向的航标，但是，伦明却义无反顾地上路了。

史无前例的《四库全书》，是乾隆皇帝钦定的国家文化工程，是古老中国一张容光焕发的脸，伦明用别具一格的眼光，读出了一部巨书的缺陷，看到了国家脸上的几粒黑痣。伦明认为：《四库全书》并不完备，于清代尤为疏漏。一是由于七阁抄本急于完书，以致缮校不精，讹错百出；二是参加编修的大臣不识版本，往往以劣本充数，随意删节和篡改书中的内容；三是忌讳太多，遗书未出，进退失当……

《四库全书》的先天不足，并非伦明独具只眼，从光绪十五年（1889年）国子监祭酒王懿荣首次倡议续书之后，不断有响应和附和的声音。我在《文渊阁：文人的骨头》一文的注释中，找到了更为尖锐的续书理由：

为维护统治，清廷大量查禁明清两朝有所谓违碍字句的古籍。据统计，在长达十余年的修书过程中，"荦荦大者文字之狱共有三十四件"。禁毁书目3100多种（另一种说法为2855种）、15万部以上。同时，还对古籍进行大量篡改，如岳飞的《满江红》名句"壮志饥餐胡虏肉，笑谈渴饮匈奴血"，"胡虏"和"匈奴"在清代是犯忌的，于是《四库》馆臣把它改为"壮志饥餐飞食肉，笑谈欲洒盈腔血"。张孝祥的名作《六州歌头·长淮望断》描写孔子家乡被金人占领"洙泗上，弦歌地，亦膻腥"，其中"膻腥"犯忌，改作"凋零"。

自有文字以来，中国从来没有一套书像四库这样，受人关注，被人记挂。许多读书人，将续修《四库全书》上升到抢救中华文化典籍的高度。《四库全书》成书之后的二百多年间，许多文人为完善《四库全书》，历尽艰辛，大海捞针一般搜集《四库全书》有意忽略遗漏的著作。《伦明评传》的作者罗志欢教授说：

自嘉庆初年阮元购得《四库全书》未收之书254种，并按照《四库全书总目》的格式，为各书撰写提要一篇，将书及提要一并进呈内府，以供嘉庆帝御览，首开续修《四库全书》之路。光绪十五年（1889）六月十六日，翰林院编修王懿荣上书，恳请“重新开馆，编纂前书”。尔后代有学人为之奋斗，逐渐形成一股续修的声浪。至1946年止，续修之倡竟达十次之多。他们围绕着《四库全书》及《四库全书总目》进行了各方面的研究和探讨，有的集其禁毁、未收之书；有的探讨其版本；有的订其讹误；有的述其征集与纂修等。

伦明在阮元、王懿荣等前辈之后出场，由于没有锣鼓震天鞭炮齐鸣的戏剧场面，所以少有人知道，伦明是续修四库这出大戏的主角。罗志欢先生在接下来的文章中介绍：

遗憾的是，十次续修，全是纸上谈兵，议而未决，极少付诸行动，仅第六次（1925年）当局利用日本退还庚款先续修提要，至1945年8月前共修得《续修四库全书提要》稿“二三万篇”。第八次（1928年）“校勘全书，续修书目，同时并举”。曾辑续修书目一万余种。伦明主张续修《四库》和续修《提要》最力，从其1921年致书陈垣，请求校雠《四库》，续修《提要》以来，至其逝世前二十多年间，伦明一直参与其中，是主张续修《四库》诸人中既有理论又付诸实践的先行者。

续书《四库全书》，是一个群体的声音。在一场文人的大合唱中，伦明的声音最为高亢、洪亮，而且，伦明唱、念、做、打的功夫，在接下来的戏剧情节中，征服了所有观众。

1921 年 9 月，伦明辞去了北京大学教席，将所有的时间，专心用于《四库全书》的续修。伦明非常清楚自己工作的意义和价值，在同年 12 月 26 日写给教育部次长陈垣的信中，他从国粹兴亡的高度，阐述了续修四库的重要性：

> 编订一应之书目，以待搜求也。查教部直辖之图书馆，收藏非不富，然皆就旧有而保存之，初未调查我国现存之籍共有若干。例如经部，除四库所录外，其未收者若干种。在修四库后成书当时未录者若干种。或旧本尚存，或尚有抄本。其最精要之某种则不可不多方求之，或就藏书家移录之。盖此图书馆为全国之模范，其完备亦当为全国冠。况迩来旧书日少，且多输出，私家藏贮，不可持久。若无一大图书馆办此，则国粹真亡矣。

伦明自知个人力量微薄，不足以推动续书四库的火车，他给陈垣写信，其意在于借助政府的公权之力，完成续修四库的大业。然而，五个月后，陈垣辞去了教育部次长，伦明的计划化为了泡影。

一生藏书，只为四库。伦明续书的理想，从来没有被坚硬的现实粉碎过。一个不折不挠的人，不可能被陈垣辞职的挫折击倒。如果说，《四库全书》是王屋与太行，那么，伦明就是那个不回头的愚公。1924 年的一天，他同乡人胡子俊谈论续书《四库全书》时说："此书宜校、宜补、宜续，而续最要，且最难。"胡子俊问："谁能为者?"伦明当即答道："今海内不乏绩学，但苦无凭藉，独我能为之耳。"

读《伦明评传》的时候，我被这句豪言深深震慑。这种舍我其谁的自信与气概，具有《四库全书》一般的重量。多年来，我从未在文人的瘦骨中看到如此坚硬有力的壮心。一句话，让我长久地记住了一个人。

八

如果不是发誓独力续修《四库全书》，就不会有"通学斋"这个名词的产生。

通学斋是伦明在北京琉璃厂南新华街开设的一家书肆。通学斋这块招牌挂起的时间，并不与伦明辞去北京大学教授的时间同步。虽然 1918 年就有了这块文气氤氲的书肆招牌，但这块招牌上的每一条木纹，每一个笔画，都透露出伦明为接下来的续修四库开始的前奏和布局。

伦明开设通学斋之前，就已经破釜沉舟，不仅将在粤地所藏书籍悉数运往北京，而且离弃乡土，举家北上。伦明的选择与举动，显然不是后人在纸上回忆的如此轻松，他离乡迁徙的每一步，都充满了困难和阻力。由于缺少运输书籍的费用，伦明只好将藏书一分为二，先让一部分精善之本随自己北上，留下的书籍暂时寄存在广州的南伦书院。

“暂时”，显然是一个轻松的现代汉语词汇，但对于伦明来说，这个词的笔画中潜伏着永别的悲伤，一个书生的心碎在这个常用词中剥笋一般展开。几年之后，广州兴修马路，南伦书院被粗暴拆除，伦明性命一般的藏书，不知所踪。心虽然被剐，但伦明却不是一个容易倒下的书生，通学斋这家书肆，慢慢成了伦明愈合伤口的良药。

书籍，显然不是富商大贾们的财富，但却是一个读书人的性命。伦明的一生中，曾经有过用生命保护藏书的举动。辛亥革命那一年，是清朝皇帝被推翻的封建终结，也是书籍贬值的乱世。伦明向一个名叫叶灿薇的东莞人借了一笔钱，抢购了一批在乱世中流浪的古籍，装满了四大竹箱。由于局势混乱，伦明同同居京城的堂弟伦鉴和胞弟伦叙、伦绰决定离京逃往天津暂避，但是车站却人流如蚁，道路堵塞，书籍行李已无通道。伦明在车站数日，无功而返。已经到达天津的伦鉴伦叙来信催促，让伦明在危急之时弃书逃难。伦明坚拒好意，称誓与书籍共进退存亡。

这段与书籍存亡的非常经历，记载在《续书楼藏书记》中。在一个出版繁荣、无用之书泛滥成灾的现实中，后来的读书人已不大可能体会到伦明藏书护书的惊险，更不可能将书籍与一个人的生命联系起来。

通学斋，这个如今已经消失了的书肆，是民国时期伦明续修《四库全书》过程中的一个重要符号，它是伦明搜集藏书和管理藏书最有效的场所。通学斋之所以被研究者称为伦明的收书之器，就在于伦明的懂书与用人。

通学斋，萌芽于一个专事修补图书的魏先生。伦明用每月十五金的工钱请魏先生上门装订修复残破图书。魏先生认为，伦明的残破之书甚多，以一人之力，需要二十年时间才能完成，不如开设书肆，一是装书便，二是求书易，三是购书廉。伦明采纳了魏先生的建议，立即着手筹办。不料魏先生此后生病，不能入店服务，伦明便物色了一个名叫孙殿起的人来打理。

人认字，书也认人。孙殿起和通学斋的缘分，实在就是书的缘分。这个字耀卿，号贸翁的河北冀县（今河北冀州区）人，注定与书相交，与伦明结缘。孙殿起因生活所迫，光绪三十四年（1908年）辍学进入琉璃厂书肆郭长林门下谋生，五年之后又由友人推荐到鸿宝阁书店充任司账，后又转到会文斋书店。在伦明眼中，孙殿起“彼中人日与书亲，多接名公通人，议论气度不饰而彬雅，闻见不学而赅洽，至其版本目录之精且博”。

《伦明评传》也记载了这段人与人、人与书的缘分：

伦明很喜难孙氏，赞赏备至，说他“勤于事，又极警”，遂“浼主肆务”。于是，孙殿起辞去会文斋司账职，其经理何培元（厚甫）曾多方挽留，孙氏坚辞。其时，伦明已四十多岁，而孙殿起才二十几岁，但因有好书之癖，志同道合，此后三十年，两人就古籍版本、目录学等学识相互砥砺切磋，视为莫逆之交。

孙殿起加盟通学斋，伦明如虎添翼，藏书数量猛增，单行、初印、罕传、名家批校之本，纷纷投奔明主。金毓黻用“似闻天禄添新衰，购到伦家一百厨”的诗句，赞颂伦明收藏和流布典籍的功绩，周叔弢也认为，“《贩书偶记》前后编之书，绝大部分是孙殿起为伦明所收集”，伦明则坦承：“余比年储藏，大半出其手。”

孙殿起的辛劳，当得起“不负重托”四个大字。那些珍贵的古籍，都在他的手上重见天日。文献中，记载了一个书店经营人的足迹：为搜罗珍贵图书，他不辞辛劳，多次离京访书，足迹涉及江、浙、鲁、豫、皖、粤各省以及天津、上海等地，可谓遍游大江南北。分别于1922年、1933年、1941年、1942年四次南下广州，先后访得古籍无数，其中多有粤人旧物以及名家珍稀罕见之本。雷梦水在《琉璃厂书肆四记·通学斋条》中说：孙殿起“长于版本鉴定，熟知某书有若干刻本，某刻本最善，某本多舛误，某板片藏于何处，都能了如指掌”。在孙殿起的努力下，通学斋如雨后春笋。书肆全盛时期，每年收售书籍一到两万部（册），营业额达大洋三至四万元，店中伙计增至十余人。

《百年琉璃厂》一书中记载了孙殿起与书的故事：

> 有一次，他信步来到西小市，见一堆古书中，竟有极为罕见的明末朱一是所撰的《为可堂初集》，可惜只有八到五十四卷，缺前七卷，乃一残本，怅然而归。次日又去访，只见摊上摆出该书前七卷，而不见其后各卷。忙问此书哪里去了？答曰刚卖给一个人。孙按摊主所指方向追之，一直追到一家猪肉铺，见几十卷《为可堂初集》堆在一旁，店主正拆开一卷，准备包肉用。孙赶紧拦下，将此书回收，一部珍贵的古籍就这样被他抢救出来。

伦明访书的足迹，也连成了一条漫长的路线。上海、天津、开封、南昌、武昌、苏州、杭州，都是他路线图上的一个圆点。访书路途上的艰辛，伦明用诗句作了只有自己能懂的叹息：攀鳞附翼集群才，此地重开市骏台。我亦炎天趋走者，谁知单为访书来。

伦明在《续书楼藏书记》中谈到过他的访书经验：“书之为物，非如布帛粟米，取之市而即给，不得已乃以抄书补购书之穷。有抄之图书馆者，有抄之私家所藏者，又有力不能致，而抄之坊肆者；有抄自原稿本者，有抄自传抄本者，又有猝不易者，而抄自刻本者。”一个“抄”字，透露了伦明藏书的秘诀，记录了一个时代读书人的艰辛。伦明常年雇用三名抄工，人手不够时，常常自己动手，抄书这种手工劳作，在我们这个照相、复印时代几近绝迹，但它却是《四库全书》编纂的一个重要方式。

通学斋的开办，让伦明的藏书不断丰富，让他看到了续书《四库全书》的希望。1929 年，同是藏书家的清华大学教授朱希祖参观伦明藏书，用“北平藏书家无出其右者”的话评价伦明所藏清代集部最富。有历史学家看到伦明的藏书时，不禁惊叹。“伦哲如先生性好搜罗秘籍，任辅仁大学教授，课外足迹全在书肆，数十年中所得孤本不少。其居在宣外东莞会馆，刚于抗日战争前曾往参观，室中不设书架，帷铺木板于地，置书其上，高过于人，骈接十数间，不便细索也。”

最了解通学斋内情和伦明藏书的孙殿起的回忆，当是最可靠的说明：“伦明拥书数百万卷，分贮籍橱凡四百数十尺，书房非有十楹屋宇，不得排列。”

在一个网络兴起，实体书店式微的时代里，后人已经无从知道通学斋的经营之道。我在《百年琉璃厂》一书中看见了邃雅斋收购线装古籍的特殊方式。这家得到过伦明指点的书肆，有一块 100 厘米长 20 厘米宽的木牌，上面刻有“北京邃雅斋董会卿收购线装书”的字样。店员每到一地，必以此牌为版，印刷若干张，四处张贴，广而告之。在史料的记载中，这种灵活机动的广告，走遍了浙江、江苏、广东、湖南、湖北、陕西、山西、甘肃等省的广大地区，那些流散在民间的珍本古籍，都成了这块磁铁上的金属。

九

我一直以为伦明的故乡望牛墩与牛有关，却不知道那个地方，与《四库全书》紧密相连。

最近一次去望牛墩，是农历十月一个历书上认为宜祭祀沐浴的吉日，我在那里没有看到一头耕牛，却读到了伦明写于二十世纪初叶的一首诗：

冷寂东街路，年时访古勤。
书林空旧椠，肆友换新人。
榕寺苔生殿，诃林栋作薪。
只应徐与莫，赏析不辞频。

这首标题为《抵家作》的诗，一共六首，我引用的这首末句有伦明的自注："徐信符、莫天一藏书最富。"

对于一个后辈写作者来说，徐信符、莫天一，都是两个陌生的名字。幸好，我知道古人的名字，尤其是读书人的名字，极有讲究，往往用字、号，构建一个姓名的迷宫。幸好每个迷宫，都有"芝麻开门"的神秘咒语。我在黄脆的民国资料中，找到了莫天一。

东莞麻涌人莫伯骥，原来以“天一”的字，隐藏在书籍的海洋中。这个与伦明出生地一箭之隔的麻涌人，以‘五十万卷楼”主人的身份，在民国的广东藏书家中，独占鳌头。

苏精先生在《近代藏书三十家》一书中，用热烈的锣鼓，让东莞麻涌人莫天一，粉墨登场：

> 近代广东藏书的风气很盛，而且各具特色，以民国以来较著名的几人为例，如伦明“续书楼”的清人诗文集，徐信符“南州书楼”的广东地方文献，潘宗周“宝礼堂”的专收宋本，而莫伯骥的“五十万卷楼”顾名思义卽是以量取胜了。在他之前，广东藏书家以卷数名楼的是清末同光之际的孔广陶“三十三万卷书堂”（即岳雪楼），莫伯骥后来居上，五十万卷的声势惊人，直逼近代我国藏书第一的刘承干“嘉业堂”六十万卷。

在一个县的狭小地域之内，竟有两个大藏书家脱颖而出，这从某一个方面折射了晚清和民国东莞读书风气之盛。望牛墩和麻涌，地域相连，口音一致。伦明比莫伯骥仅小一岁。两人从小认识，一同在家乡读书攻举业，后又同居广州城。他们的交往中断于 1917 年，伦明迁居北京，遥远的地域和落后的通联方式暂时让手中的风筝失去了掌控的长线。八年之后，伦明在《广东七十二行商报》上读到了莫伯骥的《读徐君信符中国书目学》的文章。从此书信联系，往复不绝。

书籍，是人类交往的媒介。伦明和莫伯骥的交往，无关乡情和地域。只有读书和藏书，才会让两个失联之人，重新在书海中相逢，并惺惺相惜。

我在发黄的史料中，看到胡适先生为莫伯骥书跋封面的题签，看到了莫伯骥致伦明书信的书迹，两个大藏书家的友谊，是东莞的幸运，是广东文化的幸运。莫伯骥藏书，并无续修《四库全书》的雄心，而伦明藏书，也无莫伯骥的数量追求。莫伯骥的藏书之丰，与他开办报业，经营药品有密切关联。由于经商有道，致富有方，莫伯骥具有了收藏图书的条件，而伦明，收藏图书，只为了续修《四库全书》，所以无法在数量上竞争。

有关两个大藏书家的人生缘分和书籍情缘，东莞时报记者沈汉炎先生有一段文学化的描述：

> 1925 年，注定是莫伯骥人生的转折之年。当年少时的同窗兼同乡、著名学者、藏书家伦明突然与他通信商榷拯救中国典籍事宜。收到信后，莫伯骥痛哭了一场，决心回归学界，潜心于版本目录之学。从此，这对 20 多年的老友重新开始往来，并成为近代中国的两个伟大的东莞籍藏书家。

在如今出版社众多，人人皆可著述，出书几无门槛的现实中，已经少有人了解图书收藏的真实内涵了。出版业的繁荣，从某种意义上等同于垃圾图书的泛滥，新书问世，即被化为纸浆，不同的时代，赋予了“书籍”这个词不同的意义。

伦明和莫伯骥那个时代，图书收藏，是一项耗费巨大的精神劳动。收藏，对读书人的眼光、知识、动机，有着严格的要求，在金钱财富方面，对收藏者更是一个巨大的挑战。

《续书楼藏书记》中，不乏记载伦明省吃俭用，节衣缩食，变卖家当购书的事例。珍贵的古籍椠本，高昂的书价，常常让伦明生出“见书如朝圣，个中苦楚波折，经济之窘迫，难以尽言”的叹息。那个时代的书价，超出了读书人的购书能力。“明刻一册十金，宋本以页计，一页二三十两。”贵如黄金的书价，有时连万贯家财的富商莫伯骥也感到重负。

莫伯骥收藏古籍图书，后人用了“发疯”两个字描述。莫伯骥收藏图书的举动，超出了常人的理解，他先是把生意蒸蒸日上的药店交给别人打理，自己全身心地投入图书收藏。三到四年间，莫伯骥的藏书就上升到了四十万卷。

有一次，莫伯骥得知南海藏书家孔广陶收藏的千余册图书流散到了天津，其中有《四库全书》中的部分古籍，极其珍贵，便立刻起程，千里迢迢赶至北方，花费万金，将那批图书赎回。莫伯骥刻意求书不计成本的名声从此流传，各路书商，偶有发现，便立即通报信息，坐地起价，等待莫伯骥上门。1930 年，晚清四大藏书楼之一的聊城杨氏海源阁遭受匪劫，珍本图书《孙可之集》流散，后被北平一书商获得。莫伯骥主动上门，重金求售。在付出了 3000 元的代价之后，《孙可之集》成为五十万卷楼的镇楼之宝。

后来的研究者，看到了莫伯骥藏书从“福功书堂”扩张为“五十万卷楼”的过程，较之福功书堂，五十万卷楼不仅仅是数量的增加，更是质量的提高，其中善本，包括宋刻、元刻、明刻、影宋、精抄、旧抄、旧校、孤本、精较、名家写本、藏本等。20 年间，莫伯骥花费 20 余万巨资，从全国各地搜集珍贵图书，被后人评价为“莫先生藏书之富甲于西南，精本秘笈几可以上企瞿杨，无渐丁陆”。将莫伯骥的名字与瞿镛、杨绍和、丁丙、陆心源晚清四大藏书家并列，足可见出一个藏书家的分量。

古代的藏书人，不仅是读书人，而且也是著书家。所以陈垣先生说：“粤人不读书则已，读则辄出人头地。”莫伯骥身后，留下了《五十万卷楼藏书目录初编》和《五十万卷楼群书跋文》七册。《五十万卷楼群书跋文》曾在他的家乡东莞的晒书会上亮相，晒书会上的亮光，盖过了东莞所有书肆图书馆的风头。在如今的旧书网上，七册朴素的线装旧书，被标以五万元的价格出售。

莫伯骥和五十万卷楼，如今只能在老一辈的读书人和古籍的记忆中找到。水乡麻涌，物质化的喧嚣早已磨洗了莫伯骥的旧迹。我多次想过，麻涌的图书馆，应该从千人一面的同质性建筑中脱颖出来，让如今汗牛充栋的图书，再现五十万卷楼的一点影子。

十

我在一些亿万富豪的办公室里，见到过豪华夺目的大班台椅，惊叹于他们台椅后面用于装饰的空心图书。豪华图书与那些厚重坚固的墙不相匹配，一阵风的力量可以揭穿它们的轻飘无物。那些没有文字的大书，总不免让我想起伦明和莫伯骥。在续书楼和五十万卷楼的发源之地，书籍竟然蜕化成了虚荣的门脸。

如今的图书，已经不知道古籍的苦难。《四库全书》这个泰山一般沉重的名词，不仅仅是几页纸的重量。在许多人的脑海里，四库全书，仅仅是案台边的一本厚黑学，或者是股票市场的一本投资指南。没有人穿越时光，看到《四库全书》背后四千多人的身影。

纪晓岚、戴震、于敏中那些名震天下的学者的名字，已经留在了《四库全书》编纂者的史册里，后世的读者，却看不到那些从全国各地层层遴选出来的抄写者，3800 多个抄写者，已经在漫长的岁月中消失了姓名，但是他们的字迹，却成了乾隆时代的标准字体。

李炳球，可能是翻阅过《四库全书》的唯一一个健在的东莞人。李炳球戴着白色手套在甘肃兰州文溯阁的地下书库里小心翼翼地翻看《四库全书》时，不会想到，六年之后，会有一个写散文的人，请他描述一部巨书的真容。

我在李炳球先生的精彩描述中，看到了用四种颜色的纸张和统一字体抄写的《四库全书》，36300 册，约 10 亿字的经、史、子、集，装在古老的金丝楠木精心做成的函套中，那种特殊的书香，那种浩瀚的阵势，让一个仅仅在梦中到达过的写作者深深震撼与陶醉。2017 年 12 月 20 日那个阳光温暖的下午，我分享了李炳球先生的幸运和快乐，我穿越时光，看到了伦明、莫伯骥两个先贤。

李炳球是《东莞历史名人评传丛书》《影响中国的东莞人》和《东莞学人文丛》等多套文献的策划者，他以一个顾问的身份隐藏在荣誉之后，这个对东莞历史文化研究开掘做出了许多贡献的读书人，经常为我打开东莞历史真相的大门，这个年轻的文化官员，用我不熟悉的粤语方言与古人对话，他是伦明、莫伯骥的知音。

从兰州文溯阁的难忘记忆中走出来之后，我们回到了望牛墩，回到了伦明的续书楼。

民国时期的续书楼，如同李炳球先生看到的文溯阁，一个爱书如命的文人，恪守“鬻及借人为不孝”的藏书古训，“告诉家里人等任何人不准擅自动他的书籍。一般朋友难进他的书房”。只有识书懂书的人，才有可能打开一扇门。陈垣、谢国桢、容肇祖、张荫麟、南桂馨、王重民、张次溪、胡适、刘半农等著述家，才是续书楼里的座上宾。

古代文献的传布，全靠手写抄录，即使有了雕版印刷之后，一些孤本秘笈、未刊稿本仍靠抄录流传。孙殿起在《记伦哲如先生》

中回忆："某岁津门书贾以重值购入清翁覃溪方纲未刻稿数种，先生得知亟赴津往观，以其价奇昂不可得，乃设计携归旅邸，尽三昼夜之力摘其切要而还之。"伦明常年雇用三名抄工，由此可见他续修四库的决心和力度。

二百多年过去，后人已经无法想象《四库全书》抄写时的景象。乾隆皇帝从全国选拔360多名学者从事编修时，还从全国各地遴选出3826位书法家担任抄写工作。

我无从知道3826名书写者是如何从中国书法的人海中遴选出来的，也不敢想象三千多人同时在宣纸上抄写时的壮观景象，最使我惊异的是，3826名书法家笔下的字迹，竟然如出一辙。那些工整、端正、印刷一般的字体字号，是如何在馆阁体的名词下统一规范，听从号令的？

印刷的进步让后人忘记了抄写的难度，电脑时代的提笔忘字风光了一批丑陋的"书法家"，一张张打着书法旗号的宣纸，承载着中国书法有史以来的耻辱。泥沙俱下的时代，只要敢于拿起毛笔，就是大师巨匠。

我们这个时代自我吹嘘的书法家们，肯定不知道《四库全书》的抄写者们的艺术水平和谨慎态度，更不知道，时光从他们柔软的狼毫和洁白的宣纸上流过时沉淀下来的风骨。乾隆皇帝的圣旨，是无人敢于超越的书法戒条。每个抄写者，每天限制抄写1000字。

乾隆皇帝深深懂得文化不能大干快上的规律，四库全书馆制定的《功过处分条例》，按章办事，奖惩分明。宣纸上的每一个文字，首先接受分校和复校两关的检查，然后到达纪晓岚的案台，由总裁抽阅。成书最后到达皇帝手中，乾隆用朱笔轻点，众人心上的一块石头才沉重落地。慢工做成的细活，最后沉淀在岁月的深处。

《四库全书》诞生的乾隆时代，具有强大的经济实力。3826 位馆阁体书法家的报酬，为每人每天 2 钱 5 分银子。有人算了一笔账：若每部《四库全书》以 10 亿字计算，抄写一部就要花 25 万两白银。以乾隆大帝的气度和乾隆盛世的国力、财力，既不是怕因抄写速度快而多给人家付酬，也不会因为财力困难而无法给先期完成任务者提前兑现……只有用严格的限速，才能确保准确、精致、质量的要求。《四库全书》之所以成为中国古代最伟大的图书集成，不仅在编辑、校对、管理等各个方面都有它的成功经验，就连抄写这样的环节上，也有独到之处。

在一个大数据的印刷时代，后人已经无法想象 3826 个抄写者，从乾隆三十七年（1772 年）到乾隆五十二年（1787 年），历时漫长的 15 年时光，抄录 7 部《四库全书》，约 70 亿个汉字，字迹优美，笔体整齐，以一种恒河沙数的伟大壮观让人惊叹。

伦明续修《四库全书》的雄心，超出了一己之力。在 3826 位抄写者面前，伦明聘请的 3 个抄写人员，只是国家肌体上的九牛一毛。

续修《四库全书》，伦明一生都没有想到过回头。

十一

祝勇在东莞的宾馆里，面对“文渊阁”的镏金招牌，大声棒喝的时候，北京故宫里的文渊阁，只是一个空旷的建筑。乾隆皇帝手触过的那些珍贵图书，带着一个帝王的体温，漂洋过海到了台湾。而东莞青年学人李炳球翻过的《四库全书》，则在甘肃兰州的文溯阁地库里，静静地回忆着过往的悲欢离合。

目前存世的《四库全书》，只剩下了三部半。在存世的《四库全书》中，文溯阁藏本最为命运多舛。世界上所有图书的波折加叠起来，都比不过文溯阁《四库全书》的灾难。每一个走进文溯阁的读书人，都会感到汉字的痛楚。

文溯阁《四库全书》的苦难，最早来源于梦想称帝的袁世凯。为了让1916年元旦的登基大典更有文化的氛围，袁世凯下令，让沈阳故宫文溯阁中的《四库全书》进京。北京故宫的保和殿，就成了文溯阁《四库全书》的一个新家。可是，随着袁世凯的被迫退位和暴病身亡，保和殿里的《四库全书》无人问津，几乎成为一个弃儿。

随后的灾难，差点让《四库全书》背井离乡，沦落异邦。腐朽的王室，以经济困难为由，欲将文溯阁《四库全书》以120万元的价格卖给日本。幸好北京大学教授沈兼士带领学生进故宫整理清代档案时意外得到这个消息，他立即上书国民政府教育部，陈述反对的理由。最后由于舆论的压力，文溯阁《四库全书》才留在它的祖国。

文溯阁《四库全书》的原乡在沈阳。奉天文化人士，无人不盼望《四库全书》回到它出生的故土。奉天省教育会会长冯广民和弘达学院教师董袖石，采取联手请愿的方式，要求索回文溯阁《四库全书》。经过张学良和东北学人的共同努力，段祺瑞政府内阁会议于 1925 年 7 月 20 日做出决定，归还文溯阁《四库全书》。

对于《四库全书》回归的盛事，沈阳用整修文溯阁来作为隆重的迎接。董袖石受张学良少帅委托，雇佣二十多位抄写人员，历时两年，对文溯阁《四库全书》勘查缺损，精心抄补。对于《四库全书》回归文溯阁这件重大的文化事件，奉天省教育会郑重地在文溯阁的宫墙上刻下了《四库全书运复记碑》。这是 1931 年的 6 月，在《四库全书》回家的喜庆中，没有人可以预见到，两个月后，文溯阁《四库全书》和整个东北大地，都将落入日本侵略军之手。"九一八"事变，是一个国家的耻辱，它的疼痛，数百倍超过了文溯阁《四库全书》的流离。直到 1945 年 8 月日本投降，《四库全书》才结束它 14 年的漫长噩梦。

然而，文溯阁《四库全书》的噩运仍未终了。三年内战中，东北行辕政务委员会欲将《四库全书》运往北平。因为民众反对，计划才遭中止。

文溯阁《四库全书》，没有人能够预见到它的命运和最终结局，即使改朝换代，颠沛流离的灾难依然是它命运的主流。中华人民共和国成立之后的1966年，国家基于战备的需要，决定将文溯阁《四库全书》转移至甘肃。沈阳至兰州漫长的路途，在中央军委的命令下，变得安全和平坦。军区的27辆军用卡车，装载着文溯阁《四库全书》，在全副武装的军人护送下，秘密起程，一路风尘，安全运抵甘肃省永登县连城鲁土司衙门的妙因寺庙。

妙因寺庙建于明代，它比乾隆大帝和《四库全书》更加历史悠久。但是，妙因寺庙只是甘肃省图书馆的战备书库，难以成为文溯阁《四库全书》的久留之地。1970年底，文溯阁《四库全书》转移到了榆中县甘草店项家堡村的新书库。34年之后的2005年6月，位于兰州黄河岸边的北山九州台的藏书馆竣工，文溯阁《四库全书》才结束了它一生的艰难困苦和颠沛流离。

文溯阁《四库全书》，并不是辽宁人在大红花轿的喜庆中嫁出的闺女。自1966年10月文溯阁《四库全书》远走他乡之后，沈阳故宫中那幢灰墙绿瓦的文溯阁，只留下了《文溯阁记》的碑文。辽宁文化的伤口，在刮风下雨的时候，始终隐隐作痛，只有让《四库全书》回到故土，他们的伤口才能愈合。20世纪80年代以来，辽宁社会各界以“书阁合璧”为由，向千山万水之外的遥远甘肃，一再表达“物归原主”的心愿。

寄养的儿女，长大之后便有了骨肉亲情。此时的文溯阁《四库全书》，早已忘记了纷飞的战火，它们的方言里，已是正宗的兰州口音。甘肃方面，用镇省之宝，从保护文物的角度出发，应当留在兰州的理由作了挡箭的盾牌。

文溯阁《四库全书》的归宿，最后将由国家来决定。

十二

伦明续书《四库全书》的伟大理想，最终被日本侵华的炮火粉碎。

伦明续书《四库全书》的宏伟大厦，最接近动工的一次，是1925年，奉天省的文化界人士，上书国民政府，要求索回暂时寄放在故宫保和殿中的文溯阁《四库全书》，并提出了开设校印馆、影印、校雠和续修的动议。远在北平的伦明起初并不知道这项由杨宇霆发起，张学良任总裁，翟文选为副总裁，金梁为坐办的盛大文化举措。由于伦明续书《四库全书》的贡献和影响力、知名度，时任安国军总参议和第四方面军军团长的杨宇霆热情邀请伦明参与。

伦明的参与，无异于一台轰然运转的机器注入了高质量的润滑油。1928年12月，伦明起草电文，以张学良、翟文选、杨宇霆联名的形式通电全国，并且用英文和德文对外通告。伦明执笔的文字，每一个都信心百倍地表明，《四库全书》即将开启一个新的时代。

> 阁书创始，美犹有憾，蒐求未遍，忌讳过深，秉笔诸儒，弃取亦刻，漏略不免，宜亟补苴。又况乾隆距今，时逾百载，家富珠璧，坊盛枣梨，或阐古义，或拓新知，冰水青蓝，后出更胜，不有赓续，曷集大成。加以鱼亥之讹，古籍多有，校雠之学，时贤益精，广参众本，旁稽异文，刭成札记，附于书后。凡此三事，急待并举。

在“影印”“续修”和“校雠”三种续修方式中，伦明坚持自己的一贯主张，提出既非原书，惟排印乃成一律，为省费省纸，且便于储贮计，缩之至小，如《云窗丛刻》中之《西陲石刻录》的设想。在此基础上，伦明着手编成了《四库全书目录补编》，为续修的《四库全书》增加书目一万余种。

此后的进展，都是《四库全书》续修的噩耗。1929 年 1 月 10 日，力至修书的杨宇霆被张学良以“谋反”的罪名杀死。雪上加霜的是，“九一八”事变，日本人占领东北，文溯阁《四库全书》搬至伪满“国立奉天图书馆”，从此落入侵略者手中。

续修《四库全书》计划流产，伦明的失望和无奈返回北平的悲痛，后人只能在 1933 年出版的《国闻周报》第 10 卷第 35 期《拟印四库全书之管见》一文中感受到一个书生的无力和苦楚。胡汉民、张学良、吴铁城等国民党要人，以及袁同礼、李盛铎、傅增湘、张元济、陈垣、董康、周叔弢、张允亮、章钰、邢士襄等学界人士，都见证了无可奈何花落去的肃杀。

对于这套被誉为“千古巨制”和“中国文化的万里长城”的《四库全书》，日本帝国主义始终是个觊觎者。它先是用小偷的手法盗窃，然后用强盗的方式武力掠夺。29 世纪 20 年代日本迫于国际压力，比照美、英等国的做法，退还一部分庚子赔款，指定其中一小部分用于“对华文化事业”。在对华文化的幌子下，日本人完全操纵了庚款的使用权。然而，强盗的嘴脸是无法用庚子赔款掩盖的，一点点掌握在侵略者中的庚款只能是《四库全书》续修的杯水，它无法推动文化的车轮。

穷凶极恶的日本侵略者，深深懂得文化和文明的价值，懂得只有毁灭一个国家的文化才能征服人心的险恶用心。1932 年 1 月 28 日爆发的淞沪抗战，十九路军奋勇抵抗。日军飞机将商务印书馆总厂和东方图书馆作为重点目标多轮轰炸，无数中华文化珍宝被侵略军的炮火吞噬，被称为中国文化中枢的商务印书馆八十多亩土地上，一片火海，厂房和机器焚毁殆尽。指挥这场战争的日军指挥官盐泽幸一没有隐藏侵略者战争的野心和实质，他毫无掩饰地表示：烧毁了闸北几条街，一年半年，中国人马上可以恢复，把商务印书馆总厂及东方图书馆即中国最重要的文化机关焚毁了，中国人才永久不能恢复。（华振中：《十九路军抗日血战经过》，《淞沪烽火：

十九路军“一 二八”淞沪抗战纪实》，广东人民出版社 1991 年版）

五年之后，侵华日军进攻天津。地处城南八里台的南开大学，成为日军毁灭的首个目标，日军炮火瞄准校内高耸的木斋图书馆，几十万册宝贵图书和珍稀资料灰飞烟灭。炮击之后的轰炸，将南开大学和相邻的南开中学、南开女中、南开小学摧为平地。对教育机构的毁灭，已经超过了某些军事目标。炮击和轰炸之后，日军派出了骑兵与汽车，在校园各处浇洒煤油，纵火之后，中国教育的版图上，物质的南开大学已彻底消失。

南开大学校长张伯苓，在南京听闻了这场斩草除根式的文化灭绝，当即昏倒。在随后与蒋介石的会面中，张伯苓老泪纵横，哽咽不止。战时中国最高领袖蒋介石安慰他说：文化没有了，一切都没有了，南开是为中国而牺牲的，有中国即有南开！

日本侵华，毁灭中华文化，没有人是战火中的幸免者，没有物质可以逃过劫难。

伦明不在战火的现场，他无法看到中华文化结晶的珍贵图书，正在北平遭到日军的洗劫，他无法听见在清华园里保护图书的文学院院长冯友兰先生悲壮的誓言：中国一定会回来，要是等中国回来，这些书都失散了，那就不好，只要我人在清华一天，我们就要保护一天！

这个时候，伦明已经回到了故乡东莞，为他的先人扫墓。在他的计划中，两个月后，他将回到北平，继续他续书的梦想。然而，日军侵华的炮火，阻断了他北返的脚步。卢沟桥事变，让一条畅通的长路突然阻塞，无奈之下，他滞留广州女儿家中。可以用度日如年来形容伦明的颓丧，远离了北平的续书楼，伦明的心没有一日安宁，脑溢血和全身瘫痪，魔鬼一般追随他而来。

伦明一生的心血，就是此时风雨飘摇的北京续书楼中的那些藏书。一个人的生命，如果与他心爱的东西相连，那么，他的呼吸将会如同大雪中的竹子一样脆弱。在病床上苦苦煎熬的时候，伦明仍然没有想到，那些他用一生的付出换来的藏书，从此像一只断了线的风筝，离他远去。

叶恭绰、胡适、朱希祖，顾颉刚等，都是目睹过伦明藏书的人。续书楼的图书，在孙殿起眼中，“拥书数百万卷，分贮箱橱凡四百数十只，书房非有十楹屋宇，不得排列”。孙殿起先生的回忆，只是一种形象化的描述，最可信的事实，当是如今存于上海图书馆中共十三册的《东莞伦氏续书楼藏书目录》。

十三册《东莞伦氏续书楼藏书目录》，其实只是一个残存，专家考证，另有三册遗失。十三册目录中的藏书，所幸没有毁于战火，合众图书馆于 1953 年 6 月将目录中的 25 万册图书和 15000 种金石拓片捐献给了上海市人民政府，成为上海图书馆馆藏文物的重要组成部分。

没有任何资料准确地统计出续书楼藏书的数量，后人提供的数据只不过是时间的吉光片羽。伦明用一生时间搜集到的藏书，有如河边的沙滩，后人只能看见沙子的反光，而不能数尽它们的数量。

对于读书人来说，书籍，就是他们的生命。日军侵华，就是中国图书的噩梦。著名历史学家、清华大学教授陈寅恪就因为战火，丢失了图书，痛不欲生。郭保林先生的《谔谔国士傅斯年》一书中有此记载：

> 陈寅恪随身带出北平的两箱文稿、照片拓本、古代东方书籍，以及多年批注的手册《〈蒙古源流〉注》《世说新语》《五代史记注》，书页空白处都有他密密麻麻的小楷批注，稍加整理就是一部学术专著，但由长沙经香港、安南至滇时，交由铁路托运，到达昆明住处，打开箱子却是一堆砖头瓦块，那珍贵的资料不翼而飞。陈寅恪顿时惊愕，几乎昏厥过去，好半天才哭出声来。手稿失窃，陈寅恪悲痛至极，茫茫世界，离乱人生，绝望和悲伤击倒一代学人！

十三

从乾隆皇帝金碧辉煌的古建筑抄袭而来的东莞餐饮“文渊阁”，数十年来，不知有多少食客在那里消费。没有人统计过食客人数和他们的姓名，但我可以断定，一定有懂得“文渊阁”这个名词意义的读书人成为它服务的对象，一定会有文化人，像祝勇那样不屑和棒喝过商业的无孔不入。

杨宝霖先生应该是东莞文渊阁消费者中最有文化风骨的读书人。如今这个时代，能够称为读书人者比比皆是，但是，读书人中，能够成为藏书家的人，凤毛麟角。杨先生，正是东莞文化人中的龙凤。

杨先生藏书，从青年时代开始。他藏书的方向，与续书《四库全书》不同一个路径，他搜书的范围，主要在东莞历代著作和地方文史。他的家中，古籍围城。那些珍贵的先贤著作和古籍图书，是他花费一辈子时光和家财之后的收获。杨先生低调，只以“自力斋”命名自己的书屋，没有人看出书屋主人的雄心毅力和恒心。这个低调寡言的学者，收藏了上至南宋赵必瑑（1245 年—1294 年），下迄清末刘干棻（1878 年—1951 年）等 84 家东莞作者的各类著作，共分经、史、子、集、丛各部 165 种。

杨先生只是一个教书的老师，并无资财和时间从事图书搜集与收藏，数十年里，他利用寒暑假期和星期天时间，走南闯北，搜集图书，查找资料。为了访书，他“五上都门，七临宁沪，东来泉郡，西履昆明”，“四出访书，飘零湖海，最普通的交通费必不可少。低廉的住宿，粗粝的伙食，高价的复制，长年费用之累加，现在的一个单元的商品房，可以买到有余了”。

我在东莞多次听过《花笺记》和《二荷花史》的书名，却不知道这两本书不同凡俗的来历，更不知道它们与杨先生的密切关联。

那一年，杨先生意外得知法国巴黎国家图书馆和英国皇家亚洲学会、英国博物馆藏有这两本古籍的刻本，高兴莫名，精心准备之后，杨先生飞往遥远的欧洲，复印下《花笺记》和《二荷花史》这两部在他梦里经常出现的古籍。在回国之后的研究中，他找到了两部书与东莞的关联。两书成书于明代，作者为东莞人，清康熙五十二年（1713 年）前两书已在东莞流传。

出国访书，只是杨先生访书生涯中的一个片段。在交通落后通信不发达的 20 世纪 70 年代，杨先生经常以素衣皮鞋，挑着一担书囊的寒士形象出现在陌生而遥远的异乡。他以这种古代书生的姿态，让唐圭璋、夏承焘、吕姮等学者、藏书家深深感动。《词林纪事》《全芳备祖》《琴轩集》等被时光湮没的经典甚至存世的孤本，就是这样被杨先生用一生的辛劳从大海中打捞出来。

杨先生的身上，继承了夏承焘、唐圭璋等前辈学者的风范，朴实低调，不事张扬。搜书、藏书、研究，一生的辛苦，我只在一篇文章中见到过他轻微的一声叹息：

> 笔者莞人，生于斯，乐于斯，爱乡之心与生俱来；又家本业儒，青箱世守，舌耕于莞城者四世矣。以此故，爱东莞文献之心，自垂髫始。弱冠后，为研究东莞历史文化，肄业与教

书，课余之暇，沉湎于研究素材的搜集，交邑中之父老，聆逸事于故家；访莞籍之遗珍，抄残丛于午夜。

杨宝霖与伦明，中间隔着半个多世纪的时光，两个不同时代的东莞人，都将书籍作为自己的生命。杨先生藏书，只是用于研究，而他的乡贤伦明，则是为了续书四库。也许杨先生知道，续修四库，并不是一介书生可以凭一己之力实现的宏愿，而立足乡土，亦可打捞到深海中的宝藏。从某种意义上来说，两个人的精神是相通的，它们的心灵是相印的。

就地方文献的研究来说，杨宝霖先生，可能是东莞的最后一个访书人了。他挑着书囊在异乡踽踽独行的背影，可能成了最后的影像。在一个资讯传播便捷，印刷业发达的时代，东莞正在出版《东莞历史文献丛书》。这套东莞有史以来最大最全的著作，借助了广东中山图书馆、国家图书馆，上海图书馆、南京图书馆、故宫博物院、北京大学图书馆以及东莞杨氏自力斋等十余所图书馆和私家收藏的所有东莞文献。当东莞编辑出版莞邑有史以来最全最完备的文献丛书的消息到达自力斋杨宝霖身边的时候，他喜忧参半。出版这套丛书。当然是东莞的喜事，是东莞所有读书人的喜事，他失落的是，他用一辈子时间和心血搜集而来的文献资料，将走出个人的书斋，成为天下所有读者的公器。杨先生的忧虑和失落，很快就冰消了，他想起了前辈先贤伦明，想起了他用一辈子的心血和资财搜集的数十万卷藏书的最后结局。伦明逝世之后，所幸陈垣、冼玉清、袁同礼等学者热心奔走，最终将他的藏书归公于北京图书馆（现国家图书馆）。私人藏书，最终成为社会公器，也许这是天下所有古籍的最好结局。

《东莞历史文献丛书》的序言中说：“《丛书》经史子集具在，网罗一邑历史文献于一书，就是研究东莞历史文化的仓库。一地历史文献，是一地之文化家底，亦是一地文明之根。在东莞，要挽典籍之坠绪，发潜德之幽光，舍此《丛书》，当今恐无如此集中、如此便捷之别种也。”从这个意义来说，《东莞历史文献丛书》，就是东莞的《四库全书》，而为了东莞历史文献研究耗尽了数十年心血的杨宝霖，就是当今的伦明。

家乡的这些文化事件，九泉之下的伦明已经无法看见，只有东莞中心广场上的那尊青铜塑像，能够感知汉字的顽强。一个将续书《四库全书》作为自己毕生追求的书生，梦想不死，薪火未尽。他的家乡东莞，在出版了《东莞历史文献丛书》之后，又出版了五卷本、共两百多万字的《伦明文集》。

书，同人的生命发生关联之后，就有了“书生”这个具有风骨精神的名词。伦明的一生，同书血肉相连，他便成了一个时代书生的代表。

半元社稷半明臣

何真一生当中，最难以决断的时刻当是元至正二十八年，明洪武元年（1368 年）的那个春天。征南将军廖永忠招降书中的每一个汉字，如同悬在头顶上的利剑，让他坐卧不宁，不寒而栗。一念之差，不仅关系到个人的安危，而且牵连到岭南百姓的生死。

危如累卵的时局，在汤开建教授的笔下，化成了风声鹤唳的文字："朱元璋已即皇帝位，明兴元亡，已成定局。廖永忠屯兵潮州，陆仲亨自赣而下，明朝两路大军直逼广东。如若率军抵抗，带来的只可能是祸国殃民的残酷战争，如不抵抗，他则将成为叛元降明的'贰臣'……"

我在汤开建教授的史学论文《元明之际广东政局演变与何真家族》中读到了武侠小说的惊险和悬念，我为乡贤何真命运的设想超越了替古人担忧的文学情结。最终，我在明朝张二果、曾起莘的《崇祯东莞县志》中找到准确的答案。何真用《上廖平章书》表明了一地豪强的低头和屈服：

区区乃广海布衣之士，学识荒疏，不达时机，遭逢乱世，无自存身，强出头地，聚兵聚士，徒保乡邑而已，岂意前元赐爵，位于二品，为人臣之道，未尝不以忠节为先。岂期天不祐元，遂使君臣颠倒，中原瓦解，南土弛崩，言乎天授，非人力也。顾我广东撮土，尚复谁争，况山河社稷，不过终归明主，阁下明示，钱氏归宋之事，河水为誓之语，此乃顺天保民，理所当然，安敢以烦重誓，然后方奠受命为乎。伏惟阁下以生灵为念，戒师善临，抚而慰之，俾民举手加额，感王师之德，则区区虽失臣节，以救生灵足矣。

在“前元”“明主”“王师”等名词的背后，后人看到了一面投降的白旗，元朝大臣何真，用“虽失臣节，以救生灵”的理由，做了那面白旗的旗杆。

我想象荣禄大夫、江西福建行中书省右丞何真的心里，此刻一定落满了冰雪。“江山”“社稷”，这些比山更重的汉字，一一在他心里崩塌。

一

时光倒退二十多年，何真还是一个河源县务副使。由于“河源县务”这个定语的限制，使得“副史”这个官职便无足轻重，难入流品。有关何真青年时期的经历，《明史·何真传》用非常简洁的语言一笔带过：“元至正初，为河源县务副使，轻淡水盐场管勾，弃官归。”

遍翻《中国历代官制大辞典》等权威工具书，均无“县务副使”这个官职的辞条。倒是百度百科，有对“管勾”的解释。在搜索引擎的指引下，后人看到的何真，只是淡水盐场一个承发宰辅文书的小吏。在后人的文章中，元至正初年（1341年）何真出任的河源县务副使和淡水盐场管勾，只是一个执掌衙门公务的小官。

所有的文献资料，都没有何真在河源县务副使和淡水盐场管勾任职期中的官场记录，兴衰荣辱，后人无从得知，倒是所有的研究，都用弃官回乡，做了何真人生的一个选择和转折。

何真进入官场之时，强大到用“世界之鞭”“人类之王”“旷古无比”“横扫六合”等极端大词修辞的大元帝国，正在日落西山，马背上的强弩，已经不能穿透轻薄的鲁缟。一个王朝的崩溃，总是可以看到不祥的先兆。

《元史·顺帝纪》中，遍地都是造反的文字：

> （至元）三年春正月癸卯，广州增城县民朱光卿反，其党石昆山、钟大明率众从之，伪称大金国，改元赤符。命指挥狗札里、江西省左丞沙的讨之。
>
> 惠州归善县民聂秀卿、谭景山等造军器，拜戴甲为定光

佛，与朱光卿相结为乱。

《元史·顺帝纪》中的广州和惠州，都是东莞的近邻，鸡犬之声相闻的水土，不可能独立为世外桃源。广州惠州的乱世，摧毁了东莞的太平。东莞乡民唐道明起兵响应，数月之间，便聚众数万。让元朝雪上加霜的是，至正三年（1343年），东莞主簿张云龙又率兵反元。至正十一年（1351年），中原地区反元大起义的强劲春风吹绿了近海的岭南，各种武装势力春笋般拔节，呼啸生长。王仲刚、黄常在惠州起兵，卢实善、邵宗愚在南海举旗，何真的家乡东莞，更是风起云涌，强豪割据。除了王成占据了石冈、福隆、石涌、横沥、龙眼冈、龙湖头、茶山、水南等处之外，《庐江郡何氏家记》中还有更详细的记载：

李确据靖康场，文仲举据归德场，吴彦明据东莞场，郑润卿据西乡、黄田，杨润德据水心镇，梁国瑞据官田，刘星卿据竹山下、萍湖，萧汉明据盐田，黎敏德据九江、水崩江，黄时举据江边，封微之据枫涌、寮步，梁志大据板石、老洋坪、栢地、黄漕，袁克宽据温塘，陈仲玉据吴园，陈子用据新塘，王惠卿据厚街，张祥卿据篁村，张伯宁男张黎昌据万家租、小享（亭），曹任拙据湛莱。

《庐江郡何氏家记》中的那些地名，都带着元朝的古意。比如靖康场、归德场、九江、水崩江、枫涌、板石、老洋坪、柏地、黄漕、吴园、万家租、湛莱等，让一个21世纪的东莞人迷失了方向。我去请教穷经皓首的东莞文史专家杨宝霖先生，在他那栋简朴充满了古籍书香味的自力斋中找到了与时代相对应的地名。当我在2465平方公里的东莞地图上一一找到那些元朝的地名，用刀剑弓弩标志出那些豪强的城堡之后，惊叹与疑问成了一个21世纪的写作者对元末东莞乱世的不解。

东莞的前生名为“东官”，这是晋成帝咸和元年的命名，一千六百多年来，东莞隶属变更，与多个地方分合，疆域变化频繁，但“元以邑隶广州路总管府（定为中县），洪武初改总管府，曰广州府，仍以邑隶之。立编户一百八十三里”。

《崇祯东莞县志》白纸黑字的记载中，何真时代的东莞，虽然面积大过如今的版图，但毕竟是一县之域，竟然涌现大大小小二十多股武装割据势力。东莞身上的破碎和疼痛，一千六百多年后的子孙依然感觉得到。在我的想象中，元末明初时期的东莞，犹如一个感染了疱疹的患者，他腰间的病毒，以恶疮的形式，攻城略地，猖狂蔓延。那些自立为王的武装势力，虽然互无统属，却为了地盘而相互争战。在众多的割据势力中，王成和陈仲玉的名气最大，势力最强。他们的角力争据，在史料中留下了“贪暴肆敛，民不堪命”“攻掠县治，居民流散”的恐怖记录。在民间传说中，疱疹被“蛇缠腰”的俗名取代，英雄好汉，只要让疱疹蔓延成围腰之势，必将一命难保。何真那个时代的武装割据，正如东莞腰间的恶疮，一旦形成蛇阵，一县之地，必将被战火焚为灰烬。

淡水盐场管勾何真，就是在这个时候离开衙门，回到了他的家乡东莞。

二

何真，绝对是元末明初的枭雄。

何真那个时代，冷兵器和马匹还是战场上的主角，没有影像工具能够留下何真的音容和相貌。我只是在《明史》中找到了关于一个好汉的相貌描述：“少英伟，好书剑。”古人对于人物的描述遵从客观原则，不夸张，不虚饰，惜墨如金。相似的描述还出自明朝何乔远的《名山藏》：“好儒，善击剑。”即使带有情感亲缘色彩的《庐江郡何氏家记》，对于何真的介绍也没有“高、大、全”：

> 祖母贤，教子义方，吾父（何真）未冠时，好驰马试剑，祖母论曰：治平之世，不事诗书，图竖门风，顾弓马是尚。且汝父说汝命起家，今苔此得不孤汝父之言。父闻名，即肄业。

何真的“英伟”，已无图像可鉴，倒是“书剑”，研究者有令人信服的文字记载。何真的喜剑，从好书开始。我在黄脆的史料中，找到了一些人名：孙蕡、黄观澜、林齐汉。六百多年的漫长时光，埋没了这些人名的真实面目，但是后人依然在史料中找到他们的真实身份。孙蕡是被人称为“岭表儒宗”的南园诗社领袖，黄观澜、林齐汉则是与孙蕡声名并列的“郡儒”。何真人生初始，即与这些名儒交游深笃，近朱者赤的熏染不可避免地让自己进入了儒的行列。何真后来的人生，印证了他的好书并非叶公好龙。何真起兵之后，网络与重用了一批人才，除了孙蕡之外，王佐、刘三吾、伯颜子中、张智等人，都是他倚重与深信的左膀右臂。史料称：王佐为南园五子之一，其人“才思雄浑”，“为名流所重”；伯颜子中，西域人，随其祖入居江西，时为龙兴路东湖书院山长，其人“学行醇正”，被称为江右名士；刘三吾，“博学善属文”，明初为朱明王朝制定礼部典章的“宿儒”；张智，福建顺昌人，其人“才识卓异”，入明为礼部右侍郎。所以，汤开建教授认为：“僻处岭南之何真，其幕府能延揽如此众多的宿儒名士，足证何真重文好儒之名为不虚。”

何真的读书好儒，也许和他近儒结交名士的影响有关，然而习武，却是家族的氛围和传统所致。何真少年时便“好驰马试剑”，喜甲胄兵戈。在何真的影响下，何氏家庭习武成风，男儿奋勇争先。孙蕡《送何三元帅北上》诗，从何富的角度折射了一个家族的风习：何郎昔年十六七，明珠虎符光照室，锦臂苍鹰掣青云，青丝白马嘶晴日。在《庐江郡何氏家记》的记载中，何真之弟何迪，堂弟何元忠、何宗茂、何汉贤，其子何荣、何华、何富、何贵和义子张文可及母舅廖允忠均好武尚勇，均是能征善战的勇将。

一个淡水盐场的管勾，回到家乡，没有引起任何人的注意。没有一个占地称侠的豪强，看到了何真胸中保境安民的抱负，王成、文仲举，郑润卿、吴彦明、黎敏德、梁国瑞、孙惠贤以及惠州的王仲刚、黄常等拥兵称雄的强人，虽有豺狼的眼光 却无法看到林中的虎豹。

我猜想，何真回到家乡的时候，并没有打出保境安民的旗号，他的身后，更没有一支虎狼之师。支撑一个人保境安民剪除强豪雄心的，仅仅是家乡东莞坭冈的何氏族人和少数家丁，这些族人和家丁的声势，无法让一个好书剑的乡间青年成为统军的领袖，在史料的记载中，何真没有自己的军队，他只是文仲举和郑润卿的归附和听从号令者。

六百多年来的改朝换代和地名变化，并没有让山川河流大地被时代用铁路、高速公路、湖泊和高楼大厦的手术刀整容而改变血缘，东莞大地，依然延续着晋咸和元年以来的香火。我在元朝的东莞地图上找到了何真与文仲举、郑润卿、王成关系的答案。舆图上那些归德场、西乡、黄田、石冈、坭冈的地名，其实就是豪强的据点。

在何真起兵东莞，收服和兼并各地武装势力，然后逐步扩张，最后统一岭南的曲折人生中，王成，无疑是他最重要的敌人。何真人生的第一次政治交锋，便是与王成的过招，只不过那时，何真初出茅庐，羽毛未丰，还没有自己的武装。

《明史·何真传》中的记叙，让后人看到了何真的无所畏惧：

（至正）十四年，县人王成、陈仲玉作乱，真赴告元帅府，帅受赂，反捕真。逃居坭冈，举兵攻成，不克。

何真人生的第一次挫折，与年轻和缺乏经验有关。他没有看清自己与王成之间社会地位和军事实力的差距，他以为，凭着作乱的证据和告发，就可以让逆贼王成遭到灭顶之灾。

《庐江郡何氏家记》等史料中，将王成称作“乡民”和“贼”，将何真与王成的长期战争赋予了情感和正统的倾向性，其实，至正十四年（1354年），王成却是朝廷任命的广东道副都元帅。王成的父亲王梦元，为东莞石冈的巨绅，因为多次聚兵平息在东莞作乱的盗贼匪寇，在乡里颇有名声。王成朝廷命官的职务，来自“捐资募士，屡抗大敌”的功劳，并非无功受禄的浪得虚名。

何真以王成作乱的罪名状告元帅府的行为，让我想起了“以卵击石”这个成语。果然，在《明史》中，何真就成了一个出师未捷的失败者。王成与陈仲玉的叛乱，不仅是何真手中的证据，而且也是一个公认的事实。所以，何真信心百倍地前往元帅府，告发王成与陈仲玉的反叛。何真没有料到的结果，成了日常生活中的戏剧性情节。因为受了王成的贿赂，元帅府官员鞑靼反将何真拘捕，打入牢中。何真在别人的帮助下逃出死牢，从此与王成、陈仲玉不共戴天。所有的史书都忽视了一个情节，只有《庐江郡何氏家记》记录在案。何真越狱之后，王成到处悬榜，许诺巨金，捉拿何真。这个被史料文献忽略的重要情节，却让何真牢牢记在心里，并且成功复制，让王成尝到了苦头。“师夷长技以制夷”，“以其人之道，还治其人之身”，后来我在中学语文课本上学到的这些俗语，我总是怀疑滥觞于元至正十四年（1354年）的何真。

逃过劫难之后的何真，立即“举兵攻成”。史书的记载中，何真至正十八年之前，尚未有自己的军队。此处的“举兵攻成”，无疑是何真难以忍受被元帅府和王成联手合谋的冤屈，所谓的“举兵”，只不过是纠集何氏族人和看家护院的家丁而已。所以，“不克”，便是符合逻辑的必然结果。

没有自己的武装，便无法保境安民。仅凭家族的同姓之人和家丁，亦不可能击败王成报仇。何真在势小力弱局面下，做出了正确的选择——投奔文仲举和郑润卿。这是何真人生中无奈的一着险棋，但是何真是个高明的对弈者。何真日后保境安民，统一岭南的成功，开始于这步无人看好的险棋。

三

何真率领族人和家丁投奔，迎来了与文仲举、郑润卿的蜜月。“常请代领其兵，战无不克。”古籍的描述，证实了文仲举、郑润卿对投奔者何真的利用或信任，同时也是何真率兵打仗才能的检验结果。

《庐江郡何氏家记》中的这句叙述，是何真与文仲举、郑润卿合作开出的一朵昙花，好看，然而却是短瞬一现。何真与文仲举、郑润卿的蜜月结束在所有的史料中。“至正十六年，与文仲举绝交，又与郑润卿交好，到至正十八年（1358），郑润卿轻信谗言，想铲除何真。”何真的起兵，就是在命悬一线的绝望之时进行，那种形势的紧张和强度，将何真逼迫到了悬崖边上。

如果以起兵作为分界，何真在东莞的第一仗当是与郑润卿、吴彦明的瓢湖泾、东西涌战斗。这一场以何真大胜为标志的恶战，史籍中均无战争经过的描述，后人只能通过“斩首七百六十余级，生获者四百余人”的战果，推测出战争的残酷与激烈。

瓢湖泾、东西涌之战的胜利，让何真名声大噪，从而奠定了他在东莞割据群雄中的地位。研究者认为：“至正十八年瓢湖泾、东西涌之役应是何真正式起兵的标志，从此才开始他扫平割据统一岭南的事业。”

获胜之后，何真立即巩固黄冈、黄田场、海南栅、山下营的基地，并迅速向周边扩张：命沈惠存驻守梅林营，命堂叔汉贤驻守赤岭营，命欧孟素驻守黎洞营，命林一石驻守林村营，命邹子龙驻守岑田营，命二兄（何华）驻守黄坑营。这些以营作单位的据点，星星点点，遍布了半个东莞，连香港新界地区的黎洞、林村、岑田，都成了何真势力的管辖范围。

元末时期的东莞，如同一片嫩绿的桑叶，而何真，则是一只依附于桑叶的饿蚕。两年之后，水里孙德贤和都乐里的韦景俊，先后成了何真的俘虏，九江水的黎敏德，亦是何真的手下败将。何真胜利的方式，已超越了简单的武力较量，何真胜利的步伐，山川已经无法阻拦。在官田梁国瑞归顺之后，何真又同水心镇杨润德联姻，化敌为亲。曾经在瓢湖泾、东西涌大战中遭受何真重创的郑润卿与吴彦明联军，在至正二十一年（1361 年）再次被何真击败，走投无路之下，郑润卿和吴彦明用屈辱的归降结束了与何真的武装斗争。何真风卷残云的战争方式，威震敌胆，乃至黄友卿采取极端方式，绑缚了自己的主人，前来归降。

因畏惧敌人强大而擒绑自家主人作投名状的战争情节，在何真的人生中，出现过多次，聪明的何真，将这些非正常的招数牢牢记在心中，在后来与王成的生死搏斗中，出奇制胜，用多端的计策，演绎出了军事斗争中的精彩情节。

以魏可道部将黄友卿缚其主归降为时间节点，至正二十二年（1362年）的时候，东莞境内的二十多股割据势力有一半归附了何真，东莞元末以来群雄割据犬牙交错的状况，变成了两强对峙的局面，何真与王成两条大鳄，将东莞的一潭池水，搅得波涛汹涌，天翻地覆。

然而，惠州黄常的出现，让王成得到了意外的喘息。何真一鼓作气的锋芒，转向了叛乱的黄常。

关于何真挥军惠州，平息黄常叛乱，史籍只有简略的记载。《明史·何真传》说：

> （至正）十四年，……久之，惠州人王仲刚与叛将黄常据惠，真击走常，杀仲刚，以功授惠阳路同知、广东都元帅，守惠州。

而在黄佐的《广东通志》中，则有如下介绍：

> 惠州王仲刚与叛将黄常称元帅，据惠，贪暴肆敛，民不堪命。众慕真义，迎以守惠，遂解惠州之困。逐常戮仲刚，并有惠循二州，行省又上其功，授惠州判，寻迁惠阳路同知、广东都元帅。

所有的古籍，均以文言的简洁掩盖了生活中的故事和人物行动。《明史·何真传》和《广东通志》中隐藏的鲜血和尸首，在《庐江郡何氏家记》中若隐若现。

何真率兵攻打惠州，命胞弟留守东莞。何真之子何荣在夜色的掩护下领兵进入惠州，黄常来不及反应，同守将谢子实仓皇宵遁。第二天早上，惠州市民夹道欢迎何真军队入城，市肆如故。何荣俘虏守将谢子实之后退兵。《庐江郡何氏家记》中的描述，让后人看到了何真军队的纪律严明，那个秋毫无犯的场景，令人想起六百年后电影中的中国人民解放军。

平叛惠州的战斗，并没有在何荣生俘守将谢子实之后结束。在黑夜中离开的黄常逃到了东莞，归附了王成，并请王成进攻惠州报仇。在接下来的雨战中，何真的军队又击败了率舟溯江攻城的王成。“成兵死者众而城守逸。父命长兄、二兄攻富沙角营，擒守政，……刑于市。”

何真平叛惠州的功劳，为他换来了惠州路总管、广东都元帅的升职，从此何真管辖惠州循州，全家从东莞迁至惠州。

我在明朝黄佐的《广东通志》中找到了何真升任惠州路总管和广东都元帅之后的表现。“循惠二州，民赖无安”八个字的评价，后人以为何真从此踌躇满志，偏守一隅。只有近在东莞的王成知道，此时的何真，只是一只下山的饿虎，他的猎物，远远没有赶尽杀绝。

四

何真出生的时候，强大的元朝帝国已经过了如日中天的年华，成吉思汗的马蹄已经有了迟缓的迹象。何真之后，元朝只剩下了20余年的短暂时光。

从唐诗宋词走过来的元曲，是何真生活的那个时代最鲜明的文学体裁和标志。在我的想象中，自幼好书的何真，一定是元曲的粉丝，他肯定在天下大旱饥民相食的乱世里读到过关汉卿、白朴、郑光祖、马致远，也一定知道《山坡羊·潼关怀古》：峰峦如聚，波涛如怒，山河表里潼关路。望西都，意踌躇。伤心秦汉经行处，宫阙万间都做了土。兴，百姓苦；亡，百姓苦！

后人推开元曲的窗户，便看见了一个王朝的风云变幻和兴亡盛衰。当窦娥在关汉卿的杂剧中以一个悲情女子被冤杀，死后用血飞白练、六月飞雪、楚州大旱三年的奇异现象，控诉社会黑暗的时候，何真生活的岭南，却也通过“地路八州，平土绝少，加以岚瘴毒疠，其民刀耕火种，巢颠穴岸，崎岖辛苦”的现实呈现时代的苦难。

在定性何真生活的元朝时，后世学者用了“政局日趋混乱与溃烂”的定语：

当时元朝的政治日趋保守腐败，财政溃坏与军力衰微日甚一日；蒙古、色目、汉人、南人四等级的法律地位早已固定下来，南人从朝廷要职中被完全排斥；皇帝大多沉湎酒色，政变和武装冲突不断发生。所有这一切，都加剧了元朝固有的阶级矛盾和民族矛盾，激起人民的强烈反抗。各地此伏彼起的小规模反叛，最终汇合成农民大起义的洪流。（陈梧桐《何真简论》）

在陈梧桐文字的背后，我看到了红巾军首领刘福通在中原大地点燃的起义之火，迅速地蔓延到了岭南。广东这个火药桶，由于盐法峻苛，百姓愁苦，“灶户盐丁，十逃三四”，由于元朝出于对外用兵的需要，多次征召沿海渔民和盐民，充当战争机器中的零件而被瞬间引爆。

元朝亡国的乱象，其实早已开始。

“酒课、盐课、税课，比之国初，增至十倍。征需之际，民间破家荡产，不安其生。”“云栈遥遥马不前，风吹红树带青烟。城因兵破悭歌舞，民为官差失井田。岩谷搜罗追猎户，江湖刻剥及渔船。酒边父老犹能说，五十年前好四川。”在汪元量《利州》诗的背后，亡国君主元顺帝正兴致勃勃地在皇宫里建造屋宇模型。这个酷爱工匠建造且技艺高超享有“鲁班天子”美誉的帝王，用人间最珍贵木料和珍奇宝石将华贵的屋宇浓缩于宫殿中，然后命令近臣照葫芦画瓢，按照模型建筑房子。当内侍们别有用心地称赞别家的房屋更为漂亮时，顺帝便随手毁弃模型，臣下便趁机抠下模型上的珠宝。

顺帝面对清宁殿、前山、子月宫和龙舟等自己建造并满意的建筑时，发出了无怪乎隋炀帝游江都乐而忘返的千古感叹。这句感叹，成了大元的亡国之音。

远在江南的何真，当不可能听到顺帝的亡国之叹，但是，他能看到元朝亡国前的征兆。

有学者用阶级划分的方法论述元末农民起义，认为起义军不仅将斗争的矛头指向元朝统治者，同时也对地主阶级进行严厉的打击，“见富人如仇，必欲焚其屋而杀其人”，使地主阶级受到严重的威胁。各地的地主富豪纷纷组建“义兵”的地主武装，与农民军对抗。东莞的土豪文仲举、郑润卿等也纷纷组织武装，据地自保。元廷鉴于承平日久，“世袭官军，善战者少”，遂改变以往不许汉人、南人执兵器、弓矢的禁令，于至正十四年（1354 年）宣布“义兵立功者权立军职，事平授以民职”，对地主富豪组织武装的举措加以鼓励。

何真人生中的第一次行事，即赴元帅府状告王成、陈仲玉举兵反元，就是基于上述的原因。在学者的论述中，何真当是东莞地主阶级的代表，他的“保境安民”只是据地自保的另一种表述。

何真在乱世中回到东莞，应该与他的家族、家庭有关。在《庐江郡何氏家记》的记叙中，何氏来源于南雄珠玑巷，宋室南渡时移居东莞。“家道寝昌”这个形容词的描述，在何真祖父何发藻那一代即已成为现实。何发藻以东莞巨户的身份出现，在东莞员头山、石壁头、周塘等地购地建房。何家的土地和宅院虽然没有数据的描写，但是何家佃户众多，有张、游、吴、黎、陈、魏、黄、叶等姓。这些异姓的佃户，为一个富有家族的繁衍生息蚂蚁般的辛勤劳作。

乱世中的何氏家族，就是春江上最早感知水暖的家鸭，何氏家族拥有的田土、房屋、山林、粮食、六畜和金银财富，正是兵荒马乱年代强人觊觎的肥肉。豢养的家丁，只是散兵游勇，无法担负起保护何氏人财平安的重任。何真虽然“少英伟，好书剑”，但在河源县务副使和淡水盐场管勾的任上实难有横扫六合、称霸天下的抱负。一个官场小吏回归家乡，所有的目的都是为了家族人员的安全和财产的无恙。所有的史料，都没有从何真的言行举止中发现“苟富贵，勿相忘”“燕雀安知鸿鹄之志”“王侯将相，宁有种乎”的豪言壮语和造反称雄的野心，倒是出于对元朝的忠心，维护国家正统和家族财富，才是一个深受儒学影响者的必然选择。所以，《庐江郡何氏家记》说何真“结聚乡民”是“为保生计”，“实无他志”，当是真实的记录。

此时的何真，绝对不会想到，一个人据地自保的火星，会弥漫成岭南称王的野火，更不可能想到，江西福建行中书省右丞的朝廷赏赐，会成为他人生顶上的花翎。

五

我许多次从茶山、横沥、石碣、石龙、惠州等地驱车或步行经过，除了高楼大厦车水马龙和灯红酒绿组成的歌舞升平，从来没有见过长矛、箭矢和盔甲，更没有看见地下流淌的鲜血和滚落的人头。

六百多年的时光，彻底洗净了至正二十三年（1363 年）之后，何真与王成的生死血战。后人只能在元朝的东莞地图上，找到一场场血战的遗址。势均力敌的两大武装集团，没有谁会放下杀心，主动投降。

至正二十三年（1363 年）的那场大战由何真主动发起，双方投入的兵力，战争的时间、方式和战场的范围，均超过了一个后世散文作者的想象。战争发起之时，何真集中了清塘、板石、江边多个地方的兵力，进攻王成的乌湿营，鏖战数日之后王成败退，退至福隆，何真猛追，同时分兵攻击王成石涌、横沥、龙眼冈，龙湖头等地的营寨，王成无法抵挡，再退至茶园，最后凭借水南营的坚固据守不出。此时，何真进攻的战场已从浦田移至水乡，那些古老的地名，占据了东莞的半壁江山。王成以水为兵，阻挡何真的锋芒。何真命令黄德制造排筏，军队从惠州起程，顺东江而下，双方在水南城下展开恶战。何真命令湛莱守将曹叔安支援，王成则向卢述善、邵宗愚、张黎昌求救，引来楼艚数百。大战相持数日，双方均遭重大伤亡。何真部将曹叔安“额中火筒死，筏师败衄”，何军遂在大雨中撤兵。撤兵之后的何真并未息鼓，而是转征依附王成的其他割据土豪。何真转征之后首先击败了张黎昌，逼他退回了万家租，随后篁村张邦祥、赤岭陈希鲁、厚街王惠卿不敢抵抗，望风而降，之后李确溃败，退守海南栅，归德曾伯由、白石文七偕侄文朝贵纷纷举起白旗。这场蔓延了大半个东莞的战争，虽然未能让王成死心，但何真的胜利，用“三王石克之擒叶满山，诸寨悉降”记载在史料中。

之后何真与王成的偃旗息鼓并非是战争的结束，双方的秣兵厉马在后人看不见的背后紧张进行。何真与王成的最后争战于至正二十五年十月开始。何真部下骁将马丑汗的叛变，点燃了大战的引信。

史书古籍的粗略，使我无法找到马丑汗叛离何真的原因。史料只是记叙了马丑汗“以博罗、河源、龙州、兴宁、循、梅三州”，“阴结王成”并主动联兵进攻惠州：

未几，王成率舟来攻，时，潦淹城半，贼舟尾楼，典城高并，相与交锋，攻技竭，守愈固，……贼沮遂退。

进攻惠州失败之后，王成接受了马丑汗的计策，放弃惠州，集重兵，围攻何荣镇守的安和镇，欲从薄弱处打开缺口。在何真援兵未到达之前，危急中的安和镇骑将詹受卿选拔了三百壮士，组成敢死队，奋勇冲到马丑汗王成阵前，马丑汗死于毒箭之下。

马丑汗的战死，无异于敲响了王成的丧钟。

我在《庐江郡何氏家记》中，看到了何真胜利之后的描述："攻石冈营，旗帜蔽日，往者降，贼人至是皆归附。成据福隆圣，一鼓而溃，老洋坪、石涌山、鸡萌诸营争降。"此时的王成，退守茶园营，树栅为障，坚壁不出，在何真募人拔大木破寨之后，逃至水南营。

在何真大军的围困之下，水南营内的王成，也许想到了"失败"的结局，但是，他没有想到的是，"失败"这两个汉字，却以戏剧性的情节精彩上演。

十一年前，初出茅庐的何真向元帅府检举告发王成反叛，反遭鞑靼陷害，逃出监牢之后被王成用布告悬赏的方式捉拿。何真没有忘记那场耻辱，更没有忘记那些张贴在城楼、街市、衙门、交通要道处的布告。

何真的计划，在史料中化成了"能擒贼首王成者赏百金"的简洁文字。

"重赏之下必有勇夫"，这个成语，屡屡以真理的面目出现。元至正二十六年（1366 年），演绎这句成语的主角是王成和他的家奴张进祖及雷万户。在何真的重金之下，张进祖和雷万户擒绑了王成，押到了何真营帐中请赏。一场旷日持久的生死战争，最后以一种举重若轻的戏剧性结果出现。

面对胜利者的得意，六百多年之后的读者，一定可以想象得到，败军之将王成此时的羞愧、紧张、恐惧和绝望。再高明的观众，也无法想象何真导演的大戏的曲折、复杂和惊险。

历史，常常以小说的形式出现，并且用细节在后人的脑海里扎根。钱谦益的《国初群雄事略》《明史·何真传》《崇祯东莞县志》和《庐江郡何氏家记》等不同文献，都用共同的情节记录了王成被家奴绑缚之后的喜剧。

未几，成奴缚之以出。真释之，引坐，笑谓曰："公奈何养虎遗患。"成掩面惭谢曰："始以为猫，孰知其虎。"奴求赏，真如数与之。使人具汤镬烹奴，驾转轮车，数人推之，令奴妻嘘火。号于众曰："四境有如奴缚主者视此。"于是人服其赏罚有章。

何真亲自为王成释绑并且引坐的情节，让我想起了《三国演义》中诸葛亮七擒孟获的故事。只不过，对于何真来说，《三国演义》已成历史，何真不是孔明，王成也不是孟获。

至此为止，作为东莞豪强与枭雄的王成画上了人生的句号。所有的文献资料中，从此再无王成的踪影。此时的王成，作为败军之帅，已经手无寸铁。一只拔去了牙齿和锐爪的老虎，已经不能对一只家犬构成威胁。

胜者英雄败者寇，历史已不再关心一个失败者的命运，但是，作为读者，总想探究，何真，为何不杀这个半生与他作对的强敌？

所有的文献，一律回避了这个答案，只有一生研究东莞文史的杨宝霖先生，提供了一个令人信服的观点。杨先生认为，与何真为敌的东莞数十股武装势力，大多被正史定性为草寇和蠡贼，只有王成为朝廷命官。以维护元朝正统的何真实无反叛之心，在没有朝廷旨意的前提下，何真不敢擅自将“捐资募士，屡抗大敌，以功授广东道副都元帅”的王成处死。所以，何真不杀王成，实质是对元朝的忠诚。

在一个淡水盐场管勾的心中，扫平王成势力，统一东莞全境，当是他保境安民的终极目标。然而，战争这架庞大的机器启动之后，任何人的一已之力，都无法刹住滚滚向前的车轮。

统一东莞的时候，何真在朝廷的功劳簿上，只是以一个惠州路总管的职务记录在册，局部的胜利，在何真保境安民的版图上，只是沙盘上的一面小旗，火种，尚未燃起蔓延的烈火。

惠州路总管的职务，就是元朝国家机器上的一个零件，在高速运转的国家机器上，何真只能俯首听命。王成之后，“各据乡土，自称元帅”的南海龙潭人卢述善和三山人邵宗愚，就成了何真的心患。

早在至正十三年，御史台命令广东都元帅府和万户府调集各县兵马分道征讨卢述善、邵宗愚的时候，何真也是征讨大军中的一员，只不过那时何真未成气候，只是东莞督兵明安手下的战将。由于明安不识战阵，何真在“率楼船入深港与敌交战”中败下阵来。

九年之后，邵宗愚和卢述善打着平息叛乱的旗帜进攻广州，杀死江南行台侍御史八撒刺不花，不仅“纵火杀掠，居民丧亡甚众”，而且还“恣纵搜城间美女为婢妾，群下骄恣，民皆切齿”。

在《元史》记载中，何真第二次进攻广州是在至正二十四年(1364年)。在德庆州、歧石、盐步、西南、山南、清远、四会、紫坭、白坭等各路兵马声势浩大的进攻中，邵宗愚放弃抵抗，退出广州，回到了三山。

一年之后，邵宗愚、卢述善卷土重来，此战何真失利，小径、车陂、瓦窑、冼村、大水坑、东灞等地失陷，何真堂弟何汉贤战死，何汉贤长子何彦宗被俘，何真第四子何贵受伤被俘。在数百艘海船的进攻下，何真的沿海营寨形势告急，与此同时，邵宗愚又同元江西右丞跌里迷失、廉方司副使广宁率兵攻击广州。迫不得已，何真仓促退守省城。

困守在广州城中的何真，面临着“城中粮尽，尽食蕉头麻根至煮皮笼靴鞋御饥”的艰难局面。为了保住惠州，何真不得已撤离，放弃了广州，让邵宗愚将胜利的旗帜插在了广州的城楼上。

何真再次率兵来到广州城下的时候，已是至正二十七年（1367年）的五月了。由于东莞境内反元的残余势力已全部肃清，何真的根据地和后方得以巩固，所以进攻力量强大。“沿途西乡、南头、增城、白沙、石湾诸营皆望风而降，又破车陂、冼村诸营，于五月进抵广州城下，何真军势甚盛。”

与两年前的失利败退相比，如今已是天壤之别。在“旌旗蔽日，戈甲鲜明”的大军面前，邵宗愚和跌里迷失、广宁不敢出战，只以宽深的壕沟和坚硬的城墙拒敌。

此时何真的眼里，已经没有了壕沟的宽深和城墙的坚硬，他七日破城的命令，传遍了每一个将士，号令之下，立刻有俊祖、黄友卿和詹受卿三员勇将挺身而出，自告奋勇，率领三百敢死队员，架云梯攻城。

激烈的战斗场面，被《庐江郡何氏家记》用文言文生动地记录下来。

> 时月没夜暗，俊祖分三部，俟潮退，涉清水濠、太平桥水，越西庙，至第三桥，以梯靠城，接踵上，迅速如猱，举火城上。火未发，先长兄、三兄屯众东门桥外，以梯顷城，寂不动。又令登高，望城西火起，即擂鼓。及闻鼓声，督兵登梯越城，敌支不得，兵攻东门，鼓声炮响，敌人股熠踰城，兵杀逐守者，开东门合杀，敌奔小市正、南二门去。跌里迷失随

（朱）宝安遁，副使广宁因贼入家，军乱伤死。民家闭户，兵无犯。

六百多年前的攻城之战，在何真军队的奋勇中重现于世，那些影视一般的文字，令人身临其境。

六百多年之后，我能想象得到，收复广州之后的何真，站在千疮百孔的城墙上眺望的情景，地上的鲜血渐渐风干，狼烟烽火，慢慢熄灭。一个从东莞走出来的书生，将宝剑收回鞘中，他的目光，越过河流、山川，越过府县州城。这一年，元朝廷再次授何真资德大夫，“仍分省广东，兄叔诸将升赏有差，钦赐龙衣御酒”，江西福建合并一省之后，又改任何真为江西福建行中书省左丞，仍治广州，最后升为右丞，“东连潮惠，西连苍梧，皆真保障”。

这个时候，何真的目光，应该看到了辽阔的远方，看到了“岭南”这个词的遥远边界。

由大庾岭、骑田岭、都庞岭、萌诸岭和越城岭组成的浩瀚岭南，始终是广东以外的异乡人理解这片群山的屏障。在广东生活的二十多年里，我一直在“岭南”和“广东”两个名词之间画上等号。我的无知最后在六百多年前何真的征讨和统一中现出原形。五岭以南这片广袤的地区，其实从遥远的唐朝就开始了“岭南道”的命名，唐朝官员快马驰骋时的长鞭，指向了广东、广西、海南三省全境和越南的红河三角洲一带。朝代更替，只是这个名词标尺上起伏的水位线，它的辽阔和广袤，永远是岭南的胸怀。

七

何真在岭南四面征讨，追求保境安民的时候，中原一带的朱元璋正在鄱阳湖与陈友谅展开争夺天下的惨烈水战。似乎风马牛不相及的两场战争，却在命运的安排下，数年之后让战争的主角产生了交集。

战争，并不是何真和朱元璋人生命运交集的唯一因素。

父母双亡的安徽凤阳人朱元璋离开皇觉寺外出流浪乞讨的那一年，广东东莞人何真正在广东河源县务副使和淡水盐场管勾的职位上谋生。没有人从穷困潦倒的乞丐身上看到一个人日后的前景，也没有人从一个衙门官吏的行为中测卜到他人生的未来。贫穷和富贵，是两条不同方向的小径，只有神的伟力，才能让不同方向的小径在某一个时间交会。

皇觉寺里和尚和流浪四方乞丐的低微，并没有让朱元璋的人生沉沦。朱元璋命运的转折出现在红巾军起义的乱世中，投奔郭子兴，成了一个帝王的奠基。史料记载中的朱元璋为了活命，不得已投奔郭子兴参加了义军，但当驰骋沙场上，他发现自己原来竟可以统领千军万马，能够掌握自己乃至别人的命运。

在一个没有发明照相技术的时代，所有人的音容笑貌都只能通过笔墨线条留存下来。我看到过的所有朱元璋画像，均以一种怪异的容貌出现，他的五官比例和脸部轮廓，严重变形和失调。这种符合古典小说“双手过膝，两耳垂肩”的帝王相貌描述的特征，也许就是上天安排的异相。当年郭子兴喜欢上朱元璋，就是看中了他“姿貌雄杰，奇骨灌顶，志意廓然，人莫能测”的奇异长相，而《元史》中何真“少英伟，好书剑”的书生形貌，则不是帝王气象的写照。

削平群雄，是每一个王者的必然之路，削平群雄的道路，犹如华山的险阻，并非每一个攀登者都可以成功。在累累白骨中登上顶峰的成功者，只是群雄的凤毛麟角。

在削平群雄的过程中，何真与朱元璋遇到的对手都可以用强大来形容，每一场战争，无论胜负，都是尸横遍野血流成河的惨烈。只不过后来朱元璋打下江山，当了明朝的开国皇帝，历史便放大了那些战争的宏大和残酷，而何真扫平群雄的战场局限于岭南，最后又不愿意用岭南百姓的生命作抵挡明朝大军的盾牌而和平归顺，所以何真指挥的血战被五岭严密包围而缩小和淡化。

至正十六年（1356 年）的时候，何真尚未建立自己的武装，还在文仲举和郑润卿之间寻找个人发展的机会，而北方的朱元璋，已经亲率大军，渡江占领了集庆（南京）。集庆城里，胜利者朱元璋严格约束士兵，并出榜安民，得到了百姓拥护。朱元璋将集庆改名为应天府，设立大元帅府和分封诸将的行动，向天下表明了他的远大志向。

六百多年之后，何真的家乡遍地高楼大厦，桥梁与高速公路、铁路天衣无缝地融为一体，让人忘记了东莞这个南海边的水乡曾经的交通阻隔。我多次去当年的古战场水南怀古，除了一条东江蜿蜒流过之外，我再也找不到元至正二十三年（1363 年）何真与王成水南城下恶战的场景，当年的艨艟，早已上岸，那些遮天蔽日的旌旗和震撼军心的鼓声，早已像烟云一样消失。

历史只用简略的语言一笔带过了何真与王成的水战，却用浓墨重彩描述了另一场水上交锋。鄱阳湖，以中国最大淡水湖的身份和数十天的耐心，容下了朱元璋与大汉皇帝陈友谅的生死搏斗。

陈友谅用特制楼船数百艘和六十万大军包围洪都（南昌）的行为挑起了这场旷日持久的水战。洪都守将朱文正死守了八十五天之后，迎来了朱元璋率领的二十万援军。陈友谅退到鄱阳湖迎战朱元璋，在三十六天的激战中，鄱阳湖见证了无数生命的死亡，鄱阳湖水在鲜血中逐渐变色，水里的鱼虾，被人类的疯狂杀戮震惊从而产生了深深的恐惧。陈友谅的部队全军覆灭，而他自己则在血战中被飞箭射穿头颅殒命。

一年之后，朱元璋领兵征伐武昌，陈友谅的儿子陈理投降。朱元璋挟鄱阳湖大战的余威，轻而易举就在中国大地上抹去了“大汉”这个短命的国号。何真则东讨西征，将半个岭南揽入怀中。两场水战，以朱元璋和何真的胜利告终。相比鄱阳湖的大战，何真的胜利显得有些微不足道，在胸怀大志的朱元璋心中，广东东莞的水南战争，不足以在他的地图上插上红旗。而对于何真来说，鄱阳湖水战的残酷和朱元璋的威名，当是他耳边震响的一颗炸弹。何真的眼光被苍莽绵延的五岭遮住了，他无法看到，四年之后，朱元璋进攻的帅旗将冲破山岭的阻隔，直指他的城下。

一个王朝灭亡之时，领军征战的武士会最早从血泊和人头中感受到风暴的摧枯拉朽，远在岭南的元资德大夫，江西、福建行中书省右丞何真，从快马的蹄声中听到了朱元璋攻克湖州、嘉兴、杭州、绍兴，吴王张士诚被俘和之后平定浙江方国珍、福建陈友定的消息。

江山易帜改朝换代最终以元至正二十八年（1368 年）正月初四朱元璋在应天称帝，定国号大明，建元洪武为标志。朱元璋北伐南征大军在“驱逐胡虏，恢复中华，立纲陈纪，救济斯民”的旗帜下刮起了明朝的飓风。而统治了中国 98 年的元王朝，以元顺帝在应昌的死亡而告终。元朝大臣何真，听到了从遥远的应昌（今内蒙古克什克腾旗达里诺尔西）传来的丧钟。

八

用二十年的时间，朱元璋将自己铸成了一柄无坚不摧的长矛，没有一面盾牌，能够抵挡它的锋芒，这柄长矛所向披靡的时候，险峻苍茫的五岭大山，也只不过是一道可以跨越的矮丘。

廖永忠的到来，使何真走向了一生中最艰难的十字路口。这个明太祖命名的征南将军，率军水陆并进，声势浩大，旌旗蔽日。平定福建，擒获陈友定的胜利威风，尚未散去。廖永忠招降书中的每一个汉字，都潜藏着杀气。况且，陆仲享率领的另一路大军，顺赣州而下。两路大军合围之下的广东，有如明朝巨掌中的一枚鸡卵。

何真的一生，复杂曲折，然而并没有文学作品中的悬念。

何真用“归顺”两个艰难的汉字，作了廖永忠招降书的回应。一个元朝大臣，用心灵的痛苦，换成了明朝的喜悦和廖永忠的笑容。

何真的归顺，没有悬念，但是，归顺的过程，却充满了戏剧性。史书的记载，在此处开枝分蘖，让后世的读者站在了三岔路口。《明史·何真传》说：

> 洪武元年，太祖命廖永忠为征南将军，帅舟师取广东。永忠至福州，以书谕真，遂航海趋潮州。师既至，真遣都事刘克佐诣军门上印章，籍所部郡县户口兵粮，奉表以降。

正史的记述，得到了黄佐《广东通志》、郭棐《广东通志》的印证，都认为廖永忠先下书劝降何真，何真接书后归降。但是，《庐江郡何氏家记》记载却有所不同：

洪武元年春……有先差都事刘尧佐、检校梁复初航海贡于朝，回福建，会大明遣将台汤和、征南将军廖永忠克定福建，擒友定。征南将军廖永忠奉命征广东，付书尧佐回。父答书云。……委尧佐赍书航迎。时河源守将一宗飞报，大明陆仲享兵从赣来，即奉表于朝，躬往东莞场，迎见廖永忠。

廖永忠下书招降和何真复信归降这些共同的史实之外，《庐江郡何氏家记》的记载中多了两个耐人寻味的细节：一是洪武元年何真仍继续派遣使者，向元廷朝贡，使者在回归途中遭遇廖永忠；二是大明军队已兵分两路，分别从福建和江西进逼广东，福建一支且已进入广东潮州，近成兵临城下之势。

《明太祖实录》中的记载与《庐江郡何氏家记》相同，但是更明白和具体：

洪武元年元月甲戌，元江西分省左丞何真籍所部广东郡县户口、兵马、钱粮，遣使奉表迎降。初，汤和等平福建，真遣使由海道赴表于元，遇和兵，遂改其表文请降，且请人回报真。至是，征南将军廖永忠遣人送其使及表诣京师。

从众多的史料中，我看到了洪武元年廖永忠兵临潮州时何真的困境。对于元朝来说，何真绝对是一个忠心耿耿之人。至正二十五年（1365年），江西、福建、浙江这些通往京城的陆上交通被陈友谅、陈友定和张士诚用战争阻断之时，岭南的何真却“命造舶，遣省都事鲁献道进表贡方物于朝”，元顺帝的感动溢于言表，称赞说：“四方世臣尚改扈，岂期岭海自能克复藩镇奉表来闻。”朝廷的赞赏，立即通过对何氏一门的赐封得以体现。何真的资善大夫，江西、福建等处行中书省左丞，何迪的中奉大夫，广东道宣慰使司都元帅，何汉贤的江西行中书省都镇抚，何亨济的广西都镇抚，何克信的武略将军、惠州路万户，何元忠的福建行中书省理问，何宗茂的福建都镇抚，何荣的广州路银牌万户，何华的广州路总管府同知，何富的惠州路府判，廖永忠的湖广省理问，叶宗辉的广东省都镇抚，封靖卿的肇庆路总管以及何氏先祖、女眷们的册封，所有的荣耀与显赫，都成了一个家族对朝廷贡献与忠诚的证明。我从古代官制大辞典中查询到了这些官职的真实面目以及与如今官本位时代职务级别相对应的含金量。

何真作为元朝忠臣的原因，后世的学者认为他受儒家影响极深，将忠君报国，建功立业作为一生追求的最高目标。即使建功立业之后，他也拒绝效法赵佗、陈霸先，裂土称王。研究者们看到了一个英雄的人生局限，看到了何真改朝换代之时的内心困境，“然而，他生于乱世，华夷鼎沸，海内争兵，具有极深儒家理念的何真应走一条什么样的路方能达至忠君报国、建功立业的目的，他的选择十分艰难”。

六百多年过去，《上廖平章书》成了何真背弃元朝归顺大明的理由和证据，后人无法从简短的汉字中读出何真内心挣扎和心灵撕裂的痛苦，只有严谨认真的研究者，穿透六百年的漫漫时光，回到楚河汉界，在历史的原点上看到人性的复杂和局势的风霜。

汤开建先生的《元明之际广东政局演变与东莞何氏家族》中有令我信服的分析和判断：

> 何真当时刚受元廷由左丞升右丞命，并未想降明，故派使者赴京报元。但使者在途中遇明军，擅将进贡元朝的表文改为归顺明朝的降书，并将此事告诉了何真。何真此时已处于完全无可奈何的境地，本来是向元朝的进表，却被其属下改为归顺明朝的降书，再加上当时朱元璋已即皇帝位，明兴元亡，已成定局，况且廖永忠屯兵潮州，陆仲亨自赣而下，明朝两路大军直逼广东。如若率军抵抗，带来的只可能是祸国殃民的残酷战争，如不抵抗，他则将成为叛元降明的“贰臣”，以“练达古今”之何真对比岂不慎思？经过反复考虑，何真痛苦地选择了“失臣节”而“救生灵”之策。

“失臣节”和“救生灵”六个汉字，在洪武元年三月，形成了一种因果逻辑关系。何真的痛苦选择，让六百多年之后的读者，在《明史》中感到割肉般的疼痛。

一个人的命运，至少有两种走向。何真的命运，在《上廖平章书》中变成 了一根绳子，它牵着元朝资善大夫、江西福建行中书省右丞，一步一步朝着明朝的方向走去。吉凶祸福，无人知道。

九

何真归降，明太祖朱元璋的高兴超出了我的想象。

清人钱谦益著《国初群雄事略·东莞伯何真》中有一段朱元璋与何真对话的描述，读来身临其境，人物栩栩如生：

> 上谕之曰："天下分争，所谓豪杰有二，易乱为治者上也，保民达变，识所归者次也。负固偷安，流毒生民，身死不悔，斯不足论矣。顷者，师临闽、越，卿即输诚来归，不烦一旅之力，使兵不血刃，民庶安堵，可谓识时达变者矣。"真叩头谢曰："昔武王伐暴救民，诸侯不期而会者八百。今主上除乱以安天下，天命人归，四海景从。臣本蛮邦之人，迩者逢乱，不过结聚乡民，为保生之计，实无他志。今幸遇大明丽天，无幽不烛，臣愚岂敢上违天命。"上曰："夫能不贾祸于生灵者，必世享其泽。朕嘉卿忠诚，念江西地近广东，是用特授尔江西行省参政，以表来归之诚，古云：令名，德之舆也。卿令名已著，尚懋修厥德，以辅我国家。"

古时君臣对话，臣无不惶恐，语言谦卑。何真与朱元璋的交谈，亦不可能高傲自负。然而，何真“结聚乡民，为保生之计，实无他志”的表白，实在是他的一贯言行和内心的真实想法。

两年之前，何真在与王成地方武装集团的长期战争中取得了关键性的胜利，一根深入何真肉中的毒刺终于连根拔起，强敌剪灭，岭南大地，即将成为何真的天下。有部属提出建议，认为岭南地势特殊，远离中原，王朝威权，鞭长莫及，秦汉以来至五代均是如此。何不趁天下大乱之际，仿效赵佗，自立为王。何真身边所有亲信，都以为何真会采纳建言，振臂举旗，裂土称王。谁料何真勃然变色，下令将建言者推出斩首。

我在史料中找到了那个刀下冤鬼的名字：陈符瑞。

何真怒斩陈符瑞的情节，郭棐的《广东通志》和《明史窃》均有非常简洁的记载。《广东通志》称：“真保有广南，或陈符瑞，劝为尉佗计者，即戮之，示无二心。”《明史窃》则说：“有陈符瑞劝真效尉佗故事者，其即戮之，受元正朔，徐待天下时变。”

而在其他的史料中，“陈符瑞”并非建言者的名字。黄佐《湖广左布政使封东莞伯何真传》称“既显贵，先墓尝有紫气，人或指为符瑞，辄斥绝之”，其意为有人以这种所谓的符瑞劝何真效法汉代的赵佗，割据自立，结果被何真“执而戮之”。

其实，所有的史料均指向一个事实：何真素无裂土为王的野心，在他的人生志向中，汉代的赵佗，并不是一个可以效法的榜样。

赵佗称帝立国的背景，建立在秦朝军队四五万人的入粤和南下定居的“中县人”（即中原人）的支持鼓动之上，而且，赵佗建立南越国自称南越武王的六十九年中，名义上依然臣服于汉朝。何真清醒地知道，赵佗是南下的中原人，而自己，则是南粤土著。土著和异乡人之间，有着不同的血缘和文化。所以，裂土称王的野心，从来就没有成为何真的美梦。

人的心是不一样大的。何真的心，就是岭南的边界，而朱元璋的心，则是一个世界的天地。

明朝的江山，是血染的颜色，明朝的每一块土地，都是朱元璋武力所到之处。只有贫民出身的乞丐皇帝，才知道手上的鲜血和地上的人头。所以，朱元璋在残酷镇压与他作对的势力的同时，对那些和平归顺的人就多了一分宽容。

元末诸雄，都是朱元璋的死敌 ，你死我活的争斗，最后都以朱元璋的胜利告终，但流血的过程，让朱元璋刻骨铭心。张士诚被朱元璋武力消灭；陈友谅在鄱阳湖水战中死于朱元璋大军之手，其子陈理在武昌被围，绝望而降；方国珍苦于朱元璋的穷追猛打，走投无路而被迫投降；福建陈友定和云南梁王被明军全歼；陕西李思齐、四川明氏和云南段氏遭到明军的沉重打击之后无奈投降；辽东纳哈出，亦是在明军的大兵压境之下被迫投降；只有广东何真，兵无短接，主动归顺。鲜血和生死的对比之下，明太祖朱元璋对何真竖起了赞赏的拇指。后人在《高皇帝赐元左丞何真奉表归附诏》中，看到了朱元璋生动的面部表情。

> 皇帝诏曰，自元纲解纽，群雄并争，天下瓜分，未见定于一者，朕举兵濠梁，创基金陵，除残去暴，十有四年。迩者遣将四征，所向克捷，抚有七闽，肃清齐鲁，广西之施师，相继奏捷，大将军提兵北伐中原，指日可定，朕思昔豪杰之士，保境安民，以待有德，若窦融、李勣，拥兵据险，角立于群雄之间，非真主不屈，此汉、唐明臣，于今未见。正此兴叹。尔真连数郡之众，乃不劳师旅，先期来归，其视窦、李奚让焉。今特驿召来廷，锡尔名爵，以旌有德。

后来的研究者，也将何真的审时度势归附明朝赋予了积极的社会政治意义。何真“主动接受明朝的诏谕，纳土归附，这既是元末明初统一战争中唯一的特例，而且在岭南地区也为‘南越以来所未有也’。何真这种审时达变的明智之举，不仅加速了明朝的统一进程，而且也使岭南地区免除战争的破坏，从而为明代广东经济特别是商品货币经济的发展创造了条件”。（陈梧桐《何真简论》，《明清时期珠江三角洲区域史研究》，广东人民出版社 2011 年版）

廖永忠到达东莞的时间是洪武元年（1368 年）四月。由于兵不血刃，明军进入县城之时，旌旗蔽日，在一片和平的气象中，何真率下属官员迎见。

何真与明太祖朱元璋的首次见面和《国初群雄事略·东莞伯何真传》中的那段群臣对话，发生在廖永忠到达东莞之后。何真在皇帝褒谕的诏书中乘驿传入朝，向朱元璋贡献方物。明太祖赏赐何真文绮纱罗绫绢各百疋，白银千两，所有将士均有赏赐。

明太祖朱元璋接见归顺明廷的何真时，出现了一个破例的细节。细节在《国初群雄事略》中表述为“初赐诏谕，援例各进缴，真叩头乞赐，藏于家，为后世子孙荣”。文言简洁，却在紧要处忽略了皇帝的宽容和何真的内心世界。按照制度规定，皇帝初次颁赐的诏谕必须上缴，但是，何真却想收藏这份圣旨，光宗耀祖。在何真的乞求之下，朱元璋打破惯例，批准了何真的请求。

十

一纸降书，让何真从元朝的资德大夫、江西福建行中书省右丞转身为明朝的江西参知政事。这样的转身，可用“华丽”二字形容。

后世的研究者，认为江西行省参知政事是个掌握了权力的实职，体现了朱元璋对何真不劳师旅主动归附的奖赏。然而，何真毕竟是前朝的官员，黄河之水也难以洗去贰臣的耻辱，朱元璋对他的戒心，超过了蛛丝马迹，在皇宫的丹墀下一目了然。江西行省参知政事，只是一个从三品官员，比之元时正二品的江西福建行省右丞，未升反降。何真胞弟何迪，堂弟何享济、何克信、何元忠、何崇茂，子何荣、何华、何富，女婿封靖卿及姻亲寥允忠、叶德辉等身经百战并受封前元的家族重要成员，均在明太祖的疑心中遣散还乡，解甲归田。

何真的内心，虽然在他的《别靖卿经韶州南华寺赋》诗中有过不经意的流露，但在朝廷中，他的心筑起了坚固的城墙。他用“事高皇帝夙夜畏威唯谨”的战战兢兢，走过了洪武年的薄冰。洪武三年（1370 年）三月，何真转任山东行省参政，后又改任四川布政使。

后来朱元璋想起了何真家乡那些没有被朝廷安置的士兵和残存的武装，出了防止生变和动乱的目的，朝廷于洪武四年（1371 年）和洪武五年（1372 年）三次派何真返乡，收集旧部和地方武装，将二万多士卒分发河南彰德和青州入伍。

朱元璋对何真的戒心和疑虑，在何真转辗江西、山东、四川任上和二次回广东收编旧部的政绩中慢慢纾缓和放松。何真以自己的忠心和勤谨，经受住了皇帝对他的考验。

三次回广东召集旧部，成了朱元璋对何真及其何氏家族怀疑到信任的分水岭。朱元璋交代的任务，超出了现代汉语“艰巨”这个形容词的百倍。通过《明太祖实录》中的简略记载，后人可以感受到何真肩膀上那座泰山的重量。

(洪武十三年) 遣使敕谕广东都指挥使司及南海指挥使官曰：……海寇出没，为患不一，东莞尤甚。

(洪武十四年十一月庚戌) 广州海寇曹真自称万户，苏文卿自称元帅，合山贼……于湛莱、大步、大享（亭）、鹿步、石滩、铁场，清远大罗山等处据险之寨，攻掠东莞、南海及肇庆、翁源诸县。

(洪武十五年) 南雄侯赵庸帅兵讨东莞诸盗，凡克寨十二，擒贼万余人，斩首三千级。……赵庸进兵攻破东莞等县石鼓，赤岭等寨，擒伪官百余人，其党溃散。……赵庸讨平广东群盗，俘贼首号铲平王者至京，凡获贼党一万七千八百五十一人，贼属一万六千余，斩首八千八百级。

平寇治乱，又一次体现了何真的高明手段。何真的功绩，化成了具体的数字。黄佐的《广东通志》记载收集“土豪一万六百二十三人”。《庐江郡何氏家记》则记录“收集头目除授百户一百六十余员，总小甲及军二万余”，建镇南京军卫，何贵被任命为镇南卫指挥。镇南卫隶属左军都督府，指挥使为正三品官。这支以何真旧部为基础组建起来的军队，由何真之子指挥，这个细节，体现了朱元璋对何真的信任。

何真为明朝作出的贡献远远不止三次回广东召集旧部，平息盗乱，当朝廷发兵平定云南时，朱元璋启用何真何贵，“规划粮饷，开拓道路，置立驿传，积粮草以俟大军征进”，从至主帅征南将军傅友德称誉说：“何老官在此，我这场勾当有托付。”

后人忽略了一个细节，何真最后一次回广东招兵时，已经64岁，并且已经致仕。以老迈之躯，两次肩负重任，重新出山，且圆满完成任务。所以出生入死的悍将傅友德用了广东人陌生的“何老官”称赞何真，一是证明何真六十多岁的年龄，人生确实老迈了，二是表明了对这个语音方言相异的南方人的信任。

何真的功绩和他忠诚明朝的言行举止，最后感动了明太祖朱元璋，而且让开国帝王心中隐隐生出了亏欠的情愫。洪武二十年八月（1387年），当老态龙钟的何真再一次获准致仕之时，朱元璋用丹书铁券，作为对一个忠心耿耿的老臣的奖赏。在《御赐封东莞伯何真铁券制》中，铁石心肠杀人如麻的明太祖，竟然用了内疚的语意，表达了他对何真的安抚：

> 曩者事务繁冗，有失抚顺之道，致真职微，有负初归之诚，今特命尔东莞伯，食禄一千五百石，使尔禄及世世，朕本疏愚，皆遵前代哲王之典礼，兹与尔誓，若谋逆不宥，其余死罪，尔免二死，子免一死，以报推诚之心。

此时的朱元璋，也许从白发和皱纹上看到了何真寒霜之后的老态，铁石之心也难免恻隐，不由得回忆起当年的旧事：

当是时，尔何真率岭南诸州壮士，保境安民，他非其人，安敢轻入，尔守疆如斯，已有年矣。其岭南诸州之民，莫不仰赖安全于乱时。洪武初，朕命将四征，所在虽有降者，非见旌旗，则未肯附，尔真闻八闽负固，桂林之徒，驱民海上逃生，亦不量力，独尔真心悦诚服。罄岭南诸州，具载表文入朝，全境安民，岂不识时务者哉！

封建社会皇恩浩荡之时，文臣武将，谁不感恩戴德，高呼万岁。所有的文献，均未记载何真在明太祖御赐封赏时的叩头谢恩。倒是我从何真请求让何贵入朝参侍东宫的举动中，看到了一个臣子的谦慎和内心的恐惧。

少年时期，经常听大人说起铁券，总是以为，皇帝赐封的铁券，就是一道永远保命的护身符，却不知道，在帝王无限的权力下，铁券并不坚硬，也无法保全主人的荣华富贵。六百多年过去，铁券已经远离了现实生活，后人只有在博物馆里，见到它的真实面目。

我在北京的国家博物馆里，有幸见到过公元 896 年唐昭宗颁赐给功臣吴越王钱镠的铁券。那面覆瓦状的铁券，上嵌金字 350 个。我在一千多年前的金属上，读到了“卿恕九死，子孙三死”的吉祥汉字和皇帝许诺。

十一

何真内心的恐惧，其实是一个时代的恐惧，也是明朝所有文武官员的心惊肉跳。

何真作为一个前朝的降臣，自然有着比朱元璋身边那些出生入死打江山的功臣更多的顾忌和小心。刘基、李善长、冯胜、朱亮祖、宋濂、傅友德、蓝玉等明朝的开国元勋，都成了何真在宫廷中言行举止的一面镜子，何真在镜子中照见了朱元璋的多疑善变心狠手辣和功臣们的冤屈。

何真的恐惧，首先从刘基的命运结局中萌芽。

作为一个谋士，刘基获得朱元璋的信任可以用“最”这个程度副词来修饰，“最为上（朱元璋）所心向，言无不听”。在《赠刘伯温》这首诗中，天下人都看见了刘基同朱元璋鱼水关系的依赖。后来的生变，仅仅源于两人治国理念的分歧，刘基聪明地选择了致仕的方式回避矛盾，但是在朱元璋封赏爵位的理由下又回到了京城。只是，皇帝的心里一旦出现了裂纹，任何胶水都是难以黏合的。刘基在四个月之后再次以告老还乡的理由回归了家乡，从此有意远离官场。洪武八年（1375 年）的时候，六十五岁的一代开国元勋刘基在明太祖《赐归老青田诏书》“商不亡于道，官终老于家，世人之万幸也”“君子绝交，恶言不出；忠臣去国，不洁其名”的凄凉中回到故土，郁郁而终。

刘基死亡的寒风，让文臣武将们的身上起了凉意。

刘基之后染病的是朱元璋的外甥李文忠。出于亲戚的原因，李文忠经常向皇帝提一些诸如少诛戮，朝廷宦官过盛之类的意见，却未想触犯了舅舅，被皇帝安排的医官毒死。

朱元璋称帝之后的左相国李善长，是明朝的开国元勋。因为对别人谋反的游说未向皇帝报告，被朱元璋赐死，一家七十余人，同时株连被杀。陆仲亨、唐胜宗、费聚、赵庸、陆聚、黄彬、胡美、胡定瑞等人也连同走上了断头台。

明朝洪武二十一年（1388 年）间，文臣武将被杀者，足可列一个超长名单。在后人的研究和正史的记载中，真正未被冤枉的罪人，只有胡惟庸和蓝玉。

所有的帝王，都将“谋反”两个汉字当成朝廷的最大敌人，当成自己肉中的芒刺，任何谋反或和谋反关联的人，都不会出现在赦免的名单上。左丞相胡惟庸和凉国公蓝玉的反叛，朱元璋都掌握了证据，在众多的正史、野史中，都有情节、细节作为两人谋反的证词。宫廷内外的行动、言谈、都带着浓郁的血腥，直接通向朱元璋的宝座。朱元璋依靠各种手段破获了惊心动魄的内情之后挥起的刀剑，不可能留下丝毫的情面。胡惟庸一案，许多大臣丢了脑袋，株连者超过三万人。蓝玉案发之后的大清洗，也有一万五千多人被杀，几乎所有的开国重臣一网打尽。在后来颍国公傅友德和定远侯王弼赐死和宋国公冯胜赐酒毒死之后，开国功臣，只剩下了徐达、常遇春、李文忠、汤和、邓愈和沐英六人，形影相吊，茕茕孑立。

以讲述中国历史闻名的黎东方教授，在《黎东方讲史·细说明朝》一书中，对朱元璋的戒心和杀戮，做了如下的评价：

> 自从胡惟庸的案子一而再、再而三地扩大了以后，明朝不仅是当臣当民的人人自危，当皇帝的也是感觉到“人人皆敌”，惴惴然不知道自己能活几天，死在谁的手中。洪武十三年以前上下一心，共创新局面的风气，消失得无影无踪。当大臣的是“伴君如伴虎”，当小臣与老百姓的是“虎口余生”，朱元璋自己是虎了，却也未尝不是厕身于极多的其他老虎之中，“骑虎难下”，以虎骑虎。他竟然保住了自己的性命与江山，还算是他能干，至于因此而博得了“雄猜”、“滥杀”、“刻薄寡恩”、“可与共患难而不可共富贵”等等，千古的恶名，他也只好认了。

何真不是明太祖朱元璋所有杀戮大臣的现场见证人，只有一部分杀场，他看见了刽子手剑上的刀锋。由于生命终止，洪武二十一年（1388 年）之后的鲜血中，他无从看到地上滚落的人头。

何真一生中，两次致仕回乡，一次致仕未被获准。在我看来，这都是何真保全自己回避政治风险的策略。古代的致仕，就是当今的退休。在未建立硬性的退休制度之前，在官员手中的权力尚未被严格地约束之前，主动提出退休放弃权力的官员只是凤毛麟角，在退休和致仕之间，古人和今人有着太大的区别，古代官员的致仕关系到个人家族的生命安全，当今官员的退休仅仅是放弃利益的权力。

当老于谋略、深谙历史的刘基用致仕的方式作为生命的退路之时，智慧的何真肯定看到了刘基的用意和远见。所以，他也用告老还乡的理由，躲避血光之灾。

何真的谨慎和小心，远不是致仕的全部内容。左丞相胡惟庸案发的洪武十三年（1380 年），何真主动提出，解除儿子何贵北城兵马指挥职务，参侍东宫。何真认为，解除了儿子的军权，就是消释了朱元璋的疑心。

洪武十三年（1380 年）的何真，已经从历史的镜子中看到了前路的凶险，他的谨慎和小心，让他从薄冰上安然地走过，他的致仕请求和让儿子何贵退出权力的决定，是明智的选择。只是，一个智勇双全的英雄，看到了自己的生前，却无法预料到自己的身后。

何真的病故，是明朝洪武二十一年（1388 年）朝廷的一件大事，同时也是何真人生顶点的最高峰。朱元璋用比丹书铁券和封爵更高的礼遇，悼念这个忠心耿耿的臣子。皇帝下令在朝百官素服三日，并以厚礼安葬于京师城南八里冈。

东莞伯何真，在朱元璋的祭文中，走到了一个英雄的最高处。

> 当元季海内兵争，群雄割据，不可胜数，其识时务而知天命者几何人哉？尔真昔能辑众，保有岭南，当朕平定天下之秋，不劳师旅，即全土地以来归，使一方之民，得以安全，可谓识时务者矣。朕嘉尔诚心，锡尔官爵，今以年高善终于家，朕甚悼焉。虽然身居高位，禄及子孙，丈夫至此，又何憾哉！尔其有知，服兹谕祭。

十二

何真的哀荣和福泽，在朱元璋的祭文中继续绵延。在明太祖褒奖“遣官护其表，复赠侯爵，谥忠靖”之后，何荣也世袭了父亲东莞伯的爵位和荣耀，何贵依然在要害位置上担任镇南卫亲军指挥，何宏则由尚宝寺司丞擢升为少卿。何真家族的这些光耀，没有人将它看作是太阳落山时的最后余晖。

后来的《庐江郡何氏家记》以马后炮的形式，记述了劫难来临之前的一点预兆。

何真去世的那一年，一个名叫林振的万户，捏造何真勾结胡惟庸，以此敲诈何荣。何荣没有屈服，让人将林振绑了，然后入奏皇帝。朱元璋只问为何不将林振绑来，何荣用担心林振在绑赴途中畏惧跳入聚宝门外兵马司前大中桥下自杀的理由解释，得到认可，朱元璋差人将林振押来，严刑拷打，以死治罪。

胡惟庸案是朱元璋最大的忌讳，每一个胡党，都是他无比痛恨的敌人，因胡惟庸案株连冤死者不计其数，然而这一次皇帝却没识破了告状者的阴险。化险为夷之后，何贵何荣兄弟有一段心有余悸的对话，这段出自《逆臣录》中的文字，今天读来仍令人心惊肉跳：

何贵言说："大哥，像李大师、延安侯众人都为交结胡丞相，如今都结果了。我每老官人在时也曾去交结他来。看着如今胡党不绝，只怕久后不饶我这一家儿。"荣回说："我心里也只为这件事常常烦恼，不知怎的好，又没躲避处。由他，看久后如何。"

《逆臣录》中的这段对话，如果使用的是非虚构的手法，那么，何真与胡惟庸的交往，当是不可否认的事实。朝廷中的大臣，没有人可以装聋作哑，不与别人交谈，所以，从人际关系的接近和交往来说，难有人保证清白。所以，胡惟庸案株连一万五千余人，肯定有扩大了的冤屈。

何贵何荣逃过了一场劫难。没有人看到朱元璋的内心，没有人知道皇帝的想法。六百多年之后，我以一个局外人的与己无关分析朱元璋的心理，何真尸骨未寒之时，也许他眼中还有那块赦免死罪的铁券，谕祭东莞伯何真的嘉许仍有余音。

明太祖朱元璋内心那粒疑忌的种子没有萌芽，重新回到了土壤中，等待春天的到来。五年之后的洪武二十六年（1393 年），朱元璋心中那粒多疑的种子终于长成了树木，何真家族的冬天终于以鲜血和死亡的形式来到。

明朝洪武年间的一系列案子和死于屠刀之下的人物，大都与皇帝的疑心和牵连有关。一个人的口供，往往是另一个人的罪状，在严刑拷打之下，那些口供就是击鼓传花，将一个个人串在一根长绳之上。何真家族满门抄斩的血案，只是朱元璋屠戮长绳上的一个结，那根长绳的起头，却是凉国公蓝玉。

蓝玉，是明朝开国功臣常遇春的内弟。此人作战勇敢，立下赫赫战功，他的女儿被册立为朱元璋儿子蜀王的王妃，这层关系，让他和朱元璋结成了儿女亲家，并被封为凉国公。

牵连凉国公蓝玉的是靖宁侯叶昇。叶昇是蓝玉的儿女亲家，不幸的是叶昇被朱元璋认为与胡惟庸案有关而被杀头问罪。叶昇人头落地的时候，蓝玉便感到了自己脖子上的凉意。蓝玉的心思，记载在《逆臣录》中。蓝玉对哥哥蓝荣说："前日靖宁侯（叶昇）为事（出了事），必是他招内有我名字。我这几时见上位（皇上），好生疑我。我奏几件事，都不从。只怕早晚也容我不过。不如趁早下手，做一场！"

牵连的力量和牵连的后果是你死我活，人头落地。蓝玉的谋反，显然有朱元璋逼迫的因素，所以，《黎东方讲史 · 细说明朝》认为蓝玉在人人自危的气氛之下，铤而走险，情有可原而罪无可逭。在蓝玉的反叛计划中，趁洪武二十六年（1393 年）二月十五日朱元璋出城耕种藉田的时候下手。

古籍上的藉田图，让我看到了皇帝在国家的土地上，亲自耕种的情景。皇帝与泥土的接触，虽然只是具有象征意义，但天下的臣民，无不从帝王与土地的亲密联系中，看到了农耕与人类生存的依赖关系，看到天下太平民众欢乐的祥和景象。所以，朱元璋在万物生长的春天里，离开宫殿，走向大地和泥土的行为艺术，被藉田图诠释为古代天子、诸侯自己耕种的田地。每逢春耕前，天子、诸侯躬耕藉田，表示对农业的重视，并有劝率天下、勉励务农之意。

春暖花开时节的藉田仪式，以一种最美丽的田园风光留在百姓的心里，却在洪武二十六年（1393 年）充满了杀机，所有的危险，都指向了明太祖朱元璋。幸好，锦衣卫指挥蒋瓛用向朱元璋告密的方式，有效地中断了一场危机。在锦衣卫的举报中，蓝玉的谋反名单上，有景川侯曹震、鹤庆侯张翼、普定侯陈桓、舳舻侯朱寿、都督黄辂、吏部尚书詹徽、户部侍郎傅友文和东莞伯何荣以及何荣的胞弟尚宝司丞何宏。

洪武二十六年（1393 年）二月，明朝史册上最恐怖的是“蓝党”两个汉字，这两个用鲜血书写的汉字，让何真的后人进入了朱元璋族诛的屠刀之下。

明朝的情节和细节，充满了血腥，应天地下的人头，密密麻麻，超过高尔夫练习时绿茵场上那些遍布的白色小球。《庐江郡何氏家记》用简洁和不带情感的文字，掩盖了那些不瞑目的人头：“洪武二十六年，族诛凉国公蓝玉，板指公侯文武家，名蓝党无有分别自意，及天下赤族不知几万户。长兄（何荣）、四兄（何贵）、弟宏，维暨老幼咸丧。”

《庐江郡何氏家记》用“抄提”取代了“满门抄斩”的血腥。千里之外的东莞，为何真平定岭南，扫平割据，每一场大战均出生入死屡建战功被元廷封为“中奉大夫广东通宣尉使司都元帅”，入明之后赋闲在家的何迪，不甘株连被戮的命运，起兵造反，击杀南海官军三百余人之后败走被擒，械送京师诛之。

洪武年间的“株连”，让我在历史中不寒而栗，“株连”这个词，让人想起在地下生长的竹根，地面上所有竹子的风光，早已被一根曲折漫长的竹鞭宿命般地固定。何真家族庞大，何真的兄弟手足和子女后人受到牵连，是无法避免的结果，而且，何真的部将、姻亲等人，亦未能逃脱“连坐”的命运。一个人的病，成了蔓延的恶性瘟疫，绝少有人能够成为国家机器下的漏网之鱼。《元明之际广东政局演变与东莞何氏家族》中，罗列了因蓝党案连坐的冤者：归安县丞高彬，何真姐夫杨威仪、杨威仪之子杨荣及孙贵阳同知光迪，何迪女婿邓洪赘一家……

《庐江郡何氏家记》中，有官兵夜抄东莞何真家族时“各自逃生，有幼儿女各乳母抱背香园匿”等描述，覆巢之下，四野哀鸿。慌乱之中，只有何崇和四个儿子及何华的二子一孙，逃到荒无人烟的大浪澳，保全了何真血脉的一星火种。

大浪澳远离东莞，这个被如今香港新界塔门南面大浪湾取代了的地名，洪武年间只是一片荒芜之地，何氏后人，数年间东躲西藏，隐姓埋名，在惊恐中度日如年。

这一切，葬身京师城南八里冈的东莞伯已经无法看见，明太祖的赐封和免死的丹书铁券，都不能让九泉之下的何真瞑目。

何真家族的苦海，结束于洪武三十一年（1398 年）。这一年，朱元璋驾崩，太孙朱允炆即位。在建文帝的大赦天下的阳光中，何崇父子侄孙重见天日，回到东莞祭祖。

十三

六百多年过去，如今的读者，已经很难从《明史》和《庐江郡何氏家记》中员冈这个消失了的地名中找到茶山。我多次去往茶山，在车水马龙的繁华喧闹中，从来没有找到过何真的一个足迹。一个被后人称为“元末明初直接影响广东政局的第一号人物”的英雄，在他的家乡消失得无影无踪。为了凭吊，我只能来到市中心广场上，面对一尊青铜雕像鞠躬。

后人总结的何真“练兵据险，开署求士，施行仁政，保持了岭南社会的相对安定；在明朝建立后，能看清历史潮流，从维护国家统一的大局出发，主动归附，使岭南地区避免了兵燹的破坏和归附之后，忠心耿耿、兢兢业业，为国家的统一、社会的安定，生产的恢复发展作出了积极的贡献”的评价，成了一个时代可疑的说辞，倒是以讲史著称的黎东方教授的口语式评价，更加符合历史的真实：

> 元朝在广东的文武官吏，除他以外，没有一个是能干的。他因此就成为了事实上的全广东最有力量的人。他采取保境安民政策，总算是乱世的一个好官。

人的心，永远不会一样大，即使是叱咤风云的英雄豪杰，他们的心也有自己的领土。作为元朝统一岭南的枭雄，何真的心到达最远的地方，就是五岭的边界，而朱元璋的心，则是一个国家和一个朝代的疆域。朱元璋的心里，流动着扩张的血液，他的眼光，最终看见的是帝王的宝座。

何真卒于洪武二十一年三月（1388 年），何真出生的时间史料却有多种记载，一为元延祐六年（1319 年），另有说法为至治二年（1322 年）和至治元年（1321 年），但以超过花甲年龄计，在兵荒马乱的元末明初，何真都可以算是长寿和正寝。何真之后，时间已经轮转了两朝六百多年，何真家乡，已经少有人在元、明的东莞地图上，找到与如今对应的方位。归善、湴田、黄麻围、梅塘、湛翠、黄岭、石鼓岭、大林径、黄沙水、鹿径、障角、竹头径、塘勒、祖公岭、横枝沥、车冈、仙溪莇、鸡头冈、马迹径、白石、苍头、马溪头、军备等等地名，已经陌生得如同少小离家的游子。

六百多年的时光，足以改朝换代，沧海桑田。元朝末期的古战场上，生长出无数的高楼大厦和公路铁路桥梁，何真的遗迹，早已被时光湮没得不留痕迹。只有在两个地方，细心的人可以找到保境安民的蛛丝马迹。东莞中心广场上的何真雕像，让游子看到了一个策马仗剑者的英姿，另一处地方，则在寥寥几个老一辈东莞人的嘴上，但是他们缺了门牙的嘴巴已经关不住了历史的风云。即使在青铜雕就的何真像的底座上，后人也只是看到语焉不详的寥寥文字：何真，明代岭南先贤第一人。元末起兵平定乡豪割据势力，控制岭南实现保境安民理想，后归顺明朝稳定岭南政局，维护国家统一。

没有情节和细节的历史是枯燥的陈述，没有血肉情感的人物只能是石雕或青铜。每次在东莞市中心广场见到这个被后世称为“影响中国的东莞人”时，我总是无法在一个头戴布帽手持笏板目光温柔的文官同叱咤风云保境安民的武将之间画上等号。

“影响中国的东莞人”是一组艺术的青铜塑像，那些栩栩如生的人物，是一座城市骄傲的记录。序齿排班，何真当之无愧地名列首位。

东莞的英雄，何真是历史的分水岭。何真是过去朝代的人，他在兵荒马乱的元末明初的夹缝中进退有据，智慧超群。一个时代过去，另一个时代出现，这就是时间流逝之后的现实。

安南的禁果

一

布衣陈益将那个神奇之物藏之铜鼓偷带出境的时候，他肯定没有预见到番兵追杀的凶险以及回到家乡之后的牢狱之灾。从清同治八年（1869 年）刻本《凤冈陈氏族谱》中读到这段情节的时候，我一次次掩卷沉思，如果陈益能够预判到前路中的灾难，他是否会放弃那个梦寐以求的禁物？

假设，不仅仅是后人的好奇，更是历史的诡异和逻辑的歧路。

一介平民的安危生死，在枯黄的纸页中波澜不惊，却让一个四百多年之后的写作者惊心动魄。我的忧虑和牵挂，只能在线装的古籍中找到答案。

“饥饿”，是我在小学语文课堂上学到的汉字。由于这个动词能够带来刻骨铭心的肉体和精神痛苦，所以，从认识它的那一天开始，我就没有忘记过它的狰狞面目。这个出现频率最高的词，在明朝的历史上占去了半壁江山，明史中的大量篇幅，让位于这个笔画并不复杂而且没有歧义的动词。广袤的中国，没有一处地方逃出了饥饿的魔掌。“太原大饥，人相食”；“南阳大饥，有母烹其女者”；“浙江大饥，父子、兄弟、夫妻相食”；“自淮而北至畿南，树皮食尽，发瘗胔以食”；“德州斗米千钱，父子相食，行人断绝。大盗滋矣”等记录，令人不寒而栗。而记载在《南村辍耕录》中的文字，更是让饱食之后用诗歌抒情的文人难以置信。

> 天下兵甲方殷，而淮右之军嗜食人，以小儿为上，或使坐两缸间，外逼以火。或于铁架上生炙。或缚其手足，先用沸汤浇泼，却以竹帚刷去苦皮。或盛夹袋中，入巨锅活煮。或男子止断其双腿，妇女则特剜其两乳，酷毒万状，不可具言。

东莞人陈益，也看见了身边的惨状。“饥饿”这个词，在明朝的版图上，无处可以幸免。《崇祯东莞县志》中，有关东莞饥饿的记录，亦比比皆是。

> 天顺辛巳岁旱，米腾，饥殍载道。
>
> 天道靡常，阴阳不协；朝则风，暮则雨，潦涨为灾；冬无麦，秋无禾，生民缺食。
>
> 次年者，复值阳愆，穑事不作，萑苻乍惊，米价腾涌，石

至一金有余，扶携展转，乞丐弥路。

辛巳之夏，阳德愆候，潦水为灾，广之属郡，大无麦禾，东莞境内，被灾尤甚，民艰之食，羸惫不支，几为饿殍。

陈益虽然是一介布衣，但显然与县志中的饥民无关。《凤冈陈氏家谱》和东莞地方志书中均无陈益家境状况的记录，但其祖父陈志敬和长兄陈履，以明嘉清官广西左江兵备道按察使司佥事和明隆庆五年（1571 年）进士官至户部郎中的家庭背景，断无衣食之忧。中国历史上的饿殍，都是无名的饿鬼，能够在史籍中留下名字的人，饥饿，绝对不会成为他致命的毒药。

所以，神宗万历八年（1580 年），陈益跟随朋友登船开往遥远的安南之时，他的脸上，一定没有菜色，送行的亲人和朋友，看到的只是微笑和轻松。

二

在开往安南的船上，陈益看到了天水一色的景象。大海的辽阔，让人的肉眼看不见远方，更无法看到前程和命运。

陈益的安南之行，毫无目的。“客有泛舟之安南者，公偕往。”在史料的记载中，我看到了那条驶往安南的船，其实是一条运载货物的交通工具，船上的主角，是陈益的朋友。陈益，只是一个搭顺风船的游客。陈益的家乡东莞虎门，后人在叙述先贤安南之行的原因时，还形象地描述了陈益心情不爽，被朋友邀去安南散心的情节，而那个邀约陈益的朋友，是一个去往安南经商的生意人。历史粗疏，没有细节，我更愿意相信民间的口头文学，“旅游”，这个如今滥俗了的名词，不可能让饥饿的农耕时代的平民承担得起漫长时光消耗的资财。

经商小船上的配角，命运注定了他会成为中国农业史的主角，而那个热心邀请陈益游玩的主人，却被历史遗忘了名字。文史专家杨宝霖先生根据《凤冈陈氏族谱》转述了明朝万历八年（1580年）陈益到达安南之后的情节：素讷公（陈益字德裕，号素讷）和他们一同前往。到了安南，得到安南酋长的礼遇。请入宾馆，每次宴会，常用珍贵的土产叫作“薯”的款待，薯味很甘美。（《陈益：中国引进番薯第一人》，《影响中国的东莞人》，广东经济出版社2014年版）

在中国漫长的农业史上，这是“薯”的第一次出场。

我遍查农史，没有发现任何对“薯”的外形、颜色、大小的描述，历史只是用“味甘美”三个汉字刺激了读者的味觉，让一种食物逃过外在形状颜色的制约而通过味道进入我们的生活。

“薯”，是安南人对一种食物的命名。这种从草的食物，让万历八年（1580年）的中国平民陈益两眼发光，见到薯的那一刻开始，陈益的魂魄就离开肉体而去，成了薯的俘虏。

杨宝霖先生的文字充满了诱惑力，它让一个曾经在少年时代因为缺少大米而经常用红薯充饥从而产生厌恶的散文作者看见了文字的饵食。“每宴会，辄飨土产曰薯者，味甘美。公觊其种……”

陈益的安南行是一次漫长而陌生的异国之旅，幸运的是，遥远的安南用开门见山的方式让一个漂洋过海而来的中国客人直接进入了主题。陈益尝到薯的甜头之后，他的心思便长出藤蔓来到了山野里，他化身间谍，不惜一切手段，刺探薯选种、种植，管理乃至烹调的绝密情报。

安南的酋长，历史隐去了他的姓名，也深藏起了故事发生地的名字，一个地方的所有风水，都凝聚在宴会的薯上。

安南，即如今的越南。陈益生活的那个时代，安南为明朝的属国，陈益到达的北部安南，历史上曾是莫氏王朝的天下。莫氏祖先莫登庸为东莞蕉利（今属东莞中堂）人，以武功为武卫都指挥，累封武川侯、仁国公、安兴王，统元六年（1527 年）逼恭皇禅位，始建莫朝，改元明德。由于属国和血统的关系，陈益和他的朋友受到地方礼遇，所以，“酋长延礼宾馆，每宴会，辄飨土产曰薯者”。

酋长热情好客，每次宴请，他总是劝客人多吃薯，提起这个安南的独有之物，酋长总是眉飞色舞，薯的容易种植，高产和多种用途，在酋长的演说中栩栩如生。陈益是酋长最热心的听众，粗心的酋长，竟然没有从陈益的神情态度中发现密探的蛛丝马迹，更没有想到，他那句薯是上天赐给安南的礼物，让人间断绝了饥荒的炫耀，改变了陈益的行踪，并且深刻地影响了他的未来人生。

三

四百多年之后，安南酋长宴席中的薯，演变成了中国人餐桌上最常见最普通的食物，它的名字，也繁衍了代代子孙。番薯、红薯、朱薯、甜薯、土瓜、地瓜、甘薯等等，都是安南薯派生之后的字号。

人类是最容易忘本的动物。“饮水思源”这个成语，只是中国人反思自己忘恩负义之时轻描淡写的短暂愧疚，从来没有人在饱食之后的抒情中追根溯源。

对于我的东莞乡贤陈益来说，我也是个忘恩负义的人。

我的名字，寄托了父亲对儿子人生温饱的期望，五谷丰收，可以让天下人的脸上笑容饱满。但是，饥饿，却是一个跟踪而至的恶魔，我的少年时期，常常因为城镇商品粮供应定量不足而饥肠辘辘。父母经常勒紧裤带，但也无法填充我和弟妹们没有边际的食欲。有时，乡下的亲戚进城，送一小布袋红薯，便是父母盼望的甘霖。那个年代粮站定量供应薯丝，以弥补大米的不足，那种红薯刨丝晒干之后的食品，掺杂在米中，有效地填补了城镇人口的肠胃。薯丝的记忆，在一个少年心中扎根，那个熟悉的粮本，充满着薯丝的气味。在随后的知青生涯中，饥饿也成了我摆脱不了的梦魇。我经常在深夜的梦中饿醒，久久不能重新入眠，只好和我一样因饥饿难以入睡的同伴一起，打着手电，在老乡的地里偷挖几个红薯，洗净之后用煤油炉煮熟。我们的睡眠，在红薯的香甜软糯中成熟。

我的青少年时代，与饥饿和红薯为伴。红薯是一个时代救命的粮食，它用特殊的记忆在我心中扎根，然后牵藤，蔓延成一片绿色。

对于人类来说，红薯有着救命之恩。一根蔓延的薯藤，牵扯着中国人口的变化。

清朝康熙前的3800多年间，中国人口始终在数千万之间徘徊，除了战乱之外，饥荒是影响人口增长的重要因素。有数据表明，公元前22世纪，中国人口为1355万，西汉初年为5959万，隋朝时人口降至1616万，唐朝至宋朝及明朝洪武年间，中国人口分别为4628万、5800万和6000万。中国人口的直线上升，开始于明朝万历年间番薯的引进。那根人口增长的直线，标列出火箭般蹿升的数字：清朝康熙年间，中国人口突破1亿大关，乾隆二十八年，达到2.04亿，乾隆五十五年和道光十五年，人口迅速发展到3.01亿和4.01亿。

在短短不足两百年的时间内，中国人口增加了三亿多，人口专家用“爆炸式增长”描绘那根人口增长的直线，在这些数字的背后，我看到了番薯的伟大贡献。

没有一种外来的农作物，像卑贱的番薯一样改变中国的人口结构，从一种果腹的食物上升为国家政局的稳定。有文章认为，番薯对中国社会的稳定发挥了极大的作用："古代社会的农业经济，基本上是靠天吃饭的经济，一旦遇到了天灾，很容易导致经济危机，进而引发农民起义。在番薯引进中国之前，干旱年里平均每12个州府地区就有一个发生农民起义或暴动，而在番薯引进中国之后，即使干旱年，每40个州府才有一个发生农民起义。主要原因在于番薯对水稻有很强的补充作用。"

饥荒之年，番薯不仅有效地安抚了黎民百姓的肠胃，而且进入宫廷，成为皇权的国策。乾隆五十一年（1786年），清朝皇帝向全国颁布诏书："广栽植甘薯，以为救荒之备。"乾隆皇帝下旨直隶总督刘峨和河南巡抚毕沅等地方官员，大量印发《番薯录》。官员陆耀因为推广番薯有功，被提升为湖南巡抚。皇上又指令福建巡抚雅德将薯苗运往河南，大力推广，圣旨到处，番薯牵藤，绿遍广袤大地，以至康乾盛世，被人用番薯冠名，称为"番薯盛世"。

由于丰衣足食，由于老一代人的离去，数十年来，"饥饿"这个词逐渐被人遗忘，"饥荒""饿殍"，那些恐怖的场景只在影视和文学作品中出现，我已经多年未在餐桌上见到番薯的影子，也遗忘了土地上番薯牵藤绿满世界的丰收景象，只有那些经过繁琐加工之后的薯类制品，以花枝招展的形式出现，在远离充饥意义的背后，让人依稀回想起"充饥""救命"这些动词。

我在回到故乡的时候，总是去山野里寻找那些逝去的记忆，在农贸市场上购买了大量的红薯、白薯和紫薯，然后运用蒸、煮、炒等多种烹调方式，希望与番薯一起，回到饥饿年代的现场。

在向番薯谢罪的时候，我心中默念着陈益的名字。

四

陈益的心思，在许多个寂静的夜晚，发酵成了一个人心中的计划。在肚皮的严密包裹之下，没有人可以看穿陈益的内心，连邀请陈益同来散心的商人朋友，也没有发现陈益想法的蛛丝马迹。

所有的文献，在记述陈益引进番薯的时候，全部忽略了情节。那些数百年前的故事，其实是最生动的历史，是番薯引进中国最有力的证据，可惜后人无法从古旧的文献中看到最鲜活的画面和场景。即使在东莞，后世的研究者也只有“素讷公很希望得到薯种，于是，不惜重金从安南酋长的下人获薯种……过了些时，素讷公寻得机会，秘密携带薯种和铜鼓回国”的简略描述。

口传文学，往往是历史文献的有效补充，在陈益的家乡虎门，不少文化人随口就能描绘出四百多年前陈益与安南番薯的精彩故事，他们口述的情节和细节，足以同当今的小说媲美。

为了探寻番薯的奥秘，陈益走进了安南的山野，在青翠欲滴的大地上，陈益看到了番薯以藤蔓的姿势在土地上匍匐，看穿了番薯在泥土之下的真实面孔。

离开了酋长的餐桌之后，陈益在山野里不再是客人，安南人怀疑和警惕的目光，确认了他密探和间谍的身份。陈益的中国粤方言口音在安南水土不服，更让他心惊肉跳的是，安南街道上张贴的那张布告。

陈益的生意朋友翻译了布告的内容，白纸上的每一个文字，都让陈益感到了压力，但是，他没有退缩，一个被番薯摄走了魂魄的人没有将布告上禁止携带番薯出境、违禁者斩首的警告放在心上。

经商的朋友办完事后启程，满载货物的商船扬帆之时，却不见了陈益的身影，货船离开了安南的水域，陈益滞留不归却成了回国之人心中的一个谜。

陈益又一次走进了田野土地，他的行踪是我破译滞留不归之谜的钥匙。一年之后，陈益摇身变成了一个地道的安南人，他的语言、服装和黝黑的皮肤，彻底消解了他同当地人的区别，而且，陈益用中医方法，用安南山野里的草药，治好了许多人的疾病。安南人将陈益当成了朋友，教会了他敲击铜鼓，吟唱越音，并且传授了番薯种植、栽培、管理、收获、贮藏乃至烹调的全部秘密。

当安南人以为陈益断绝了思念从此扎根安南的时候，陈益却在一个夜晚乘着一只木船走了。陈益的出走，完全可以用“悄悄”“偷偷”这些汉字描述，他将秘密藏在铜鼓中，他的铜鼓瞒过了安南海关的火眼金睛，却不料酋长识破了陈益的机心。酋长的大船，以超过陈益小船数倍的速度追赶。陈益拼尽了力气，在大船赶到之前，进入了中国的水域。安南酋长望洋兴叹，他没有想到，上帝赐给安南的番薯，竟然在中国农夫的深重机心中，漂洋过海，到另一片大陆中繁衍子孙。

五

番薯进入中国，其实是安南酋长无力阻挡的命运安排。

明朝万历年间，是中国农业的幸运时期和饥饿的老百姓的幸福年代，番薯先后从安南、吕宋、交趾以秘密的方式悄悄传入，在番薯的历史上，福建长乐人陈振龙、广东吴川人林怀兰，都是冒死的功臣，只不过广东东莞人陈益，捷足先登，比他们更早一步引进。中国农史的功德簿上，陈益的名字排列在陈振龙和林怀兰之前。

用严谨的论文和翔实的史料廓清番薯进入中国的时间真相的是一个名为杨宝霖的东莞人。为了写作《我国引进番薯的最早之人和引种番薯的最早之地》这篇文章，时任华南农业大学副教授的杨先生查阅参考了数百种文献，在对照分析的基础上形成了自己的判断。

在《我国引进番薯的最早之人和引种番薯的最早之地》在《农业考古》杂志发表之前，所有的资讯，都认为我国最早引进番薯者为陈振龙或林怀兰。

番薯的原乡，在遥远的中南美洲的墨西哥和哥伦比亚。哥伦布发现美洲新大陆后，番薯逐渐传播到欧洲和东南亚。中国农史学界的共识是，番薯传入我国的时间为明神宗万历年间，但是，引进番薯的人物、路径、方式和地点，出现了很大的差异。古籍文献的不同记载，让后世难以判断。

明代何乔远、徐光启，清代周亮工、谈迁、陈鸿，明代陈纪伦等人和光绪《电白县志》、民国《桂平县志》以及清同治刻本《凤冈陈氏族谱》等文献，为番薯提供了一幅杂乱的图景，没有人可以梳理清历史的一团乱麻。

陈振龙首个引进番薯的观点主要源自清朝陈世元的《金薯传习录》。“父振龙历年贸易吕宋，久驻东夷，目覩彼地，土产朱薯被野，生热可茹，询之夷人，咸称薯有六黄八利，功同五谷，乃伊国之宝，民生所赖，但此种禁入中国，未得栽培。纶（陈经纶，陈世元之五世祖）父时思闽省隘山阨海，土瘠民贫。……朱薯功同五谷，利益民生，是以捐资买种，并得岛夷传受法则，由舟而归，犹幸本年五月开棹，七日抵厦。”

这段文字隐去了具体时间，让番薯的面目在进入中国之时就一片模糊。明代何乔远的《闽书》所称“番薯，万历中闽人得之于外国，瘠土砂砾之地，皆可以种”，也没有指明具体的年份，让总共四十八年的万历处处面目可疑。后人在陈经纶呈送福建巡抚金学曾的《献番薯禀帖》中找到了万历二十一年（1593 年）十一月的具体日期。

而林怀兰最早引进番薯的根据则来自光绪十八年的《电白县志》：

相传番薯出交趾，国人严禁，以种入中国者罪死。吴川人林怀兰善医，薄游交州，医其关将有效，因荐医国王之女，病亦良已。一日，赐食熟番薯，林求生者，怀半截而出，亟辞，归中国。过关，为关将所诘，林以实对，且求私纵焉。关将曰："今日之事，我食君禄，纵之不忠；然感先生之德，背之不义。"遂投水死。林乃归，种遍于粤。

另外，光绪十四年的《吴州县志》，亦有上述记载，两志均以"相传"开头，且没有林怀兰去交趾及回国的时间。历史的疑云，让红薯的真实面目始终漫漶不清。

只有清同治八年（1869年）刻本《凤冈陈氏族谱》卷七《家传·素讷公小传》中，对番薯的引进，标明了具体的年代，描述了真实可信的情节：

万历庚辰（万历八年，1580），客有泛舟之安南者，公偕往，比至，酋长延礼宾馆，每宴会，辄飨土产曰薯者，味甘美，公觊其种，贿于酋奴，获之。地多产异器，造有铜鼓，音清亮，款制工古，公摩挲抚玩弗释，寻购得，未几伺间遁归。

酋以夹物出境，麾兵逐捕，会风急帆扬，追莫及。

杨宝霖先生在论证番薯引种年代时，并没有忽视和回避专家的观点。陈树平发表于《中国社会科学》1980 年第 3 期的文章《玉米和番薯在中国传播情况研究》认为，万历四年（1576 年）《云南通志》有临安、姚安、景东、顺宁四府种植红薯的记载，从而推断云南引进番薯，比福建早一二十年，比广东也早七八年。

陈树平先生的观点之所以不被农史学界重视和采纳，是其混淆了番薯的概念。杨宝霖先生认为：《云南通志》所载，乃“红薯”，非指明“番薯”。番薯虽有别名曰红薯，但不是只有番薯才有此别名，一些薯蓣科的植物或近于薯类的植物，都会有红薯的称号。现在广东人叫薯蓣科的甜薯（Dioscorea esculenta）肉色紫红者为“红薯”。

杨宝霖先生引用了光绪十三年刻本《滇南本草》中的记载：

土瓜，味甘平。一本数枝，叶似葫芦，根下结瓜，有赤白二种。（略）产临安者佳，蓄至二三年，重至二三斤一枚者更佳。

杨宝霖用严密的逻辑和翔实的资料，还原了云南土瓜的真实面目。云南土瓜，借用了番薯的名字，蒙蔽了世界多年，最终在一个学者的论文中回归。

六

饥饿年代，当我用软滑香甜的番薯充饥的时候，从来没有想过，与番薯相依为命血肉相连的薯藤，对于中国农业的意义和对于人类的价值。

番薯藤，从来都是猪的美食。番薯藤进入人类的餐桌，应该是改革开放之后人们生活水平提高之后的口味返祖，当人类厌倦了大鱼大肉之后，就会想起荒土里的野菜，想起专门用来喂猪的薯藤。一种食物的美妙味道，常常与经济价值和身份尊卑无关，更多在于人类对它的重新评价，用味蕾对它的重新审视。

无法想象，离开地表上的薯藤之后，泥土中的番薯还能够修成正果。我曾经在一个梦里看到，番薯藤变成了一根脐带，一个母亲胞衣中的婴儿，成了一个巨大的番薯。没有人为我破译这个奇怪之梦的暗示和征兆，直到我写这篇散文的时候，才突然明白了梦的意义。有的时候，梦的应验必须穿过漫长的时间隧道，缺少耐心的性急之人，可能错失过千载难逢的心灵感应。

番薯引进中国，陈益们在功劳簿上的名字，除了时间的排列顺序之外，引入方式也有差异。那些文献记录中的细节，成了刺激食客味觉的酸甜苦辣。

从生长的意义来说，番薯真是一种神奇的植物，番薯的每一个部位，都是繁衍生命的燎原星火。陈益、陈振龙和林怀兰，都窥视到了番薯生长、繁殖的全部秘密，所以，他们在引进番薯的时候，各展其能。

明代杰出科学家徐光启在《农政全书》中记载："有人把番薯藤绞入船上汲水的绳子中，于是，番薯种就秘密渡海，来到中国。"

相似的记载，亦见于清人周亮工的《闽小记》："中国人截取八九寸长的番薯藤，挟带入小盒中，带回中国。"

清人谈迁，也在《枣林杂俎》中有如下记录："明神宗万历（1573—1619 年）年间，福建人把番薯藤带回家乡。"

而在光绪《电白县志》和同治《凤冈陈氏族谱》中，番薯却是以块茎的形态秘密出境，冒死进入中国。林怀兰收藏的是半截生番薯，陈益则是将完整的番薯藏入铜鼓中。

无论以何种方式来到中国，番薯都没有拒绝中国的水土，不管是断藤，还是完整的茎块，番薯在陌生的土壤中依然生气勃勃，它们没有辜负陈益们的一片苦心。

安南酋长在陈益面前炫耀番薯是上天赐给的礼物的时候，番薯还是餐桌上的神秘之物，更是拥有者掌握的国家机密。如今的我们，已经无法看穿万历年间的秘密，也不可能明白低贱的番薯，如何能够成为招待贵客的佳肴。

杨宝霖先生以一个学者的睿智，做出了符合生活逻辑的推断：

就安南酋长在宴席间以番薯款待外宾陈益这一点来看，番薯之在安南，当时珍贵可知，可见在万历十年的时候，番薯传入安南，为时极短。如果番薯遍野，岂有以此贱物款待外宾之理？

无论是陈益，还是陈振龙和林怀兰，他们在万历年间的异国，都是在宝藏面前不知道阿里巴巴开门秘诀的羡慕者。那些深知番薯特性的主人，严守秘密，用严刑峻法筑成封锁的铜墙铁壁。他们知道，番薯生命力顽强，哪怕一茎短藤半块番薯流出，都会绿遍异国的大地。所以，我能够想象得到，驾船追赶陈益失败的酋长，一定痛悔莫及，一定会仰天长叹，上天的礼物，将会断绝中国人的饥荒。

我读中学的时候，经常离开课堂去野外开荒，然后在贫瘠的瘦土里插上番薯的秧苗，数十天之后，绿藤铺地，番薯出土。番薯的种植和收获，是我接触农耕的开始。当饥肠辘辘的我们捡来松针枯枝，在土穴中用火煨薯的时候，番薯的香味渗透了我的每一个毛孔。只是，一个荒诞年代里的初中学生，不可能知道番薯漂洋过海的历史，也不可能知道一个名叫陈益的布衣的安南历险，更不可能预见到，二十多年之后，我会举家迁徙，在一个名叫东莞的地方，见到中国的第一块番薯地，看到陈益引进番薯之后的灾祸。

七

一个人的隐秘心思，从来不会记录在粗疏的历史中。所有的正史、野史，都不会让一种陌生的植物在进入大陆时有一个私下喘息的空间。我在搜寻陈益私藏番薯逃生路上的细节时，一无所获。即使描述最详细的家乘《凤冈陈氏族谱》，也仅仅只有“壬午（万历十年，1582年）夏，乃抵家焉”的语焉不详。

四百多年之后，我无法知道陈益秘藏番薯回到东莞北栅家中时的心情，欣喜，紧张，谨慎，甚至担忧与害怕，都复杂地交织在他的情绪中。家乘中“公至自安南也，以薯非等闲物，栽植花坞”的描述，隐隐透露出了陈益小心翼翼的神情状态。只有“非等闲物”，所以陈益才会不露声色地将上天之物“栽植花坞”。对于耕种的土地来说，花坞，只是私人的庭院天地，触手可近，具有较强的私密性。

在我的想象中，陈益是在夜深人静之时，悄悄地将那个来之不易的安南番薯，小心翼翼地埋在花坞的泥土里，狗已眠，鸡未啼，只有朦胧的月光，偷窥到了陈益的心思和行为。

陈益的小心谨慎是有理由的。安南的番薯是否服中国的水土？是否会有不怀好意的人密告官府？陈益每天假装悠闲地看守着那个埋藏着秘密的花坞，心里却紧张得如同十五个吊桶打水。那天，陈益看见那个姓卢的乡人从自家门口经过时鬼鬼祟祟的样子，他就觉得是不祥之兆。

由于历史的粗疏，这个卢姓乡人没有在文献中留下名字。《凤冈陈氏族谱》也只有“邻衋卢某”的记述。一个卑微到留不下名字的人物，能够让冒死引进番薯的智勇双全者紧张，必定有逻辑的因果。杨宝霖先生在《陈益：中国引进番薯第一人》中用现代汉语准确地演绎了古籍文献：

> 先前邻乡有不务正业的卢某，恃强倚恶，横行乡间，素讷公曾经揭发他的劣迹，卢某心怀旧恨，打探得素讷公从安南回来，就搜集材料，向官府告发素讷公里通外国。

在朱元璋的大明王朝，“里通外国”是无人敢于触犯的杀头大罪。洪武年间，朱元璋为了防止海盗滋扰，下令实施严格的海禁政策。禁止中国人赴海外经商，也限制外国商人到中国进行除进贡之外的贸易。“片板不许下海”，“若奸豪势要及军民人等，擅造三桅以上违式大船，将带违禁货物下海，前往番国买卖，潜海通贼，同谋结聚，及为向导劫掠良民者，正犯比照已行律处斩，仍枭首示众，全家发边卫充军。其打造前项海船，卖与夷人图利者，比照将应禁军器下海者，因而走泄军情律，为首者处斩，为从者发边充军”。《大明律》颁布的坚硬法规和杀气腾腾的惩处办法，足以让每一个试法者心惊肉跳。

卢某上书官府文书中的每一个文字，都围绕着海禁展开，卢某检举陈益的每一句话，目的都是人头落地。陈益的七寸掐在了别人的毒手之中。

大祸在陈益的心惊肉跳中不可抗拒地到来。《凤冈陈氏族谱》仅仅用了一句“所司逮公下狱”，就让陈益的命运水落石出了。

大牢中的陈益，对自己的生死已经无能为力，他日思夜想的，就是花坞中的番薯。在历史没有指明的阡陌上，后人依然可以找到危机四伏的羊肠小道。作为一个四百多年之后的散文写作者，我用文学的想象推测，此时的陈益，已经没有了死亡的恐惧，也没有了生死的担忧。在安南的所有日子里，他做过的一切，都是为了私藏引进番薯，在酋长率兵追赶的危急时刻，他肯定想到过“杀头”“死亡”这些血腥的字眼。

“柳暗花明”这个成语，常常让事物或人的命运出现意料之外的转折。陈益命运的走向，也符合这个规律。

陈益的次子燕规以一个求援者的身份紧急赴京，向伯父定庵公陈履报告噩耗。

陈益一介布衣，家世却不寻常。陈益的祖父陈志敬，明世宗嘉靖年间官至广西左江兵备道按察使司佥事。陈益的父亲，虽然未入官场，却也是当地庠生，素有声名。陈益的长兄陈履，明穆宗隆庆五年（1571 年）进士，官至户部郎中。陈益下狱之时，长兄正由苏州海防同知升为户部郎中。

“闻报大骇”，是古籍中描绘陈履得知陈益下狱之后的面部表情。人命关天，刻不容缓，陈履立即带上侄儿，找人诉说冤情。

陈益的救命恩人，是一个在所有的史料中均未出场的人物。《凤冈陈氏族谱》用一个“某”字，替代了这个关键之人的姓名。此人的关键之处，在于他正奉旨巡按广东，尚方宝剑，平添了他的分量。陈履凭着他与此人同榜进士的交情，让冤情直达权力，使陈益的生命，出现了转机。

一场蓄谋制造的冤情，直取一个人的性命。我相信，四百多年前的那场斗争，一定由许多惊心动魄的情节和细节组成，可惜历史粗疏，不仅省略了诡计和心机，而且也隐去了当事人的面目。《凤冈陈氏族谱》简洁到用一句话，化解了素讷公的牢狱之灾和杀身之祸：

> 定庵公（陈益长兄陈履，字德基，号定庵）闻报大骇。适同谱御史某奉命巡按东粤，诣诉状。抵任，首摘释之。

八

陈益的无罪释放，史料没有平反昭雪之类的描述，也没有诬告者结局的交代。“冤白日”三个平凡的汉字，就是一件冤案的平反和一个故事的大团圆。

余悸尚存的陈益，离开大牢，见到儿子燕规的第一句话，当是他的番薯。

从遥远的安南冒死引进的番薯，没有辜负陈益的期望。花坞满眼绿色，番薯牵藤，蔓延一地。陈益忘记了大牢中囚禁的痛苦和冤屈，立即掀开薯藤，掘土挖薯。史料中“冤白日，实已蕃滋，掘啖益美，念来自酋，因名‘番薯’云”的文字，当是现场的真实描述。

陈益蒙冤之时，番薯刚刚入土，出狱之后，藤已燎原，果正成熟，这样想来，番薯的一季，正是它的主人受屈的半年。

陈益的花坞，是番薯进入中国的第一块试验田。它的面积，微不足道，但它的价值和意义，却宽阔无边。

四百多年过去，沧海桑田，在无边的高楼大厦中，后人已经找不到了陈益的旧屋和他的花坞。庆幸的是，陈益用超前的眼光，为番薯的传播安置了新家，为后人留下了历史的蛛丝马迹。

我在《凤冈陈氏族谱》“公置莲峰公墓右税地三十五亩，招佃植薯”的记载中找到了小捷山。这块安葬着陈益祖父莲峰公陈志敬的山地，是中国番薯正式种植的地点。花坞试种的成功，给了陈益巨大的信心。有限的花坞已经无法安置番薯的前景，陈益将祖父墓旁的三十五亩地租下，为安南番薯找到了中国的最好温床。

喜高温，耐旱，高产，适宜多种土壤，番薯的这些优点，通过陈益找到了最好的生长环境。中国南海边那个名叫虎门的地方，是漂洋过海的番薯在中国落脚的第一站。

小捷山，是一个地图上找不到的地方。如果不是为了番薯，我会永远与这个地方无缘。几年前，我在虎门热心朋友的帮助下，找到了这块种满了番薯的土地。功臣陈益，已经以一抔黄土的形式陪伴在祖父的身边，坟墓的前面，番薯牵藤，绿满人间，只不过，如今的番薯，已经不是为了果腹，而是为了纪念。

杨宝霖先生是最早来此考证并用论文论证这块土地历史的文人。二十世纪八十年代初期，时为华南农业大学副教授的他多次深入陈益家乡虎门公社北栅大队，搜集史料，寻访线索，发现了番薯成为中国独特祭品的依据。“每年祭祀或扫墓，必用红皮番薯为祭品，并写上‘红薯一对，富胜千箱’八字，这是祖宗遗制。”

中国番薯的滥觞之地，在杨宝霖先生的文字中揭开了面纱，辽阔的中国大地上，番薯遍种，只有陈益知道，那些充饥救命的番薯，都是从小捷山牵去的绿藤。而近在咫尺的东莞，则是最早闻到番薯香味的村庄。屈大均在《广东新语》中说：“篁村、河田甘薯，白、紫二蔗，动连千顷，随其土宜以为货，多致末富。”

陈益坟前那块种满了番薯的土地，没有留下历史的任何痕迹，如果不是墓表上嘉靖三十六年（1557 年）广东香山人黄佐撰写的文字，不会有人想起番薯的来历，更不会有人通过番薯看到陈益的功绩。

我来到小捷山那块留下了陈益脚印的番薯地的时候，已经看不到农耕时代的沃野庄稼，溪流，树木，炊烟，耕牛和农人，都被现代化吞噬干净。在一个远离祭祀的日子，我看到了陈益墓前残存的香烛和番薯。我明白，陈益家族后人用番薯祭祀先人的传统依然在祖训中延续和发扬。从虎门回来之后，我写下了一段感受：小捷山，被高楼大厦和高速公路挤得瘦弱不堪，难以禁风。在传统农业已经成为人们久远了的记忆的今天，小捷山这片四百多年前的坡地可能是虎门这片繁华之地最后的土地了，农业，它只是以一种纪念和象征的形式孤独地呈现。虽然，虎门人每年都以两个番薯供奉在陈益的墓前，然而土地失去了，农业消失了，春天也无法在农业的枝头美丽绽放。(《莞草，隐者的地图》，甘肃文化出版社 2011 年版)

九

没有人知道番薯退出中国人主食行列的具体时间，在我的记忆中，番薯变化的方式是悄无声息地以一个辅食和配角的身份让餐桌上的米饭更香甜，让人类的食物谱系更加丰富。荒年和饥饿已经远去，目光短视的人们已经看不见了番薯的背影。

战争、瘟疫、自然灾害，没有一个国家和领袖可以完全截断这些饥荒的源流。未雨绸缪这个成语，常常是人类的马后炮。富庶时代，人类应该将一幅幅惨绝人寰的饥饿图景挂在墙上，印在心里，让饥饿的恶魔在人类的防线面前知难而退。所幸的是，仍然有一些像我一样从饥饿年代走过来的人，依然记得历史，诺贝尔文学奖获得者莫言在回答记者提问时，就小时候最深刻的记忆说：饥饿！

番薯远涉重洋来到中国，已经有了四个世纪的漫长历史。没有一只番薯或薯类制品，在丰盛的餐桌上自我广告那些久远而艰辛的时光岁月。我无法穿越时光隧道回到明朝，更不可能回到安南、吕宋、交趾那些番薯的第一现场。追溯番薯的中国史，只能通过人物和器物进行。

先薯祠，道光十四年（1834 年）建于乌石山。这是福建人为引进番薯的陈振龙和支持推广番薯种植的福建巡抚金学曾立的纪念碑。

坐落在广东电白县（今电白区）霞洞乡的番薯林公庙，则是为了纪念林怀兰从交趾引进番薯而建的家庙。此庙建于乾隆年间，为霞洞副榜崔腾云率当地民众所建。每年番薯收获之时，后人必挑选完整大薯，悬吊于庙内，以此纪念林怀兰。

先薯祠和番薯林公庙，用坚硬的材料，记录了番薯的历史，让功臣的名字，永垂不朽。而陈益的家乡故土，却找不到一处记录先贤事迹的建筑。挖掘浩如烟海的文献史料为我国引进番薯最早之人证明的文史专家杨宝霖先生，无奈叹息说："陈益涉鲸波，渡大海，几为酋长所捕，历尽艰辛，又因此受铁窗之苦，为祖国引进番薯付出了巨大的代价。可惜陈益不仅无祠、庙可资纪念，而且引种番薯的事迹也湮没无闻。”

三十多年前一个爱乡之人的遗憾其实也是所有得到过番薯恩惠的异乡人的遗憾。我多次到虎门，在小捷山那块中国最早种植番薯的土地上，看不到历史的任何影子，只有陈益和祖父的坟墓，寂寞在荒草丛中。我在用这些陈旧的文字追忆番薯的时候，终于有一条令人欣喜的消息传来。2018 年 10 月 28 日的《东莞时报》，记者沈汉炎披露了陈益纪念公园筹建的新闻。这份陈益家乡的报纸，没有忘记陈益和番薯，多次通过不同的版面，讲述番薯的曲折经历，回顾乡贤的伟大贡献。

陈益纪念公园的蓝图，描画在虎门小捷山那块中国最早种植番薯的土地上，古代农业遗址和陈莲峰墓陈益墓，将在时光中展现番薯的前世与今生。饱食之后抒情的后人，将会在番薯面前，看到一种食物的真相。

文烈，增城的最后背影

跪，是人体的一种卑微姿势，这个两膝着地，腰和大腿伸直的动作，是骨头的弯曲，所以，自古至今的英雄豪杰，都拒绝下跪这个耻辱的动词。我在遥远的时光里搜寻文天祥、岳飞、苏武、陶渊明等一生站立的好汉时，却不知道，一个宁可断头也不下跪的男人，近在咫尺。

张家玉的故居，离我每天上班的地方一河之隔，与我的肉眼，仅仅相隔一百多米的直线距离。张家玉那个时代，河上没有跨越的桥梁，船舶过渡缓慢，我认识这个宁折不弯的英雄，花费了二十多年的漫长时光。

一

张家玉的名字，记载在《明史》《明季实录》《明末忠烈纪实》《甲申后亡臣表》《崇祯忠节录》《明季烈臣传》《明史稿》《胜朝粤东遗民录》《东莞县志》《明季东莞五忠传》等数十种古籍文献中。这个明朝神宗万历四十三年（1615 年）出生在东莞万江万家租村头坊一个贫穷家庭的东莞人，宁死不跪，这个鲜血淋漓的情节出现在崇祯十七年（1644 年）四月。

中国历史上所有的改朝换代，都是在乱世的鲜血和遍地的人头中完成，一个国家的命运，也就是朝廷文武官员的命运。作为明朝的成进士和翰林院庶吉士，张家玉的人生已经在崇祯皇帝朱由检煤山上吊身亡的哀声中注定。

李自成的农民起义军势如破竹，是让皇帝肝胆俱裂的唯一原因。作为亡朝的忠臣，张家玉不能不为朱由检的自缢素服默哀。所以，当李自成召见的时候，张家玉用作揖的方式，作为面对起义领袖的礼节。

与张家玉同时代的著名学者、诗人，有“岭南三大家”之一美称的屈大均在《文烈张公行状》中，有声有色地描述了张家玉面见李自成时长揖不跪的场景：

> 十七年三月，京师陷，周公殉节，遗书与公曰：“玄子尔雅温文，貌若妇人女子，然中怀刚毅，定知大节不移。”书未至，公已骂贼。初，贼李自成欲授公官，公致书，欲自成宾礼之而不臣，而题其门曰：“明翰林庶吉张先生之庐。”不然，临以刀锯，将形影相笑而乐蹈之。自成见公于中左门，贼令公跪，公曰：“前上书不肯上疏，请宾不肯请臣，今日当以宾礼

相见。”

张家玉那个时代，还没有发明可以真实记录人物场景的照相机，后人只能在黄脆的史料中找到线条模拟的人像。张家玉在所有的文献资料中出场的画像，身形和五官面貌，与一个在武力面前长揖不跪的阳刚男人形成了极大反差。相同或相似的形貌，真实地印证了屈大均的准确描述：“为人颀而长，貌英秀，好笑语，白皙，微须，眉目如画，好戴折角巾，光髻鲜衣，风流自喜。”

崇祯自缢，江山倾塌，在文武官员招安变节的大势中，张家玉依然视己为旧朝臣子，而面对夺取了大明江山的霸主，张家玉不肯称臣，他用“长揖不跪”明确了一个旧臣子与造反胜利者的关系，维护了自己的气节。

在权势面前，任何的违逆都必然付出鲜血乃至生命的代价。在文献中读到此处时，我为这个画像中温文尔雅手抱笏板的书生担心忧虑，我不知道历史在这个性命攸关的时候，是否会出现人性的转折？张家玉的骨头，是否会改变站立的姿势？

张家玉面对李自成长揖不跪的行为，没有逃脱威势惯常的逻辑，在接下来的对话和结果中，张家玉几乎付出了生命的代价：

因长揖不跪。自成笑而答之，曰：“我定要尔做官。”公曰：“我定要不做官。”因数自成十罪。自成怒，命伪锦衣卫四人持出斩之，公大笑而退。自成释公，令悬挞之于五凤楼，皮开血迸，七日不食，垂死。

在屈大均的著作中，农民起义领袖李自成和明朝旧臣张家玉，各用了一个轻松愉悦的“笑”字，掩盖了两个人内心的剑拔弩张和严刑拷打的血腥残酷。张家玉为了拒绝做官，竟然列举了李自成的十宗大罪。十宗大罪，都是自古以来万恶不赦的行为，它的厉害，远远超过了作揖不跪的礼节羞辱，所以，接下来的五凤楼七日大刑，在所难免。

张家玉列数李自成的十宗大罪，我在张磊先生的《张家玉抗清》中找到了出处。不礼、不义、不廉、不耻、不仁、不爱、不智、不信、殃民和残杀，这二十个汉字，化为一把刀剑，刺伤了李自成的尊严。

一个书生性命的顽强，超出了我的想象，七日不食，已是人类生命的极限，悬吊和鞭挞，更是雪上的冰霜。

所有的文献中，均没有张家玉悬吊之后的求饶和呻吟，在一个拒绝下跪和官职诱惑的英雄那里，沉默，是痛苦的唯一表现，古籍文献，也用沉默折射了受刑者的坚强。

牛金星是张家玉人生中第一个出现的劝降者。这个为李自成造反打下江山的大顺宰相，婉言劝说，晓以利害。我在“公不为所动”的文献记载中推断，此时的张家玉，遍体鳞伤，他对自己的明天，已经不抱有生还的希望。

在阎王的生死簿上，许多死里逃生的名字，都只有用“命不该绝”这个理由解释。由于阎王爷的网开一面，张家玉的名字没有被阴森的生死簿收留，日后史书中的岭南三忠之一考张文烈，就在“贼出东关，乘间”的历史缝隙中逃出了生天。

我在“贼出东关，乘间”六个汉字背后，看到了隐藏的吴三桂的影子。由于明朝叛将吴三桂引清兵入关，形势危急，李自成只好率兵离京，抵御吴三桂。《甲申传信录》真实地记录了这个历史瞬间：

> 自成东行，精兵尽出，城中惟老弱数百员。时九门洞开，任人出入。各官有弃家南旋者，有潜遁者，故家玉得乘间脱归也。

二

张家玉被李自成悬吊在五凤楼的时候，他所尽忠的明朝已经在太祖朱元璋的发源之地，仓皇地构建了一个苟延残喘的旧宫殿。只不过，这个时候的王朝，已是强弩之末，福王朱由崧，用弘光的新桃，替换了思宗朱由检崇祯的旧符。

逃过一劫之后，张家玉回到了家乡。东莞的鱼米水土和温暖气候，是治疗一个忠臣精神和肉体伤口的最好良药。他在十月的暖阳里拄杖行走的时候，他的目光，越过了门口的东江，他觉得脚下的路，正在直通南京，他上马杀贼的抱负，即将在金陵城下施展。他甚至还用亲切的粤语，朗诵起了刘禹锡的《石头城》。在“山围故国周遭在，潮打空城寂寞回。淮水东边旧时月，夜深还过女墙来”的思古幽情中，突然沸腾起江山兴亡，忠臣报国的热血。

张家玉没有想到的是，一个忠臣去往南京的方式，不是舟马的自由行走，而是枷锁镣铐的解押。福王的朝廷，以张家玉没有反抗李自成的罪名，将他囚入了死牢。

这是张家玉人生中的一次冤屈。我在史书中读到的英雄，大都与冤屈结缘。广东人民出版社 2013 年出版的《明季东莞五忠传》，居首的袁崇焕，就经历了千古奇冤。英雄的磨难，大同小异，所幸的是，张家玉的不白之冤，很快就得到雪洗。

张家玉蒙受的不白之冤，被刑部列为五等之罪。《明史》用“阮大铖等攻家玉荐宗周、道周于贼，令收人望，集群党”一句轻轻带过，而《明季北略》则有“此盖大铖等恶家玉附东林，捏为此书。并以污蔑宗周、道周而甚可程、学濂之罪，即以中伤可程兄可法，而复大中之仇。时北京死难诸臣多东林，惟家玉、可程未死，学濂不即死，故大铖于诬陷庶吉士周钟劝进闯贼外，复欲陷家玉、可程、学濂”等事实揭示真相。

如果说张家玉面见李自成长揖不跪，拒绝出任大顺皇帝官职遭遇不测，九死一生，那么在阮大铖诬陷通贼而被定为五等之罪，则是有惊无险。在随后的情节中，出现了为张家玉洗刷冤屈的贵人。《文烈张公行状》和《明季东莞五忠传》《影响中国的东莞人》等文献，均用“后为有力者解救，得释”和“公至南京，有为力辨者，得复原职”一语带过。我在《张家玉抗清》（张磊著，中国文联出版社 2014 年版）一书中，找到了这些解救忠臣的义士：“好在大臣朱国弼、南京兵部尚书兼东阁大学士史可法、礼部尚书陈子壮和留守司监军副史苏观生等一班手握兵权的实力派，极力保奏，说张家玉宁死不屈，义薄云天，只揖不跪，被吊五凤楼，七天七夜不死，今来投奔皇上，怎么反被逮捕呢？福王得知真相后，立即释放张家玉，还请他喝酒解惊，官复原职。”

有石头城之称的南京，并不是抵抗清军的坚硬屏障。第二年五月，清军攻破金陵，张家玉先到杭州，然后与郑鸿逵、黄道周、苏观生等退守福州，拥戴唐王朱聿键即帝位，用“隆武”的年号继承着死去了的明室的最后一息香火。在隆武元年的新政里，张家玉被任命为兵科给事中，监军永胜伯郑彩出征杉关。

隆武皇帝的敕书，对于忠臣来说，每一个字都透出威势，每一个字都重若千钧：尔家玉粤东人杰，海内名流，骂贼燕京，常山之舌尚在；请缨志壮，吞胡之气可嘉。兹兼尔兵科给事中，同永胜伯郑彩督兵入虔，安民定乱。尔宜会同督抚，统率有司，联络绅衿，招来壮士，宣朕德意，耀武扬威，务使义旗所指，山岳为摧……

在敕家玉募兵惠潮中，隆武皇帝更是推心置腹，尽显君臣之义：尔以少年英俊，朕以犹子视之。北京夙著大节，新城更见勇略。今朕中兴大事，是用托尔不疑。

张家玉的一生，从来没有辜负过他死忠的那个王朝，尤其是风雨飘摇苟延残喘的南明，他用一个书生的瘦骨，化成了支撑将倾大厦的一根栋梁。

清军铁蹄踏过，大明江山不复存在，百姓心中，世界已经成了清朝的天下。张家玉监军，所到之处，均刊布隆武皇帝诏书，让福建的百姓，知道山河虽然残破，但仍然是明朝的天下。

张家玉监军之后的首战，被后人用“许湾大捷”形容。

许湾，是明末清初时期江西抚州的一个古镇，在如今的地图上，“许湾”这个地名，已被“浒湾”取代。二十多年前，我曾经以一个新闻采访者的身份到过这个地方，却不知道，这个人流密集，水陆交通便利的古镇，是四百多年前一个血腥的战场，而指挥那场战役的英雄，几年之后，将是我迁徙之地东莞的一个乡贤。

弘光元年（1645年），驻守江西抚州的永宁王，被清军四面围困，那道阻挡清军铁蹄的城墙，脆如蛋壳。救兵，让绝望中的永守王，望眼欲穿。

张家玉在永宁王的绝望中从天而降。张家玉的救兵，以风的速度，席卷而至。在屈大均的《文烈张公行状》中，多谋善断的张家玉用分兵合围的策略，让清军顾此失彼：

公即约右镇陈辉，西约中镇林习山，南约前镇蔡钦会兵于许湾。十四日虏至，公令蔡钦所部冲锋，斩虏六级，马四匹，敌少却；新督右镇所部，长驱出营，大战十余合，斩虏总二级，兵三百二十三，马四匹，得生马三十一匹，器械若干。薄暮，都督陈有功、参将叶寿再战，死。虏纠准民数万，鸣锣呐喊，飞箭雨射，沿山放火，军中寒栗……出花红二百两，选骁悍郭毓卿、李忠明、陈良、赵珩四将，筑坛拜之。令各领死士百人分伏，伏已，拔大营走，虏以万人追击，伏发，断为二，公鼓噪回军，大破之，步兵斩捕殆尽，骑舍马渡河，率溺死。是日，公即为蜡书，使都司黄瑛等，带健丁数十，间道至抚州，缒城而入，与永宁王所部谢忠良、萧声等乘虚出袭，批捣老营，虏惊走，自相蹂躏。十六日，又夹击之于千金坡，斩虏五百余级，马三百余匹，释难妇女二百四十三人，获绅衿手书七道，悉焚之。一时永胜之兵称义师焉。而抚州围解，全郡克复，捷闻，上伏诏褒奖，悬进贤伯世爵以待，但进南昌，即行封拜。

抚州解围，当得起“大捷”这个词的褒奖。在王朝节节败退，大厦已倾的末日中，张家玉，用一场胜利，为奄奄一息的南明，注入了一针止痛的吗啡。

三

张家玉的“监军”之职，是垂死的南明和隆武皇帝的眼光和预见，监军职务之后的兼理吏、户、礼三科事等任命，即是朝廷对一个忠臣的信任，也是一个行将就木的王朝溺水中抓住的一根稻草。

隆武帝敕命的监军一职，犹如张家玉手中的银印，虽有皇威，却缺少含金量。由于没有兵权，永胜伯郑彩往往成为张家玉的制约因素。张家玉与郑彩关系的错综复杂，朝廷其实早有预感。在隆武帝的敕令中，“尔与郑彩宜谊切同舟，见无生于水火；忠怀击楫，心均协于逖琨；赍以银章之锡，用期金印之悬”等语，就是最好的明证。

早在许湾大捷之前，郑彩罔徽州告急，按兵不动。“彩懦，观望不前，驻军邵武，月余，未尝一矢加虏”。而抚州一役，郑彩也畏战而不出兵，只是在张家玉的再三劝说之下和抚州失守，福州将唇亡齿寒的利害之中，才同意由张家玉领六千兵马驰援抚州。

许湾一战，张家玉的勇敢和军事指挥才能得到了淋漓尽致的发挥。这个出身贫穷，只能在族兄的官衙中读书，并由族兄支持才得以婚娶的崇祯十六年（1643 年）成进士，在国家危难的紧急关头，竟然成了战场上奋勇杀敌的英雄。文臣和武将，这两种不同性质的角色，经常在国难面前集于一身。《文烈张公行状》在叙述许湾之战的时候，详尽具体，惊心动魄，却在文言的凝练中浓缩了引人入胜的情节。

许湾之战最激烈的时候，清军使用了诱降的手段，企图动摇和瓦解明军的军心。明朝旧将出身的清军参将王得仁和邓云龙，故意修书赵珩，大叙旧情，诱惑他投奔清营。清军的阴谋很快在明军各营中发酵，一时谣言四起，军心摇动。张家玉及时识破了敌军阴谋，他恰到好处地来到了赵珩的军营，紧执赵珩之手，拔剑砍去案桌一角，大声喝道：敌行间，离我兄弟，我等益当戮力为国吐气，军中敢疑谤者有剑！这个智勇双全的情节，记载在所有与张家玉有关的文献中，那些繁体竖排的汉字，让后人看到了一个临危不乱处变不惊的豪杰形象。

乘胜追击，收复失地，在张家玉心中演练了许多个回合的计划，总是在郑彩处碰壁。“公谓兵宜神速，乘虏大创之余，并力而前，可以席卷江右，数请彩出师，先发制虏。”在《文烈张公行状》和《明季东莞五忠传》等文献的记载中，张家玉具有扩充兵员收复江山的雄心抱负，然而，手握兵权的郑彩，就是他进军的一堵绝壁。

所有的文献，都公开了郑彩拒绝出兵的内幕：“家玉以监军行督师事，功劳出彩上，彩畏恶其能。……数请彩出师先发制人，彩不从。”为了社稷江山，张家玉不惜上疏，悲愤请辞：“臣昔与彩结为兄弟，否者否，可者可。今战守之策不同，臣实负彩，乞放臣归里。”在这些简单的文字背后，后世的读者不难看出张家玉的无奈与激愤。

在敌强我弱的态势下，出击，是唯一的取胜手段，郑彩的守和弃，与张家玉的主动进攻形成了矛盾的水火。史料中记载的“于丙戌正月十六日，与家玉出兵硝石”，则是郑彩迫不得已的应付。

硝石镇，在隆武二年（1646 年）正月的寒风里，成了一块检验人生死的试金石。郑彩在硝石得到了清军即将迎战的情报，立即下令退兵。在没有与清军正面交锋之前，硝石，这个地名，就成了郑彩止步的生界。

郑彩下令退兵，连同战略要地新城，放弃守卫，主帅的命令，监军无法挽回。张家玉用新城为永定屏障，新城不守，永定必定难保，永定若失，福州将危在旦夕的战争因果劝说郑彩，郑彩不为所动。张家玉知道无法挽回，提出留一营兵力，愿死守新城。大敌当前，郑彩无心应战，张家玉的所有力劝，均化作鸭背上的流水。历史，见证了张家玉苦劝的结果：“彩怯，竟弃家玉而逃。”

见多了英雄的鲜血，却没有见过英雄的眼泪。明史至此，让我看到了一个英雄的悲辛：

家玉与新城知县李翔恸哭誓死，集乡兵守城。是夜，啮指血书呼阎兵来援，时阎兵驻广昌，去新城二百里，未即至。

人间所有的泪，都源于眼睛，只有张家玉的泪，源自心里，只有“恸哭”这个词，才能让本来从眼睛流出的液体转向从心灵奔涌。当大军远遁，主战的张家玉和新城知县李翔只能搜罗那些乡兵游勇，以鸡蛋的脆薄，对抗清军的坚硬石头。

读史至此，我已经能够想象到接下来的残酷和惨烈，还有守城必然失败的结果：

> 十七日，家玉以亲兵百人、乡兵二百人战城南，数十合，杀五百余人。大兵马步围家玉三币，家玉中流矢，坠马折臂气绝。都司林雄冒襆被入阵，杀一将，挟家玉还营。(《明季东莞五忠传》)
>
> 虏骑突至，翔登陴，公出擦战，领国随亲兵百人，乡兵二百人，鏖于城南，斩步兵五十余级。公伤箭堕马，臂折，意气益历，都司林雄等持絮被冒阵，贯其东西，斩虏二人马四匹，夺公以归。(《文烈张公行状》)

在冷兵器时代，弓箭就是延长的刀斧剑戟，在刀光血影中，弓箭常常出人不意，制造杀机。英雄张家玉的一生，从未被刀斧剑戟伤及毫毛，却两次倒在弓箭的暗算之下。

新城之战，是弓箭这种兵器对张家玉的第一次伤害，幸好有智勇双全的勇士，借助棉被的防护，从死神手里抢回了中箭坠马折臂的张家玉。隆武二年（1646 年）的时候，两朝残杀，死者遍野，然而张家玉却命不该绝，但是和张家玉一同奋战的新城知县李翔，却壮烈于敌人的刀斧之下。《南疆逸史》中的形象描述，让一个骨头坚硬拒绝下跪的小吏站在了南明的高处：

> 翔率千人出督战，大兵已从他道驰入，义勇尽散，从翔返者三十人，比至城，则留者三人耳。翔直前斩三级，策马入城，大呼曰："我新城令也。"兵执之送建康，不跪。帅劝之酒，翔举杯掷帅，遂斩之。

四

新城失守，隆武帝的愤怒不可避免。在"统兵大将，佥走入关，独使文臣陷阵，何以自解"的斥责中，后人可以看到皇帝冲冠的怒发。而对于张家玉，皇帝的文字则是一张奖赏的笑脸：

> 尔许湾大战，建抚以复；新城之守，杉关以宁；威德华夷，共见忠劳，天地咸知。今者箭疮勿药，宗社赖之。特晋尔都察院右佥都御史，巡抚广信，仍准带翰林旧衔。

皇帝的嘉奖，并不能抚平张家玉肉体的箭伤，他用无功的说辞，拒绝了冠冕的提升。张家玉的全部心事，都在杀人的战场上。他的想法，与皇帝不谋而合。

朱聿键在明末的挽歌中改元隆武时，所有的军权，均由福州守将郑芝龙、郑鸿逵、郑芝豹、郑彩等人掌控，黄道周、蒋德璟、苏观生、何吾驺、黄鸣俊、陈子壮、林欲楫、曾樱、朱继祚、傅冠等大学士均为文臣，张肯堂、何楷、吴春枝、周应期、郑瑄等各部尚书，均无军权。

张家玉被后世定为爱国诗人，他的许多诗作，都是马背上的吟诵。那些带有鲜明时代特色的短句，充满了鲜血、生死、疼痛、悼念、哀伤、罹祸、阵亡、悲秋、自吊等黑色主题，他那些作为战争之前的山水田园及酬酢之作，虽然清新婉曲，却都是军中遗稿总题之下的艺术陪衬。

云净天空朔气寒，举头何处是长安？那堪几点孤臣泪，洒向枫林带血看。（《途中八绝》）

东泊西飘寄一身，头颅空带楚冠尘；千秋独有文夫子，同笑迎降卖国人。（《军中遗稿》）

丞相苏观生是看出了张家玉诗中奥妙的人，这个同张家玉共同籍贯，在陈伯陶的《明季东莞五忠传》中同时出现的东莞人，深知张家玉内心的悲苦，深知一个在战场上奋勇杀敌者手下无兵的无奈，他用只有中兴的明主，没有中兴的雄狮，如何能够打败清兵光复明室的诘问启开了张家玉心中的闸门。张家玉毫不含糊地表示，只有建立一支听命朝廷的强军，明朝的中兴才能有望。

两个同乡用东莞方言的对话，催生了张家玉的上疏。隆武帝当即颁旨，准张家玉三月假期，令其回广东，在惠州潮州募兵，赐营名“武兴”。

《明史·张家玉传》等文献用“请募兵惠、潮，说降山贼数万”“八月，至镇平，会山寇黄海如张甚，公单骑往谕，降数万人，购其党斩夹翼虎、秃爪龙、独角蛟三渠”等简略粗疏的文字记载了张家玉的募兵过程，却掩盖了其中复杂曲折的情节和惊心动魄的生死故事。

张家玉回惠、潮募兵，绝对不是一介勇夫的独自行动。他带着心腹二十余人，乘船自闽江南下，进入广东地界之后，在潮州夜遇了一个叫高志标的人物。

高志标是一个湮没在历史文献中的人物，他的出现，对张家玉的募兵，起到了非常重要的作用。

高志标原来是辽东经略熊廷弼麾下的一员战将，熊廷弼死后，便跟着东莞人袁崇焕固守边关。袁崇焕蒙冤，惨遭磔刑之后，他对昏庸没落的朝廷彻底失望，便借故解甲归田，隐居在潮州的湘子桥畔。与张家玉的邂逅，令他想起了千古奇冤的袁督师，一个王朝以悲剧的形式退出历史舞台，毕竟不是所有人都心甘情愿，俯首称臣。

高志标出谋划策，穿针引线，帮助张家玉成功地招降了梅县、蕉岭的草寇黄元吉和赖其肖，唾手得兵马数万，武兴营就此建立。

后人对张家玉募兵过程的策略有比较具体的描述：

> 张家玉以黄元吉，赖其肖两支军马为基础，安营扎寨完毕后，传令潮、惠两府州县递解粮草，继续招兵买马，各州县张贴告示，号召热血青壮年入伍从军，传檄各地绿林草寇改邪归正，归顺朝廷，建功立业。采取软硬兼施恩威并济措施，率众归降者给予官衔，怙恶不悛，拒不招安，继续为非作歹者，派兵清剿，为民除害。（张磊：《张家玉抗清》，中国文联出版社2014年版）

招募兵马的过程，其实就是剿灭土匪的过程。夹翼虎陈靖、秃爪龙赖伯瑞、独角蛟钟献达，是张家玉遇到的最大敌人。《明季东莞五忠传》“复用以寇攻寇策，悬重赏购斩夹翼虎陈靖、秃爪龙赖伯瑞、独角蛟钟献达三渠，降其众十余万归农。元吉复叛，破永定，使贼党执杀之，潮、惠遂平”的简略描述，具有巨大的想象空间，我在《文烈张公行状》和《张家玉传》中读到了《三国演义》《水浒传》以及武侠小说中的惊险、曲折和计谋。

战场上的捷报，往往不是最后胜利的预告。张家玉募兵的成果，化作了皇帝脸上的笑容。“上喜，诏即帅之赴赣”，然而，军队士气低落。募兵数月，数万兵马，来自朝廷的军饷，仅“止得一千三百余两，捐纳止得一千五百余两，此外，分毫无有”，以至于出现了“士卒方饥，不可以战”的局面。张家玉焦急万分，在求援的上疏中，张家玉不得不如实禀告：

> 兵以无粮，而寄命于民；民以苦兵，而乞命于虏，国事所以日坏，若孤军深入，杀人求食，我贼民，民亦贼我，势必溃败。夫有粮则有制，有制则百姓亲，士豫附，是胜兵也。胜兵先胜而后求战。粮至，则臣出矣。

我在张家玉的上疏中，隐隐读出了绝望。战争胜负，取决于军队，而军队的人心，取决于粮草和军饷。三百多年后，我依然能够在张家玉的文字中读到他的焦急忧虑，看到他翘首东方，盼望粮草的眼神，眺望到一个忠臣的落寞身影。

救命的粮草未至，等来的却是清兵攻破汀州的消息。张家玉发兵救援，在赤山遭遇清军。士兵们由于饥饿，不肯出战，张家玉以忠义刺激士兵，得到回应：“我饥，非畏战，请一战以谢。”军队断粮，士兵饥饿，敌方已经探知，贝勒派遣四人，前来招降，不料适得其反，激怒了饥肠辘辘的将士。“众将起而剐之，碎其牌，遂潜绕虏背而伏，诱虏骑入山谷中，率劲弩驰射，斩获十余人，虏并走，公拔还镇平。”

这是 1614 年 11 月，汀州城破之后，皇帝朱聿键落入清兵之手，隆武，这个仅仅存在了八个月的短命王朝，随着唐王的失踪而宣告覆没。大树倾倒，张家玉并没有成为四散奔逃的猢狲，只是，祖父病逝的噩耗传来，张家玉的心，犹如被台风摇动的榕树。

皇帝身亡，弹尽粮绝，家丧在身，所有的压力，化成了一座大山，在极其痛苦忧愤之下，张家玉解散了武兴营，将士如鸟兽散，东莞，成了张家玉归心似箭的唯一目的地。

五

十万兵马，一阵风吹散，然而张家玉的抗清复明之心，从来未曾死过。

南明的江山，形同纸糊的灵屋，只待一个火星点燃。一般的中国历史纪元表中，大明王朝，至 1628 年的朱由检土崩瓦解，只有在专业的工具书中，才能看到弘光、隆武、绍武、永历四个短命皇帝的人生夕阳。

回到东莞之后的日子，没有人可以预料到它的长度，张家玉在万家租村头坊的祖屋里，看东江流水不息，眺金鳌宝塔高耸，却不可能预料到，数月之后，他的家乡，会成为一个战场，他的祠堂祖屋被铲毁，家人生灵涂炭。

有时候，张家玉出门行走，不小心走远了，竟然到了苏观生的村庄。那个时候，东莞没有公路，最快的交通工具，就是马匹。张家玉那个时代，一处村庄，一条河流，都是远方。在清朝探花陈伯陶的《明季东莞五忠传》中，张家玉和苏观生，不仅籍贯相同，而且都出自一个名叫万江的地方。张家玉的远方，在如今只是咫尺。

张家玉信步走到大汾的时候，并没有看到苏观生的身影。那个时候的苏观生，以末世丞相的凄惶，逃到了广州。这个和张家玉一起，被后世并列为东莞五忠的英雄，不惜头颅鲜血，抵抗清军，匡扶明室。他同广东布政使顾元镜、刑部尚书李觉斯、何吾驺和侍郎王应华等人一起，推举唐王朱聿键称帝。

十三天之后，桂王朱由榔在丁魁楚等人的拥戴下在肇庆宣布即皇帝位。一场同室操戈的乱剧，即将在南粤上演。

张家玉始终不在绍武和永历的现场，但是，以一个明臣的眼光，他看到了帝王和拥帝者的动机以及私心，所以，当苏观生以绍武的名义召他出任礼、兵二部右侍郎的时候，他毫不犹豫地用为祖父守孝不能拜命的理由推辞了。

作为明季东莞五忠之一，苏观生显然是一个视死如归的英雄。但是，在他以唐王的名义多次召张家玉出仕的时候，他也许没有看到两个政权并立的恶果，更没有预测到自己的死期。

桂王和唐王在三水手足相残的时候，清朝两广总督佟养甲和提督李成栋率领兵马，势如破竹，一路攻克潮州、惠州。当化装的清兵混进广州城内作乱时，朱聿键和一众大臣，仍在梦中。大乱之下，苏观生急令关闭城门，可是城内驻兵有限，有生力量都调去三水和永历朝廷自残了，雪上加霜的是，谢尚政叛变，收买广州城内的六营守兵，为清兵内应。当广州城门打开之时，唐王朱聿键和忠臣苏观生的生命，就开始了倒计时。

朱聿键被俘之后，关在东察院内，李成栋派人送去饮食，饥渴之时的朱聿键竟然不屑一顾："吾若饮汝一勺水，何以见先帝于地下?"趁守兵不备，唐王自缢而死。

苏观生则在巷战的失利中退回布政司府内，他挥毫泼墨，在墙上大书八个大字：大明忠臣，义固当死。又题绝命诗一首：

人皆受国恩，时危我独苦。
丹心佐两朝，浩气凌千古。

面对双手沾满了鲜血的刽子手，苏观生慷慨赴死，他用"吾以一布衣，登两朝相位，死亦何憾"作了生命的遗言。

东莞是一个忠臣辈出的地方，我在繁体竖排的线装古籍中，轻而易举就找到了熊飞、袁崇焕、陈策、陈象明等一长串名字，那些永垂不朽的人物，都集中在一个被"县"这个汉字约束的范围内，忠臣之间，总是有着一些后世难以察觉的关联。

工部郎中张一凤，曾是苏观生的业师，苏观生出任直隶无极县知县，就是张一凤的举荐。苏观生家贫，没有盘缠上京赴任，张一凤慷慨赠银五百两。日后苏观生成为“一不要钱，二不要官，三不要命”的“三不要老爷”，被无极县百姓立碑纪念，其清廉爱民的源头，就源自张一凤的教诲与影响。而张家玉，则是张一凤的族侄，自小在族叔身边读书，且因家贫，由族叔出资成婚。

六

广州城破，绍武政权昙花一现，张家玉回乡守孝的平静日子走到了尽头。

武兴营遣散了，像一群放生了的鸟儿，无法回来。张家玉重新开始了招兵买马。

张家玉的行动，立刻成了广州城里佟养甲的情报。对于死心塌地抗清壮士张家玉的了解，两广总督佟养甲如同自己的掌纹一般清楚。他知道，招兵买马中的张家玉，就是一串在地下萌动的竹笋，如果不将它铲除在萌芽状态，出土之后将是他的大患。古籍文献中“养甲素闻家玉名”“闻公有能将英名，心惮之”的描述，即是印证。

修书劝降，是古代招降敌方首领的常见方式。我在霉变的纸页上，找到了佟养甲的两封招降书，那些从诱导开始进而杀气腾腾的文字，每一个都有难以抗拒的气势：

高山之仰，梦寐为劳。……迩乃既叨九星之润，敢邀一顾之荣，倘肯脂车，欢光羊石，则握手之欢，固不敢以侪偶相伍；如见拒已甚，何难立驱健儿，必以得见君子为快也。

对佟养甲貌似客气实则威吓的文字，张家玉用大丈夫失志存名节，受明恩垂，背之不忍的婉转，表明了“玉法当死，但死于守节者例，非死于起义者例”的气节。

语言文字，用书信的形式，表明了战争武力之前的软实力，汉字之间的较量，每一个都体现了心机与智慧。

两广总督的第二封招降信，用头发的现实与隐喻，直指人心，让张家玉的选择站在了百丈悬崖之上：

昨奉书左右，情词尽矣。不谓訑訑之声色，拒人千里之外也。台意所难，得无“剃发”两字乎？夫杨子不肯拔一毛利天下，轲也讥之。某以为苟利社稷，虽顶踵可捐也。官爵，贤豪所薄也；然得位行道，古人所快。老先生以为如何？

当官职爵位无法撼动张家玉的意志之后，佟养甲巧妙地用头发作了张家玉的两难选择。作为汉族人，张家玉当然恪守“身体发肤，受之父母，不敢毁伤，孝之始也”的孝道，但是，在多尔衮两次颁发剃发令，规定“全国官民，京城内外限十日，直隶及各省地方以布文到日亦限十日，全部剃发”的命令之后，头颅和辫子，就成了国人无法调和的矛盾。留发不留头，留头不留发，是生活在清廷统治下的所有汉人的生死抉择。

张家玉用寥寥数语，化作金石之声：

> 人各有心，不可夺也。玉之宝惜此发也，拔去一茎，即禅我以清朝天子，犹且不屑，拘拘官爵，岂足云乎？已矣，先生且休矣。

张家玉的严词拒降，并没有让佟养甲死心。在佟养甲的指使下，张元琳、李在公和王某以张家玉旧友的身份依次出场。

由于与众不同的特殊关系，隔着三百多年的时光，我仍然可以想象得到张元琳游说饱满的信心和轻松的面部表情。

张元琳同张家玉的关系，不是“旧友”这个词的肉眼可以看透的。张元琳与张家玉同宗，又是同科进士，还一度同为明庶吉士，两个张姓后人之间的交往，超越了家长里短的人情唱和，只是社稷易帜之际，忠孝节义成为人格的试金石，姓氏“弓”和“长”的血肉组合也会在江山的变色中分道扬镳。

在东莞万江万家租村头坊的家门口，张家玉用庄重的明朝衣冠，开门见山地表明了拒绝的态度。一个身材并不高大的人，却有石雕般的威严，他的脸上已经没有了笑容来回应这个时代的现实。这个特定的场景让张元琳心虚起来。惜墨如金的众多史书和文言，都生动地描述了这个小说一般的情节：

> 公峨冠出见，叱之曰："与尔同作庶常，受恩于威宗烈皇帝，何故贰心！"愤咤作色遣之。（《文烈张公行状》）
>
> 家玉衣冠出见，责以大义。并曰："孔门高弟，太祖孤臣，如家玉其人者，安可以不贤之招招之乎？生杀荣辱唯命。"（《明季东莞五忠传》）

在《答翰林张元琳书》中，张家玉更是用"女不幸以节见，士不幸以忠见""与其摇尾偷生，不若昂头而死""玉与此贼不共戴天，势如骑虎"等激烈语言，划清了忠与奸的界线。

张家玉正式起兵的时间是永历元年（1647 年）三月四日。

张家玉的举兵，与到滘密切相关。到滘，这个如今更名为"道滘"的地方，与万江紧密相连，不足战马半个时辰的距离。这片水乡，即将成为张家玉抗清最激烈的战场，成为他的满门尽忠之地。

在史料的记载中，到滘人叶如日，是张家玉抗清的导火索，是到滘尸横遍野的滥觞。"正月蕉利、到滘二乡生员莫子元、布衣何不凡等以船楫黄头郎四出捕虏，虏方搜括诸乡县会帛女子络绎走江中，斩虏渠数人，兵数百人，得所夺文武印信数十颗”。点燃引信的火星来自知县郑鋈，这个明朝进士出身的清知县，派人来到滘招降，不料被首领沉海，用一个遣使者的性命作了拒绝的表态，郑鋈则派副使戚元弼率兵进攻表示愤怒和惩罚。战争的结果，超出了所有人的预料：

伪副使戚元弼率兵攻到滘，大战六日，歼虏二百余人。虏以书招降，障士佯许诺，潜使人往沥滘、沙湾、市桥、古劳诸处乞救，得义兵千艘，入自虎门，大战，歼虏二千人，烧虏白艚三十八橹、哨船百余，得总兵陈甲，杀之。是役也，为虏入广东以来败衄之始。

到滘大战的结果，让张家玉吃惊和高兴。清兵可以数十骑兵马破广州，却不能以百余战船克一到滘，张家玉认为：“到滘之人可用，吾事济矣。”

到滘，这个如今易名为道滘的东莞水乡小镇，历史注定了它在忠义的经典中，必有轰轰烈烈的一页，注定了它将用巨大的坟墓，让后人看到时光的血腥。

张家玉起兵的计划，得到了叶如日的积极响应。叶如日前来迎接的战船，停在了万家租村头坊的江边。

永历元年（1647 年）三月十四日，张家玉的军队在到滘誓师之后，朝莞城出发。屈大均描述了这一场面：

> 十四日，扬帆至东官，而使兵部主事韩公如琰率黄牛迳之众千人，参将李乙木率黄麻园之众二千人，族人世爵、光正等率其父兄子弟篁村博厦之众数百人从陆为助，战鼓未伐，南门已开，遂复东官，执伪知县郑鋈，斩伪典史赵元鼎以徇，以原训导张珆为知县，以原副使张公恂为指挥佥事，以安弘猷为城守。

义军进城，张家玉的大旗，插在了莞城的城墙上。《明史》《张家玉传》《陈子壮、张家玉、陈邦彦合传》《张家玉抗清成仁记》《民族英雄张家玉》《国亡家破见忠臣》《张家玉年谱》等众多的文献中，均忽略了一个重要情节，只有张磊先生的《张家玉抗清》一书中，有如下一段叙述："……就连曾谋害过他的李觉斯也不追究，只抄没他的家产，以充军需。张家玉如此宽容大道，大快人心。李觉斯原系崇祯年间的刑部尚书，后随苏观生等拥立唐王于广州。李成栋破广州后降清为两广总督佟养甲效劳，特别卖力。"

张家玉的心慈手软，为自己留下了后患。

三日之后，广东提督李成栋率兵屠乡，血洗到滘，就是源于李觉斯的密报。

七

岭南三忠，是中国历史上一个不朽的名词，张家玉的名字，则是这个名词中的一个重要符号。

由张家玉、陈子壮、陈邦彦三个姓名组合而成的岭南三忠，在面对一个共同的敌人的时候，他们以卵击石，悲壮激昂，最后以殉国的方式将热血洒在了南明的土地上。

岭南的土地、苟延残喘的南明王朝和佟养甲李成栋率领的强大清军，是三忠关联的强力黏合剂。三个英雄之间，没有主从的关系，也没有皇家大纛的统领，他们只是用拒绝亡国的气节，展示爱国者的最后悲壮。

杨宝霖先生的文字，让我看到了岭南三忠在抗清大旗下的一次秘密集合："永历元年（即顺治四年，公元1647年）春，家玉与南海陈子壮、顺德陈邦彦相约，共同起兵抗清。"（《张家玉传》，《东莞历史人物》丛书，广东人民出版社2008年版）在另一篇文章中，杨宝霖先生也有相似的记叙："永历元年（1647年）春，顺德陈邦彦致书张家玉，约起兵抗清，张家玉派堂弟张有光带信给南海陈子壮，约起兵以为呼应。"（《至死不渝的明末抗清将领》，《影响中国的东莞人》，广东经济出版社2014年版）

“忠”，是一个从“心”的普通汉字，一个笔画简单的汉字，却是用骨头作为屹立的支架。历史上所有的忠臣，都是朝代更迭乱世血腥中检验的坚硬骨头。现代汉语的解释中，忠臣，是忠于君主的官吏，而在南明乱世中，忠臣，则是“为子则孝，为臣则忠”“时危见臣节，乱世识忠良”的产物。“岭南三忠”和“广东三忠”这样的字眼，像春天的花朵一般，盛开在书籍的汉字丛中。我无法在书上找到这个词组的发源，但我在广东人民出版社出版的《简明广东史》中，看到了这四个汉字的脉络和走向：

> 在广州陷落后，南明兵部主事陈邦彦联合农民领袖余龙，起兵于顺德；监军御史张家玉起兵于东莞；大学士陈子壮联合增城农民军，起兵于南海。……当时闻风而起的抗清义军有数十处之多，“小者百人之奋，大者万人之斗”，而其中以陈邦彦所领导的“一军最强”。各方义军多归陈邦彦、张家玉和陈子壮领导。……陈邦彦、张家玉和陈子壮自顺治四年（1647）1月起兵至10月为清军所败，坚持抗战达10个月之久，拖住了广东清军的全部兵力，使之不能西进，挽救了永历政权，支援了抗清大局。后人誉称他们为“广东三忠”。

广东地图上，东莞、顺德、南海，都以一个小小的圆点标示在彩色的纸页上。南明时代的地理，和如今的地理，并无时空的改变，只不过，21 世纪初叶的东莞，是一个经济发达的地级市，而顺德和南海，它们用一个瘦身的圆点，表明了与东莞行政级别的区分。在岭南三忠的抗清地图上，东莞、顺德、南海，都是珠江三角洲的一个据点或者营寨，只不过，东莞的地理位置，靠近惠州，而顺德和南海，则近在咫尺。地理位置上的任何一个名词，并无本质的区别，但是，它们在抵抗清军的战术上一旦形成了牢固和锋利的犄角之后，就会成为敌人肉体中的一根芒刺。

岭南三忠之间的联络或者密约，都是暗中的传递和操作。《简明广东史》为后人提供了一幅战争的背景及发展走向图：

> 清军攻占广州后，分兵三路向省内西部、北部和南部进军。西部由李成栋率领，进攻肇庆，直指梧州；北部由叶承恩率领，进攻南雄韶州；南部由徐国栋等率领进攻高、雷、廉、琼。
>
> 顺治四年（1647）1 月，李成栋部沿着西江挺进肇庆，南明守将朱治憪弃城逃跑，肇庆不战而陷。2 月。清军连下梧州、平乐，进逼桂林。永历帝逃到全州。

在南明王朝节节败退的形势下，岭南三忠的抗清只是各自为战，所有的书信联络，都无法将他们形成一个整体，握成一个拳头：

陈邦彦为了牵制清军西进攻势，于3月率军围攻广州城。李成栋急解桂林之围，还师东援。陈邦彦攻城不下，退守顺德。李成栋进攻顺德，陈邦彦战败，退入高明。接着，李成栋又乘胜进攻东莞。

7月，陈邦彦联合陈子壮并约定清军杨可观等为内应，准备再攻广州。李成栋从新安回师广州，败陈子壮军于白鹅潭。陈子壮退回九江；陈邦彦则驻军胥江（三水县北部地区）。

陈邦彦驻军广州西部，张家玉屯兵广州东部，形成对广州东西夹击之势。9月，李成栋与陈邦彦在胥江展开激烈战斗。李成栋率水陆军2万急夺清远，城破，陈邦彦负伤被俘，不屈而死。

李成栋再转师西向，直扑陈子壮。陈子壮在高明被俘，最后英勇就义。

所有由文字构成的正史都简明扼要，缺乏情节和细节。忠臣的气节和鲜血，敌众我寡的不利形势和金戈铁马的残酷，最后都以生命和人头结尾。张家玉的抗清，英勇悲壮，最终也未能扭转局势，只能像陈邦彦、陈子壮一样，战死沙场。

“英雄”，是血洒疆场之后后人授予岭南三忠的冠冕。在繁体竖排的古籍中频繁出入的时候，我总是想起那个“以卵投石”的成语。这个释义为自不量力自取灭亡的贬义词，让我心中涌起浪潮般的悲壮。《墨子·贵义》说："以其言非吾言者，是犹以卵投石也。尽天下之卵，其石犹是也，不可毁也。"然而，在检验一个人忠奸的标尺面前，岭南三忠，都是反其道而行之的豪杰。"以卵投石"，在岭南三忠带血的头颅上，这个贬义词瞬间反转。

文史专家杨宝霖先生用一段简短的评述，为岭南三忠的人生选择，做了最准确的诠释：

> 张家玉久历戎行，深知自己和陈子壮、陈邦彦的起兵抗清不可能扭转乾坤，恢复明代，只是不愿意在异族统治下，苟且偷生，唯以死报国。另外，广西仍存在南明的永历政权，清广东提督李成栋正提兵西向。张家玉的起兵，扰其后方，阻其西进，缓永历政权的燃眉之急。在道滘起兵之前，陈邦彦有致张家玉信，略说："成不成，天也；敌不敌，势也；姑勿计。今主上殷忧，王师凤鹤，若得牵制敌骑，使数月毋西，则浔、梧之间，尚可完葺。是我不必收功于东，而收功于西也。"正可说明张家玉和陈子壮、陈邦彦起兵抗清的用意。明知起兵必死，明知必死却偏要起兵。

八

我在文献中读到张家玉收复东莞县城，"执伪知县郑鋈，斩伪典史赵元鼎以徇，以原副使张公恂为指挥佥事，以安弘猷为城守”的捷报时，却没想到胜利如露水一样短暂。

没有人预料到清军的报复来得这么快。三天之后，当大批清军乘船而下，将东莞县城铁桶一般围住之时，张家玉的兵马，还在到滘休整。

在清军的炮火之下，东莞的城墙无法再坚固。“东莞不守”的文言后面，是知县张珆阵亡，指挥佥事张恂战死，城守安弘猷及从弟有恒、贡生尹鉽血洒战场。战争的残忍，是读者无法从文字中看到的血腥，张恂在清兵的围困中拔剑自刎，他的人头，被李成栋手下的总兵官李胤香割下，不断滴洒的鲜血，像梅花一样开放在街道的石板上。

张家玉的援兵，在离莞城一江之隔的万家租被清军截住。张家玉的出生之地，瞬间就成了一个血腥的战场。文献用“万炮齐轰，飞弹如雨”形容战斗的惨烈。战斗以张家玉率部退回到滘结束。

清军虽然获胜，但损失惨重，伤亡三千多人，将领死伤二十多人。李成栋无法接受这样的胜利，恼羞成怒，下令杀人屠村。在史料的记载中，兽性大发的清军，将篁村、博厦、村头坊等村的男女老幼，赶尽杀绝，鸡犬未留。

人类的所有历史，都埋藏在时光深处，如果没有那些繁体的汉字和黄脆的纸页，篁村、博厦、万家租和莞城内的迎恩门、市桥、戴屋庄、聚贤坊、宝积坊、凤来里这些我无比熟悉的村庄街道，永远看不见血腥和人头。

在敌强我弱的对峙中，到滘，这个东莞的水乡，就成了张家玉抵抗清军的最后营垒。

李成栋的进攻，首先从与到滘唇齿相依的邻乡望牛墩开始。

古籍文献，用“时参将杨邦达守望牛墩，与到滘相掎角。成栋既还，移师先击望牛墩，邦达战七日死”和“伪提督李成栋先击望牛墩，以孤其唇齿。大战七日夜，虏死数百人，率破之”略过了望牛墩的人头与鲜血。而道滘，则成了两军血拼的主战场，张家玉，则成了一个战败的英雄。

到滘水乡，没有莞城砖石的城墙，张家玉用栅门筑起了防御的屏障，李成栋指挥的清军，却用牛皮和棉被，做成进攻的盔甲。明军的炮火，不能穿透清军最原始的防护，人多势众的清兵，破栅门而入。到滘的血战，延续了三个日夜。战死者的尸体，堵塞了道路，以至《文烈张公行状》中有“虏死千余人，载尸回广州，舴艋不绝”的惨状描述。

在敌强我弱的战争状态下，道滘的失陷就是必然的结局。守备叶品题、何勉、叶时春、卢学德，千总何仕登的战死，并没有让惨胜的清军收手。从“扬州十日”“嘉定三屠”等惨绝人寰的大屠杀中走来的清军，将卷刃了的屠刀，挥向了无辜的百姓。

壮烈的一幕，出现在张家玉的亲人身上。张家玉的祖母陈氏，母亲黎氏，妹妹石宝拒绝受辱，跳河自尽，夫人彭氏，未能逃脱，被清兵捉住。这个刚烈女子，毫无惧色，大声呵斥清兵："我张总督夫人，贼敢辱我！"彭氏夫人的怒骂，彻底激怒了敌人，那些失去了人性的士兵，割掉了她的舌头，砍断了她的手足，让一个弱女子在不屈中流血而死。

记载在文字中的死者，还有"如琰家属二十人并死"，家玉"胞弟兆凤、兆麟、兆虬、之弦等，阖门三十余口，皆骂贼不屈，被戮"。

张家玉兵败之时，西乡豪强陈文豹的八十老母，梦见一头黑熊，在闪烁的光亮中，来到家里。第二天，一身黑衣的张家玉突然而至。惊异中的陈母，认为张家玉"此天人之杰也"，所以，倾其家产，为张家玉募兵。

我在地图上轻而易举就找到了张家玉兵败之后的落脚再起之地。从道滘到西乡，在没有公路汽车的旧时代，水路舟船，是张家玉退走的一条捷径。西乡，如今是深圳市宝安区下辖的一个街道，张家玉那个时代，西乡是与东官血肉相连的手足 当"西乡"这个地名在张家玉抗清的地图上炙手可热的时候，"深圳"，刚刚在城市的母腹中着床。

深圳以一条河沟的俗名，崛起于二十世纪八十年代。它的年轻，记载在海天出版社的《深圳通史》中：

"深圳"之名，史籍记载最早见于清代康熙年间所编《新安县志》地理志内“墟市”条目下的“深圳墟”。其旧址位于深圳市罗湖区东门老街一带，是一个规模不大的集市。

陈文豹用于保境安民的二千人团练，在张家玉的到来之后，成为了抗清复明的地方武装。而新安县的清军，则成了张家玉祭旗的对象。“旬日间，义旗复振，出复新安县，斩马兵三百余级，步兵一千五百余级。”

张家玉和陈文豹尚未来得及庆功，副使戚无弼和李成栋的义子贾九率领的清军，就已经在杀戮的路上了。清军进攻的线路，在《文烈张公行状》中有详细记载：“陆兵所经北栅、劳德、大宁、乌沙、沙头诸乡，凡十余处。”那些地名，如今仍然清晰地印在东莞的所有地图上，只不过，那些数百年不变的名字，如今都成了繁华的城镇，高楼大厦，车水马龙，却无人知道，这些构成东莞重要组成部分的城镇，在属于“东官”的那个朝代里，每一寸土地上，都滚落着人头，流淌着鲜血。

戚元弼率领清军经过这些东莞的乡村时，遇到了堵击的村人，“老羸妇女，悉持兵仗，率于要隙，树木为干栏，人持数十短梃，梃末悉有钩，连缀数十短梃于一大梃，以长绳系之。虏至，被撒梃飞钩，死者人马不可计。”这种以弱胜强的奇异战术手段，在东莞的土地上出现，在张家玉的战术中上演，实在是不可一世的强大清军的噩梦。

在此后的争夺中，清军增兵，战场扩大到了水上及陆岸的北栅、白沙、河田、赤岗和东官，敌我双方，你争我夺，各有胜负。西乡，在张家玉抗清的战史上，最后以悲情的方式谢幕：

> 六月十七日，成栋陷新安，遂攻西乡 家玉谓文豹曰："虚而示之实。"令砦上张旗鼓，佯书约战，而潜师别岛。成栋进攻燔砦，家玉与文豹反击，大创之，死者千余人，成栋弃舟走。数日复尽锐来攻，战三日，舟师败，文豹等皆死。

九

清军压境之下，投降、变节、下跪，是许多人的本能选择，比如张家玉的同乡李觉斯、王应华，他们用媚笑，换取了苟活。而张家玉、苏观生等拒降者，骨头坚硬，誓不屈膝，最终以沙场战死的结局，维护了人格的尊严。

降清之后的李觉斯，对张家玉攻下东莞县城没收他的财产充作军需怀恨在心，这个曾与张家玉同朝为官的崇祯朝刑部尚书，后随苏观生在广州拥立唐王的东莞人，变节之后，尽显疯狂，在写信劝降张家玉未成之后，又为清军提供情报。张家玉用"何天网恢恢，疏此老贼"的激愤表达了隐隐的后悔之意，没想到，李觉斯将刻骨仇恨化成的恶行还在酝酿之中。

再一次回到家乡万家租的时候，张家玉由曾经的胜利者变成了战败者。在文献中，张家玉只是以“且战且走，道经万家租”的方式亲近故乡，却没想到，李觉斯将他的故土变成了人间地狱。大屠杀之后的万家租，血腥弥漫，张家玉祖先的坟墓，尽皆铲平，家庙捣毁，所有张姓族人，被斩尽杀绝，一个人烟兴旺的村庄，成了一片砖瓦的废墟。

《明史·张家玉传》虽然轻描淡写，却也让后世看到了李觉斯的残忍和恶毒：

> 觉斯怨家玉甚，发其先垄，毁及家庙，尽灭家玉族，村市为墟。家玉过故里，号哭而去。

《文烈张公行状》则称：

> 我舟师先败，公且战且走，至于铁岗。夜经万家租，视家庙间舍，悉为灰烬，亲戚宗族，屠戮过半矣。痛哭而去。

祖坟是一个家族繁衍和子孙后代兴旺的风水，那些经过仔细堪舆建在宝地上的庄严建筑，是神圣不可侵犯的阴宅。挖人祖坟，无异于断人子孙，这是中国人生活中的最大恶行。

李觉斯挖坟掘墓的泄恨，是卑微人性的阴损。那些让英雄流泪豪杰号啕的手段，和谋略计策风马牛不相及。在《文烈张公行状》中，一个变节者的阴暗心理昭然若揭：

觉斯、梦日、胤香三人献计于虏，谓公之所居，以家庙为虎头，金鳌塔为虎尾，摧其首尾，彼将自坏。虏从之，并掘公祖墓。觉斯又使其子生员天麟为虏设逻兵，布游哨，下令有敢匿张氏者，杀无赦。于是张氏死者前后及千人，遂为忠义之族。

家族被屠祖墓遭掘之后的悲愤，张家玉用诗的文字留给了后人：

伤族罹祸

谁计忠成九族殃，行藏我亦似文方。但能完得君臣节，磨涅从他也不妨。

痛悼先茔被伐

庐室空余一炬灰，祖骸仍暴委蒿莱。可怜忠孝难兼尽，血洒西风寄夜台。

到滘、西乡相继失守之后，张家玉手下，就只剩一些散兵游勇，他只好以游击的形式，招兵买马，扩充兵员，然后攻城略地。

这是一种无可奈何然而却行之有效的军事策略，我在多种文献中看到了它的成功。“至铁冈，得姚金、陈谷子、罗同天、刘龙、李启新等五千人”“家玉走回龙门募兵，旬日间得万人”，然后，地图上的许多地方，就成了张家玉剑指的方向。“家玉遣总兵陈镇国、参将冯家禄等，往攻龙门，复之。至是进复博罗、连平、长宁”“遂攻惠州，克归善，还屯博罗”。

我在广东生活了二十多年，多次到达过张家玉战斗、兵败、募兵的所有地方，这些地名虽然都没有跨越广东的省境，却也是珠江三角洲一片广袤的地理，那个时代，河流、山岭、沼泽、土丘、水塘、树林，每一种地形，都是兵马的天堑，但是，张家玉总能跨越障碍，突破清兵的追杀，创造许多令佟养甲、李成栋胆寒的军事奇迹，即使失败，也是英雄断臂的悲壮。在“战死”两个字背后，后人依稀可以看到失败者的顽强和胜利者的胆寒：

> 虏三攻西乡而两败，两攻到滘而一败，死者凡万余人，东官之到滘，新安之西乡，虏闻之，至今咋指，以为鬼门关也。

一个“貌若妇人女子”的男人，其实是胸有大志的伟丈夫。少年时期，张家玉同人登黄旗山，在峰陡路险，众人面露难色的畏缩之中，张家玉发出过“我辈作人，非第一流不可”的誓言。成人之后，张家玉“好击剑任侠，多与草泽豪士游”，所以，玄子的名字，就成了一块吸附力很强的磁铁。张家玉募兵的大旗，吸引了众多好汉归附。

张家玉将四万兵马，分为五营，分别以龙、虎、犀、象、豹命名。猛兽的集合，是张家玉起兵抗清之后胜负成败的孤注一掷，它像一个人松弛的五指，此刻，紧握成了一个有力的拳头。在这样的背景下，离广州最近的增城，就成了张家玉锋芒所向的目标。

增城与东莞接壤，在永历元年（1647年）十月的乱世中，却是一片悲壮的土地，是一支抗清义军的强弩之末，是张家玉人生的最后追封之地。

张家玉进军增城的时候，陈子壮、陈邦彦也在各自的地盘上呼应。李成栋并未盲目地四面出击，在击败陈邦彦，大破清远之后，才掉转兵马讨伐增城。

为了抵御李成栋的万余步骑，张家玉将兵马分成三路，依靠深溪高崖，犄角相抗。在十天的大战中，张家玉三战三捷，斩敌首一千九百级，马四百九十匹。

战争的走向由于一个无法预料的细节出现，导致了悲剧性的结局，胜利中止：

我兵过勇，空营逐利，势不可止。军法：出张旗，入卷旗，夺虏旗则挥而呼以入。是日，大旗总斩虏级多，喜而忘之，手挽数虏头，张旗入中军献功，西北诸营，望见张旗，以为虏入中军，皆走保垒，前军见后军走，亦惊曰："虏出我后。"军遂乱，自冲西北二营以散，成栋以铁骑下蹂之。我军死者六千人，公中九矢，堕马。（屈大均《文烈张公行状》）

所有的文献中，均有这个情节的记载。一个举旗的细节，让军队自乱阵脚，溃不可止。我相信这个意料之外的细节，是一支军队败亡的蚁穴，然而，我更相信运数，即使没有这个细节，张家玉的失败，也会是必然的结局。

史料的记载中，岭南三忠，舍身奋勇，然而均以失败告终：

九月，李成栋攻清远，总兵霍师连战死。十九日，清远破，白常灿巷战死，朱学熙自缢死，陈邦彦自沉未遂，被执，槛送广州。

二十八日，佟养甲磔陈邦彦于广州。

十月，家玉与李成栋大战于增城，战十日，兵败，家玉投野塘以死。

十四日，陈子壮攻新会，不克；攻新兴，又不克，还守高明。

二十九日，成栋陷高明，子壮突围，至南海九江，清兵追及，被执。

十一月六日，佟养甲磔陈子壮于广州。

在不到三个月的短时间内，岭南三忠先后就义，历史的大势，是所有英雄的悲剧，没有人可以扭转乾坤。

沧海桑田，后人无法找到张家玉战死的现场。只有繁体竖排的汉字，可以为读者还原一个忠臣的遗容：

家玉中九矢，诸将欲掖之走。家玉曰："大丈夫立天常，犯大难，事已至此，乌用徘徊不决，以颈血溅敌手哉。"因起遍拜诸将，自投野塘中以死。（陈伯陶《明季东莞五忠传》）

数日之后，打扫战场的官军发现了野塘中的尸体，"颜色如生，须眉犹怒张欲动"，死者身怀银印，上刻"正大光明"四字。无人识得死者面目。佟养甲闻讯来到现场，察看片刻，神情肃穆，说："观此貌清正，必义士家玉者也。"

张家玉死时，三十三岁，随张家玉战死者数千人，竟无一人投降。

屈大均的《文烈张公行状》另有一个情节，其神化描述，令人惊骇，符合古典文学塑造人物的一般性手法和读者的阅读心理：

虏得公尸，佩一银印，文曰："光明正大。"襄皇帝所赐也。养甲集诸降绅验视，李觉斯跪而贺曰：“此真逆贼张家玉之首。”一齿缺，以银镶之，发美，长二尺三寸许，今量之果然。虏悬之东门，经月，色不变。一日，养甲经其下，公怒睨之，双瞳飞出丈余，光芒四射。养甲骇慄，以为神。

如今的东江，桥梁飞架。从万江桥过江到达万家租村头坊，步行也只十多分钟。我多次在万家租寻觅，清兵血洗之后，张家玉的旧屋和张姓的祠堂、坟茔一扫而空，除了一对明朝的石狮子，万江，已经找不到了张家玉的音容笑貌。

东莞先贤蒋光鼐将军收藏的张家玉像和东莞市博物馆馆藏的张家玉像，宽大的明朝官服让一个抗清英雄表情平淡神态儒雅，只有东莞市政广场上的青铜，真正让一个马背上的好汉怒发冲冠。相比纸页和线条，坚硬冰冷的金属显然更适合塑造骨头崚嶒的历史。

历史已经遥远，没有人能够从一尊青铜塑像上认识这个早殇的英雄。张家玉雕塑背后的金属铭牌上，忽略了桂王对张家玉太子少保、东阁大学士、吏部尚书、英武殿大学士、增城侯以及文烈谥号的封赠，仅仅用“南明抗清将领，岭南三忠之一，诗人”的简洁文字，概括了一个英雄的一生。

哑　琴

一

邓尔雅花巨资买下绿绮台琴的时候，无论如何都没有想到，后世的俗人，会用“收藏”两个汉字与他的购琴联系起来。

在后人的想象中，绿绮台琴“唐武德二年”的制作时代和宫廷血统以及“岭南四大名琴”的声誉，一定可以囤积居奇，让它的身价插上升值的翅膀。在如今这个物欲横流，所有的精神和物质都可以用货币交换的时代，收藏，是人类最好的生财之道。

所有的文献，都没有绿绮台琴身价的记录，邓尔雅的巨资，始终是后人猜测的一个谜。《邓尔雅评传》（陈莉著，广东人民出版社 2017 年版）在记录这个发生在 1914 年 8 月东莞可园的情节之时，也只有“邓尔雅毅然以千金购下，希望琴以传人，人以传琴”的简单描述。

没有价格的器物，才能潜藏巨大的价值，这些隐藏在交易深处的商业原理，是精明投机者的发财秘籍。后人的眼光落在绿绮台古琴身上的时候，许多人都忽略了邓尔雅一介书生的身份和传统文人的精神气节。

得到绿绮台琴之后，邓尔雅视如珍宝，他的欣喜和珍爱，多次通过他的诗文表露。我从《双琴歌题邝湛若遗像》《纪得绿绮台琴》《绿绮台记》《绿绮台琴史》《绿绮古琴拓本》等诗文以及为绿绮台所得篆刻的系列印章中，看到了邓尔雅内心的崇敬和笑容。邓尔雅的《绿绮台记》，拂去了岁月时光的尘埃，让后人看到了一介书生耗费巨资购琴的真相：

> 明季邝湛若先生蓄古琴二：曰南风，宋理宗物；曰绿绮台琴，唐制而明武宗物也。出入必与俱。庚寅广州再陷，先生抱琴殉国，王渔洋有《抱琴歌》及“海雪畸人死抱琴”之句，海雪先生所居堂名也。初武宗以绿绮台赐刘某，先生得之于刘家，至是骑兵取鬻于市，归善叶犹龙（佚其名，以祖荫锦官衣卫指挥同知）见而叹曰：“噫嘻！是御琴也。”解百金赎归。……继归马平杨氏，杨氏世善琴，随将军果氏来粤，寄籍番禺，其裔字子遂者，值咸丰戊午之夜，以琴托其友，友私质诸吾邑张氏可园。光绪壬寅，余识子遂于潘氏缉雅堂，子遂述此事，相与痛惜久之。又十余年，张氏益式微，琴亦残甚，室壁蠹蚀，每以为憾。余知张氏子孙不能守，谋得见之，首尾小

毁，安弦试弹，已病敓痹。甲寅八月，始以廉值有之，摩挲再四，断纹致密，土花晕碧，深入质理，背镌分书“绿绮台”三字，真书“大唐武德二年制”七小字。……琴成距今千三百年，虽不复能御，然无弦见称于靖节，焦尾见赏于中郎，物以人重，固有然者，非经海雪之收藏，安知不泯然与尘劫而俱尽也。

购琴的真相，就是邓尔雅内心的真实想法。七十多年之后，我以一个局外人的身份推测，如果此琴不曾为邝湛若拥有，绿绮台琴的价值，在邓尔雅眼中，将会大打折扣。即使此琴年代悠久，尽管它出身高贵，它在珍藏意义上的光芒，将会黯然失色。邓尔雅没有任何掩饰，他旗帜鲜明地用“物以人重”作了购买绿绮台琴的理由。在他心中，绿绮台琴就是邝湛若的化身，就是“海雪畸人死抱琴”这句诗的最好诠释。

二

邝湛若在邓尔雅心中的重量，可以用泰山来比拟。

邝湛若，名邝露，号海雪。我对邝露的了解，来自陌生的粤剧舞台。《天上玉麒麟》和《蝴蝶公主》，是广东南海人邝露在粤剧舞台上的演绎。在粤剧舞台上，邝露用洒脱浪漫、传奇色彩和忠贞不屈塑造了一个诗人与英雄的光辉形象。由于邝露落拓不羁，情感丰富，通晓兵法、骑马、击剑、射箭等多般武艺，喜爱收藏和文物鉴赏，精于骈文，书法自成一格，又出任过南明唐王时期的中书舍人和出使广州，一生充满故事，所以最易成为舞台上的戏剧形象。

戏剧是艺术的演绎和塑造，现实生活中的邝露，除了诗人、书法家的身份之外，还是一个品格高尚的琴人。在邝露的平生珍爱中，有两张名琴，一张为今藏山东省博物馆的宋琴南风，另一张为1914年邓尔雅用巨资购买的唐琴绿绮台。

南风曾是宋理宗赵昀的内府珍品，绿绮台则为明武宗朱厚照所有。帝王宫廷的高贵血统，让两张古琴价值连城，名扬天下。

天下所有的名琴，除了高贵的出身和皇家血统之外，无不经历曲折，命运坎坷。南风和绿绮台如何历经磨难艰险落到邝露手中，由于时光的久远已难以考证，但当邝露成为新的主人之后，它们的经历就逐渐清晰。传奇，是天下所有名琴的必然经历和命运。

古代的琴人，对古琴的珍爱，形同性命。在文献的记载中，出生于书香之家的邝露，琴不离身，“出游必携二琴”。在邝露那里，琴是生命的一部分，一个爱国者的生命中，可以没有金钱物质，却不能缺失寄托心志的七弦琴。因此，当敌人兵临城下，面对死神的时候，邝露用生命实践了他对琴的承诺，人在琴在，琴亡人亡。

永历四年（清顺治七年，1650年），邝露奉使还广州，遇清兵围城。他把妻儿送回家乡，只身还城，与守城将士死守达十个月之久。是年十一月，西门外城主将范承恩通敌，导致广州城陷。此时，邝露已将生死置之度外，恢复名士风度，身披幅巾，抱琴外出，适与敌骑相遇。敌军以刀刃相逼，他狂笑道："此何物？可相戏耶？"敌军亦随之失笑。然后，他慢步折回住所海雪堂，端坐厅上，将自己生平收藏怀素真迹和宝剑等文物，尽数环列身边。抚摩着心爱的古琴，边奏边歌，将生死置之度外，绝食，最后抱琴而亡，死时年仅四十七岁。

"抱琴而亡"，是人类死亡最庄严的形式。它的悲壮和崇高，超过了战场上所有的血腥。"抱琴而亡"，虽然没有敌方的尸体，倒下的是正义，但却是人类气节的最直接体现。"抱琴而亡"四个汉字，升华了一种古老乐器的精神内涵，将人类的肉体生命与器物的灵魂融为一体。

邓尔雅不在邝露抱琴殉国的现场，但他穿越数百年的漫漫时光，看到了一个诗人的爱国气节，听到了七根丝弦在人的指上发出的镗鞳之声。在一个散文写作者七十多年之后的想象中，邓尔雅对邝露的崇敬，对古琴的理解和热爱，从此开始。

在邓尔雅的心里，世界上所有价值连城的器物，只有古琴没有铜臭的气味，那是一种不能亵渎的天地精灵，从七根丝弦上发出的声音，都是天籁。

三

邓尔雅从东莞张氏后人手中购得绿绮台琴的时候，他的心情一定错综复杂，百感交集。时光流逝了七十多年，如今的人，隔着一个时代，已经无法看到一个人的内心世界和听见一张琴的天籁之音。

我愿意将七弦琴看成是乐器的始祖。在我的臆想中，没有一种乐器比七弦古琴更久远，更没有任何一种乐器比古琴更能穿透人心，在人世间留下不朽的故事。

由于古琴的出现，人世间才会产生“知音”这样千古不朽的名词，才会出现伯乐、钟子期、聂政、公明仪、蔡文姬、嵇康、阮咸等流传后世的名字，才会让伯乐摔琴谢知音、聂政学琴报父仇、公明仪调弦对黄牛、蔡邕访友闻杀音、完颜璟雷氏琴殉葬、乐古春艳遇得古琴等故事从弦上走下来，与后世相遇。

古琴历史悠久，它出现的年代，有多种说法，但都与“古老”这个词关联。人世间没有一种乐器像古琴这样，用七根弦串联起伏羲、神农、黄帝、尧、舜、禹这些远古时代的圣贤。

在没有音乐的混沌时代，第一个凝集乐音，再用材料和丝弦再现天籁之音的人，一定是人世间的天才，他是神派来人间传播福音的使者，所以，伏羲的出生，只能是圣灵感孕的结果。伏羲从风流动的声音中，感悟并制定了音律。

在古琴没有发明之前，世界上最美妙的声音都是野性的，自然的，无法捕捉的，伟大的伏羲，第一个将风一般不可捉摸的美妙声音收进一个由桐木和丝弦组成的魔盒之中，然后在手指上跳跃展示。

清人徐祺认同伏羲发明古琴，用丝弦感通万物，在《五知斋琴谱·上古琴论》中，他用文字展示了一件乐器的来路：

> 琴这种乐器，创始于伏羲，成形于黄帝，取法天地之象，暗含天下妙道，内蕴天地间灵气，能发出九十多种声音。起初是五弦的形制，后来在周文王和周武王时，增加了两根弦，是用来暗合君臣之间恩德的。琴的含义远大，琴的声音纯正，琴的气象和缓，琴的形体微小，如果能够领会其中的意趣，就能感通万物。（殷伟《中国琴史演义》，云南人民出版社 2002 年版）

古琴之后的乐器，钟磬簧笙，丝竹管弦，五花八门，没人有能够数清人世间能够称得乐器的发声物，无论它们形体如何变化，形状如何创新，演奏方法如何花哨，制作材料如何高端，表演场所如何转移，它们都是古琴的子孙。单纯的音乐可以悦耳，但是无法通灵，更不可能将一个世界浓缩于匣中，储存于弦上。古人将七根弦上的声音，接通了正心、修身、齐家、治国、平天下的内涵，接通了天地宇宙。

古琴发明于创世之神，它的诞生，一开始就注入了贵族的血统，所以，古代的帝王君臣都精通琴艺。世间的君臣，人类的道德，都包容在弦上。伏羲以“琴”命名的乐器，用“禁”的含义规范了人世间的伦理，即禁止淫邪放纵的感情，蓄养古雅纯正的志向，引导人们通晓仁义，修身养性，返璞归真，和自然融为一体。伏羲面对群臣，诠释了古琴与治世的要义：

寡人今削木为琴，上方浑圆取形于天，下方方正效法大地；长三尺六寸五分，模仿周天三百六十五度，一年三百六十五日；宽六寸，和天地六合相比附；有上下，借指天地之间气息的往来。琴底的上面叫池，下面叫沼，池暗指水，是平的，沼借指水的暗流，上面平静，下面也跟随平静。前端广大，后端狭小，借喻尊卑之间有差异。龙池长八寸，会通八风；风沼长四寸，和合四时。琴上的弦有五条，来配备五音，和五行相合。大弦是琴中的君主，缓而幽隐；小弦是臣子，清廉方正而不错乱。五音之中，宫是君、商是臣、角是民、徵是事、羽是物，五音纯正，就天下和平，百姓安宁，弹奏琴就会通神明的大德，与合天地的至和。

这段引自《中国琴史演义》中的文字，不可能是作者的现场耳闻和纪录，后人的现代汉语翻译，遵从了真实准确的原则，再现了古琴发展史上最重要最生动的场景。

在后人的推测和想象中，群臣茅塞顿开，感受到了古琴无穷的奥妙，君臣对话，让一种乐器登上了哲学与人伦的最高峰。在伏羲的号令中，工匠们上山，砍伐桐木，精心制成样板，颁发天下。天下百姓，遂按图索骥，从此古琴繁衍，世代不息。人类最灵巧的手指，第一次在弦上纵跃翻飞，闪躲腾挪，曲尽世间奥妙。郑觐文先生的《中国音乐史》记录古琴指法四百多种，正是手的功能的最好展示和指法的发展与繁衍。古琴指法，“属于左手者有五十二种，属于右手者有五十种，更有古指法五十种，再加以轻重化法（如一挑有圈指弹出者，有竖指弹出者，有弯指轻弹者），细分之有四百多种，一法有一法之特点。自古音乐从未有若此之繁复者”。

古琴的漫长历史，从伏羲始祖开篇，从此蔓延不绝。后人通过文字看到的号钟、绕梁、绿绮、焦尾和齐桓公、楚庄王、司马相如、蔡邕等名词，都是琴的经典，都是不朽的故事。

邓尔雅不是琴家，但他是一个深谙琴理的文人，他知道，一张琴，就是一个世界；一张琴，从做成之后的首音到焦尾之时的弦绝，就是一个琴人的一生。所以，1914 年 8 月，他从可园主人张敬修的后人手中购下绿绮台琴的时候，心中无以名状，他轻轻地抚摸绿绮台琴，立即感受到了邝露的体温。

四

邓尔雅心中山一般伟岸的邝露，远不是绿绮台琴最早的主人。对于千年历史来说，绿绮台琴之于邝露，也不过是短暂的寄托，是它漫长路途中的一处驿站。

世界上所有的名琴，都有非凡的出身。中国古代的帝王，都是古琴的知音，凡是世上最好的乐器，他们都要收入宫中。绿绮台琴作为世上的珍稀，必然有高贵的出身。我在所有文献中见到的绿绮台，都是一张髹黑漆仲尼式的皇家面孔，通体细密的牛毛纹，折射出一千三百多年的岁月沧桑，“绿绮台”三个汉字，用隶书体刻在琴底颈部，龙池右侧则是“大唐武德二年制”七个楷体字。

岁月沧桑，时光漫长，已经无人知道绿绮台琴出自何人之手。绿绮台琴问世的唐朝，正是制琴名家辈出的盛世，京城路氏、樊氏，江南张越、沈镣，蜀中雷俨、雷威、雷霄、雷迅、雷珏、雷文、雷会、雷迟，无不大名鼎鼎，出自他们手中的古琴，价值连城。所有的琴家，都以得到一张名琴而自豪得意。可以断定，绿绮台琴如不是出自制琴名家之手，明武宗断不会将它藏入宫中。

世上的每一张名琴，都有各自不同的命运。出身高贵，并非注定一生钟鸣鼎食，荣华富贵。绿绮台琴命运坎坷，是一千三百多年前制作它的工匠和拥有它的明武宗朱厚照所没有想到的。九泉之下的主人，如果知道他的珍爱流落民间，一定心如刀绞，痛不欲生。

屈大均在《广东新语》中记录了绿绮台琴和它的行踪。绿绮台与春雷、秋波、天蠁一起，被誉为岭南四大名琴。明武宗朱厚照将琴赐予刘姓大臣。从刘姓大臣到邝露之间，是一段漫长的光阴，这段历史可惜被岁月湮没了，我无法找到其中的关联脉络。现有的文献，只是记载了琴归邝露之后的踪迹，此前的经历遭遇，已经成了一个难以破译的谜。

世事难料。所有的研究者，都只能在刘姓大臣到邝露之间留下空白，文献也只能用"明末散出民间"来敷衍后世。

邝露殉国，绿绮台落入了清军之手。这个不知道名姓的清兵，不知道这张琴的来历和价值，只是谋划着如何将邝露的平生之爱兑换成银子。于是，一个爱财的士兵，抱着绿绮台琴，来到了街市。

对于一张价值连城的古琴来说，这个清兵仅仅是个爱财的小人，他无法看出"绿绮台"三个字的奥秘，更不可能知道"大唐武德二年制"的价值，他眼中只有银子。万幸的是，绿绮台古琴没有埋没，它无意中遇到了知音。

许多文献在叙述这个重要转折时，异口同声地描述：

> 琴被清兵所抢，售于市上，为归善（今惠阳）人叶龙文以百金所得。（百度词条）

湛若既殉难，绿绮台为马兵所得，以鬻于市。（屈大均）

初武宗以绿绮台赐刘某，先生（邝露）得之于刘家，至是骑兵取鬻于市。（邓尔雅）

这是一个没有争议的情节，也是一个不可忽略的过程，可惜的是，后人在以可园绿绮楼为背景的写作中，屡屡忽略了绿绮台琴从清兵至叶龙文过渡的重要过程，即使曾与绿绮台琴密切相关的岭南四大名园之一的东莞可园，在编辑出版可园的图书中，有意无意地隐匿了这个戏剧性的情节。后人的粗疏，总是捡了芝麻，丢了西瓜，所以，再近的历史，也常常面目模糊，云山雾罩。

一张名琴的波折，并没有在此终止，只要世道坎坷，绿绮台琴就免不了流离失所。归善人叶龙文，是一个慧眼识珠的人，他在热闹的街市上看到了那个摆卖名琴的清兵。历史常常忽略细节，在史无记载的地方，我能够想象得到叶龙文（亦有文献写为叶犹龙）见到绿绮台琴时的惊异和狂喜，此时的叶龙文，肯定心跳加速，他开始怀疑自己的眼睛，当他定下心来，仔仔细细打量那张琴之后，才相信了这个意外和惊喜。我见到的所有文献，在记录一个人的欢欣时，仅仅用了“见而叹曰：‘噫嘻！是御琴也’”一笔带过。

慧眼识珠的叶龙文，肯定不是等闲之辈。邓尔雅在《绿绮台记》中注明为“佚其名，以祖荫锦官卫指挥同知”，只有具有书香官职背景之人，才有可能认识一张琴的真实面目。

历朝历代，都有造假之物。只不过我生活的这个时代由于世风日下铜臭熏天，造假尤烈，以至有伪钞、假饮料、假酒乃至假冒的官员等等前朝未有之事。

抗金名将岳飞的孙子岳珂，在其记载遗闻轶事的《桯史》一书中，就揭露过古琴造假。由于此事为岳珂亲历，所以为后世人信服。

南宋嘉定三年（1210年），有一士人携一张名为冰清的古琴，来到酷爱鉴藏古琴的北京官员李奉宁家，用传家宝的名义让主人当即心动，爱不释手。冰清古琴形制奇特，通体断纹鳞波，刻有晋陵子的铭文，又有“大历三年三月三日上底蜀郡雷氏斫”和“贞元十一年七月八日再修，士雄记”的落款。

李府家中上下宾客，都认为此琴为唐代古物，稀世之珍，不可多得。还有人引经据典，搬出《渑水燕谈录》中有关冰清古琴的记载，证实此琴生自唐代制琴名师雷氏之手。

就在主人即将花巨资交易古琴之时，岳珂站了出来，他力排众议，从避讳和凤沼孔眼无法探笔写字的理由，让所有人醍醐灌顶，茅塞顿开。岳珂认为，本朝仁宗皇帝赵祯即位以来，当避讳“贞”字，古琴的凤沼中的贞字从卜从贝，而且贝字有意缺笔，少了旁点。两百多年前的唐人，如何知道为宋朝的皇帝避讳？

在古琴的历史上，岳珂火眼金睛识破伪琴的故事，至今为后世的琴家乐道，也记住了《桯史》中的警告：“今都人多售赝物，人或赞缴，随辄取赢焉。或徒取龙断者之称誉以为近厚，此与攫昼何异，盖其蔽风也。”

叶龙文的眼光没有辜负绿绮台名琴，他当得起“慧眼见真”这个出自佛教经典《无量寿经》中的词语的褒扬，他没有丝毫犹豫，当即“解百金赎归”。

从杀人的清兵手中来到有鉴赏能力的文人怀抱，对于灾难中的绿绮台琴来说，绝对是一件幸事。我在文献中看到了接下来的欢娱和悲伤场面：

> 暇日招诸名流泛舟西湖（叶遭国变，不复仕进，筑泌园于惠州之西湖），命客弹之，于是屈翁山、梁药亭、陈独漉、今释诸子皆流涕，为赋长歌。

时光流逝，后人已无法听到绿绮台琴在惠州西湖上的凄伤之音，也不可能考证出弹奏的曲调，但从座中诸子的声名影响来看，绿绮台琴遇到了最好的知音。

屈翁山，即番禺屈大均，岭南三大家之一；

梁药亭，为南海梁佩兰的号，岭南三大家和岭南七子之一；

陈独漉，即顺德陈恭伊，其父为南明抗清英雄，岭南三忠之首。与屈翁山、梁药亭齐名。

今释，广东丹霞别传寺名僧。

应叶龙文之邀游览西湖欣赏名琴的四个人，有一个共同的身份：诗人。这些力主抗清名气高洁的岭南名流，动情流泪之后，为绿绮台琴泼墨挥毫，作长歌赋。

五

可园，是一座让东莞人感到自豪的园林。作为与顺德清晖园佛山梁园和番禺余荫山房并称的岭南名园，它让我无数次走进那片蜃楼悬阁，廊庑萦回，叠山曲水的清代建筑。每次进入可园，必到之处就是绿绮楼。每当天阴雨暗，游人寥落的时候，我总是在可园的每一块砖瓦上听到琴声。细心揣摩，既有《高山》《流水》的美妙，又有《胡笳十八拍》的幽愤，更有《广陵散》的壮烈。那些深入到了建筑内部的古琴声，总会在知音来临的时侯，幽幽地复活。我总是认为，可园虽然楼阁众多，那片一楼五亭、六阁、十九厅、十五房的组合建筑，如果没有绿绮楼，将会黯然失色，将会失去精神。

我曾经认为，具有一千三百多年历史的唐代古琴绿绮台，历经磨难之后，被叶龙文收藏，当是最好的结局。然而，没有眼睛能够看得见千里之外的山河，也没有预言家占卜到绿绮台琴未来的命运。

绿绮台琴与可园的缘分，其实是古琴的磨难与波折。绿绮台琴是如何从叶龙文处流落，最终被马平杨氏所得，后人的所有解释，都附会于邓尔雅的《绿绮台记》：

> 继归马平杨氏，杨氏世善琴，随将军果氏来粤，寄籍番禺，其裔字子遂者，值咸丰戊午之役，以琴托其友，友私质诸吾邑张氏可园。

邓尔雅及后来的文章，均没有交代绿绮台为何归于马平杨氏，马平杨氏，如何从叶龙文处得到名琴。历史的粗疏之处，常常有故事发生，可惜的是，所有的情节和细节，都被岁月埋葬了，无处掘墓，无人考古。

广东古琴研究会副会长莫尚德先生在《广东古琴史话》一文中用白话翻译了邓尔雅的《绿绮台记》，认为“以后琴归马平杨氏，他们世代都弹琴，随果将军来粤，寄籍番禺，值咸丰戊午（1858年）有兵灾，杨氏子孙名子遂的把琴托朋友保存，朋友却私自把琴典质给东莞张氏可园。”

《邓尔雅评传》在交代这一线索时，虽然简洁，却更为清晰：后来此琴由叶龙文后人保存了数代。太平天国时期，此琴落入平县杨氏家中，杨氏后裔将此琴交付东莞朋友陈氏保管，而朋友私自押在东莞张氏当铺。时当铺主人，乃明末抗清名将张家玉后人。深知此琴的重要性，于是张敬修当以重金，陈氏无力赎回。

张敬修与可园，是东莞的一个传奇。

东莞人张敬修为唐代宰相张九龄弟张九皋的后代，这个曾在广西、广东平息匪乱，在第二次鸦片战争中抗击过英军的武将，一生中任过浔州知府、右江兵备道、广西按察使、江西按察使、署理布政使，由于战场负伤，便萌生了在家乡建园休憩养病的想法。张敬修虽是武将出身，却一身文人气质，琴、棋、书、画、均是他的喜好，所以，建成之后的可园，成了梅、兰、竹、菊的精舍，成了画家居巢居廉创作授徒之所，成了岭南画派的滥觞之地。

从某种意义来说，可园主人张敬修，是绿绮台琴的知音。

那个违背杨氏信任与嘱托，私自将绿绮台抵押的人，是绿绮台的灾难，所幸的是，他遇到了张敬修。可园博物馆原馆长王红星先生认为："张敬修收藏绿绮台琴，应凝聚了身为一员武将的张敬修追崇英雄忠贞不屈的思绪。"（《东莞可园》，华南理工大学出版社2011年版）

我从王红星先生文章中"咸丰八年（1858年），张敬修辗转得到绿绮台琴。张敬修专门在可园中命名一楼为'绿绮楼'，以宝藏之"的叙述中看到了张敬修的欣喜和珍惜。

在可园一楼五亭六阁十九厅十五房的古典格局中，绿绮楼并不是最高的建筑，也没有最气派的设计，有关资料中"此楼按照古制陕而修曲，修建而成，歇山顶，青砖砌筑墙体。内侧沿楼设廊道，廊道设风雨槛窗。人依廊栏，石山伫立，紫荆淡雅，石榴花开，龙眼苍翠，廊榭环绕，花木扶疏，竹影参差。随曲廊移步，景随步移”的世俗描述仅仅是一种外相，并没有让它鹤立鸡群，唯有绿绮台，用千古的琴声，将它奇峰峻拔，一览众山。

绿绮台琴，以贵宾的身份，隆重地置放于绿绮楼的中心位置。绿绮台琴到来的那天，绿绮楼里的红木桌椅，雕花门扇和丝绸布幔乃至桯几上的精致景德镇瓷器，都成了陪衬，不仅如此，可园中的所有楼阁亭榭和花草树木，都一齐向这张来自遥远唐朝的古琴致敬。我想，绿绮台琴，辗转来到东莞，从此成了张敬修可园的镇园之宝。

由于绿绮台琴的到来，可园光彩焕发，可园曾经的光芒，都被一张稀世古琴掩盖了，张敬修的客人，一时蜂拥而至，几乎踏破了坚硬的石质门槛。风骨之士邝露遗物绿绮台古琴，成了可园的中心，成为岭南风流文士们口头不绝的谈资。

张敬修以当铺主人的身份，得到了无价之宝绿绮台琴，他在可园绿绮楼中一遍遍抚摸古琴的时候，只有欣喜涌上心头，他不会想到，坚硬的砖瓦，也有衰败的时光。

可园幽深，所有的建筑和花草树木，均掩藏了张敬修曾经的当铺主人身份和他用重金当琴，让陈氏无力赎回的手段和心机。

六

绿绮台琴在张敬修可园的绿绮楼上吸引文人骚客们击节赞叹的时候，邓尔雅，正是座上的一个客人。

文献只记载了“邓尔雅与可园张家素有交往，对于邝露高风亮节，邓尔雅一直深为钦佩”的事实，却没有人知道，在绿绮楼上欣赏名琴古声的时候，邓尔雅有没有过“江州司马青衫湿”的心境。与白居易诗里的琵琶相比，古琴显然更久远，更多经典故事。

邓尔雅在可园欣赏绿绮台琴的时候，总是想起抱琴殉国的英雄邝露，他从未想过，绿绮楼上的绿绮台琴，还会有易主的时候，他更没有想过的是，有朝一日，自己会成为这张名琴的新主人。那个时候，建园的张敬修已经不在了人世，可园，也随着张敬修的离去而逐渐暗淡。

绿绮台琴和可园，是相互依存的关系，它们的存在，如同车的两个轮子，形似鸟的一对翅膀。邓尔雅亲眼见证了可园的兴盛和式微，那座岭南著名的私家园林，和那张邝露曾经拥有过的古琴，构成了血缘般的荣辱关联。

在关于绿绮台古琴一节中，《邓尔雅评传》有“民国初年，张家逐渐中落，要靠变卖家藏度日”的描述。九泉之下的张敬修，已经不能为他始创的园林力挽狂澜了。

一座园林的衰落，同时也是一张古琴式微的开始。

1914 年，是绿绮台琴命运的又一次转折。这年 8 月，邓尔雅听到了可园后人变卖家藏的消息。一丝忧虑，开始从夜深人静的时刻弥漫，逐渐占据了他的心。邓尔雅想到的是，当一个世家不能以他们擅长的书画谋生的时候，家财的散失，当是不可避免的结果，邓尔雅想到了绿绮台古琴……

邓尔雅用“探访”开启了他与绿绮台古琴的缘分。《邓尔雅评传》如此记载了一张名琴的易主：

1914 年 8 月，当听说张氏子孙在变卖家藏度日，邓尔雅就预知此绿绮台琴必不能守，遂前往探访，只见绿绮台琴的尾巴已经损坏，琴身已被虫蚁所蚀，不禁悲从心生。邓尔雅毅然以千金购下，希望琴以传人，人以传琴。

绿绮台古琴，当它以珍稀宝贝的身份易主时，新的主人，一定充满了喜悦，那个从邝露的尸体上夺得古琴的清兵如此，那个辜负杨氏重托，私自质押古琴的未名者更未能逃脱，可园主人张敬修得到古琴，以宝藏之，亦不免得意，只有邓尔雅，念英雄邝露，购殉国遗物，虽是残琴，已经绝响，却无丝毫遗憾。

邓尔雅得手绿绮台琴之后的心情，通过一个篆刻名家最擅长的方式体现。他用坚硬的石头，记录了这个瞬间。我在文献中看到了邓尔雅作于一百年前的印：“绿绮台”，并留下了“摩挲再，断纹致密，土花晕碧，深入质理，背镌分书‘绿绮台’三字真书，‘大唐武德二年制’七小部，十四年八月得邝湛若藏唐琴绿台”的边款文字。在邓尔雅心目中，唐琴绿绮台，只为英雄邝露留名，其他的拥有者，都是过客与陪衬，可以忽略。

邓尔雅，出身书香门第，幼承家学，善小学，精鉴赏，工诗文，篆刻书画俱精，门人弟子众多，被研究者称为“金石印人，文字学人，书画奇人”。因为邝露的缘故，绿绮台琴被邓尔雅赋予了传奇色彩和爱国气节，一张古琴，超越了器物的属性升华为人与精神的象征。

在一个金石印人眼里，文字可以说话，石头最有温度，邓尔雅一生中，用诗词、文章、印石、拓片等多种方式为绿绮台琴树碑立传，远远超过了对一件器物的热爱，只有从历史中逃难出来的琴家，才能看到古琴背后的人物，那是人的风骨和气节。

《邓尔雅诗稿》中，随处可见到绿绮台的影子，邓尔雅刻刀走过的石头上，多是与古琴关联的文字。后人在《双琴歌题邝湛若遗像》等诗中读到“双琴南风、绿绮，出亦琴，人亦琴，海雪之堂二雅文心，今我见琴如畸人，急弦亮节难为音，自然有奇气，自然有奇意，人间不能名，希声闻上帝”这样发自心灵深处的文字时，如何能够无动于衷？

我在黄脆的文献中，见到过邓尔雅分赠给章太炎、西神祠丈、高旭、张其淦、苏曼殊、容庚、容肇祖等人的绿绮台古琴拓本，当受赠者读到拓本上的附诗时，立即就看到了一张古琴和一个古琴收藏者的情怀。

名士名琴亡未亡，岿然若见鲁灵光。
畸人亦有凌云作，古调如闻海雪堂。
愿学谪仙怀犹抱，亲窥赤疋境难忘。

先生往矣流风水，余韵而今极绕梁。

容肇祖是邓尔雅的外甥，由于血缘亲情的关系，面对绿绮台琴拓片，他比旁人更加准确深入地理解舅舅的内心情感和精神寄托。在写于1944年的自传中，这个中山大学的历史学教授，回忆了邓尔雅与绿绮台琴的往事：

1920年（民国九年庚申）我23岁。我在广东高师三年级。这年，我与四舅母表妹兰微结婚。我翻译莫泊桑《余妻之墓》投《小说月报》发表。邓尔雅四舅获得绿绮台，我得有绿绮台琴拓本，题词云：风入桐秋，月窥帘寂，绿绮梧桐庭院。奏罢南风，抱残峤雅，飘零土花斑点。广陵散，宫声往，畸人剩幽怨。水山远，暗情移，爨桐无恙，弦未上，焦尾早经泪染。问古调谁弹，坐空斋银烛重剪。想牙琴邓牧，后世子云难见。

容肇祖教授眼中的绿绮台琴，已经不再风华正茂，暮岁之琴，像人一样风烛残年，琴面斑驳，空无一弦，面对沧桑世事，只能哑口噤声。但是，容肇祖知道，一张残琴，对于一个读书人的价值和寄托。

饱经磨难颠沛流离的绿绮台古琴，终于以一副哑琴的沧桑在邓尔雅那里得到了最温暖的安置。

1929年，是绿绮台古琴一生中最静好的岁月。这年五月，邓尔雅用鬻印卖字的收入，在香港九龙大埔，买下了一块地，为绿绮台琴筑一个温暖的小巢。三个月之后，小屋建成，邓尔雅命名为“绿绮园”。

绿绮园与绿绮楼，一字之别，都是东莞人为千年古琴的量身定制，也是邓尔雅与张敬修对英雄邝露的敬慕。这个情节，记录在《邓尔雅年表》中：

> 在香港新界大埔购地筑“绿绮园”，贮藏绿绮台琴，以表敬慕邝湛若之高风亮节。八月绿绮园落成。崔师贯来访，作《寻邓尔雅新居，观邝海雪旧藏绿绮台琴，为赋此解，依梅溪元儿体》。

邓尔雅筑绿绮园，只是为了给绿绮园寻找一个安全稳固的住所。那个时候的绿绮古琴，已经丧失了发声的功能，它无法恢复到叶龙文的那个时代，让文人雅士在山水之间吟咏抒情。

由于交流困难，聋哑之人，一般深居简出，在不可避免的社交场合，只以手势表达一个人的内心和情感。绿绮园中的绿绮台琴，由于不能歌唱。也只能以沉默的方式深藏不露，它拒绝抛头露面，显露风头。

真正的知音，只有面对一张无弦的哑琴时才能检验。绿绮园里的邓尔雅，当他沐浴焚香，虔诚地触摸一张古琴时，总是能够听到《高山》《流水》的声音，千年之前的人物，从琴的深处一个个走出来，与绿绮园的主人相会、相交。

在古琴漫长的历史上，绿绮台绝不是第一张无弦的古琴。

清代张随的《无弦琴赋》，是我读到的关于无弦古琴的最早文字。《无弦琴赋》的主人公，是不为五斗米折腰的西晋伟大诗人陶渊明。

因为没有记载，陶渊明琴桌上的那张琴显然不是名琴，而且，淡于功名，只在乡村陇亩间躬耕的布衣，也无力成为名琴的拥有者。陶渊明的古琴没有丝弦，也没有用于音阶标记的徽。每有客人走进篱墙，叩开柴扉，诗人便用家酿招待。酒酣耳热之时，五柳先生每每取过琴来，醉眼蒙眬地虚按一曲。

闭目陶醉的诗人，早已看出了朋友们的诧异与不解。后来的《晋书》，也认为陶渊明“性不解音”，所谓的无弦空弹，只是故弄玄虚。

我在五柳先生的《与子俨等疏》中，找到了驳斥《晋书》的证据：

少学琴书，偶爱闲静，开卷有得，便欣然忘食。见树木交荫，时鸟变声，亦复然有喜。常言五六月中北窗下卧，遇凉风暂至，自谓是羲皇上人。

陶渊明诗中，提及琴处甚多，“息交游闲业，卧起弄书琴”；“今日天气佳，清吹与鸣弹”；“弱龄寄事外，委怀在琴书”；“清琴横床，浊酒半壶”，连《归去来兮辞》中，也有“乐琴书以消忧”的句子。所以，在陶渊明那里，无弦胜过有弦，无声胜过有声，《幽兰》虽然没有声响，却如庭园的花草一样芬芳，《流水》还没有弹奏，却似屋后的小溪潺潺流过。

绿绮台琴弦绝于可园，一张一千三百多年历史的名琴，见过了太多的岁月生死，弹尽了天下所有的琴曲，它的衰败，是器物的宿命。绿绮台弦断之日，便是它的哑声之时。此后的岁月里，名琴化为铁石，只有邓尔雅，在绿绮园的夜深中，能够听到广陵散的绝响。

自古至今的琴家名单上，找不到“邓尔雅”这个名字，窃以为，邓尔雅是一个真正懂琴的人，他是绿绮台的知音，他以一介隐士的姿态，深藏在七弦之后。所以，哲人老子说：“大音希声，大象无形。”这句出自《道德经》的千古名言是绿绮台琴最早的注脚，后来李白的“大音自世曲，但奏无弦琴”，“抱情时弄月，取意任无弦”，陆龟蒙“垆中有酒文园会，琴上无弦靖节家”，司空图“五柳先生自识徽，无言共笑手空挥”，苏东坡“若言琴上有琴声，放在匣中何不鸣；若言声在指头上，何不于君指上听”的诗和欧阳修“若有心自释，无弦可也”的主张，更是为绿绮台与邓尔雅的结缘做了最有力的辩护。

七

古琴，是世界上唯一设置了密码的神秘乐器。在一个发声物体众多，丝弦簧管均可速成的快餐时代，人类离高雅七弦的距离越来越远，那些由阿拉伯数字组成的密码，只能用在金钱财富的防线上。

我在东莞居住的二十多年里，无数次进入过可园，在没有认识绿绮楼和邓尔雅之前，我只是可园的一个过客，那些古旧的青砖黑瓦，遮蔽了我的眼睛，隔绝了一张古琴的天籁之音。

在所有能够用美来形容的发声体中，只有古琴，才是乐器的化石。由于时光的古老，我们无缘见到曾祖父、曾祖母以上的长辈。对于吉他、长号、口琴、手风琴、管风琴、排笙等现代乐器来说，古琴，是它们遥远的祖先。

我曾经被七根细若游丝的弦和桐木板隔绝在声音之外，我与古琴的缘分，直到老年才冲破那道坚固的篱墙。查阜西，是掩护我逃出禁锢耳朵的电网高墙进入音乐世界的引路人。两年前，我在海天出版社 1991 年出版的《修水县志》上，见到了这个令人尊敬的义宁先贤，他以古琴大师的身份为我解惑。

查阜西的故里，离我知青时代的下放地不远。在那个鄙薄知识和文化的混乱年代，我们这些所谓的读书人，无一人知道漫江公社的来苏大队，竟然是大名鼎鼎的古琴大师查阜西的籍贯。

查阜西一生致力古琴研究，1936 年，在苏州创立今虞琴社，主编《今虞琴刊》。20 世纪 40 年代，查先生赴美讲学，传授古老的中国琴艺，一时轰动国际琴坛。

两年前我返乡时，专门去漫江寻找一个古琴大师的足迹，空手而归，毫无所获。对一个为古琴而生的人的追寻，只能来自纸上。当我在黄脆的文献中看到查阜西先生的《现代古琴曲传谱解题汇编》《存见古琴曲谱辑》《古指法辑览》《历代琴人传》等琴学著作时，立刻产生了高山仰止的崇敬。尤其是那部被琴学界誉为中国古琴学百科全书的《琴典集成》，让一个琴外之人五体投地。

查阜西先生的贡献在于，将七根古老的琴弦，推陈出新，将虞山派的传统风格，发扬光大，形成了个人清越、雅朴、富有韵味的艺术特征，复苏了濒临灭绝的古琴音乐。

天下所有的名琴，尽在查阜西的掌握之中。邓尔雅的绿绮台古琴，虽然不再续弦，但远在北方的查阜西先生，依然还能听到绿绮台抱琴殉国时的悲壮声音。这个与吴景略、管平湖齐名的古琴大师，最早在西方的学术圣殿里找到了中国古琴的足迹，当他提着录音机走遍中国大陆，收藏起古琴的所有声音之后，他眺望到了与大陆一河之隔的香港大埔的绿绮园，虽然无法近距离地与邓尔雅交谈，和绿绮台握手，却深为理解一张名琴的归宿。在查阜西的心目中，绝弦之后的绿绮台琴，再也不可能重复国难当头时的抱琴殉国，也不会再现惠州西湖泛舟时名人悲欣流泪的雅集了。邓尔雅和查阜西，是两个不曾相识的文人。他们所居之地，数千公里，只是一张古琴，将两人的精神连在了一起。

1929年的绿绮台琴，静静地安放在邓尔雅精心构筑的绿绮园中。绿绮台琴一生中最安详的姿态，就是弦绝之后的面孔。绿绮台琴告别了可园时期门庭若市的热闹，也失去了泛舟湖上的文人雅趣。于无声处听惊雷，是现实生活一种夸张的描述，对于有生命的古琴来说，“弦外之音”则是一个更准确的成语。能够发生弦外之音的古琴是七弦的精灵，它已经超越弦上发音的规律，而能够听出弦外之音的人，则是月夜里的樵夫。人世间许多不可能的事情，却在古琴深处发生，古人用了许多后人熟悉的诗句，描述了古琴的神奇：

庄周高论伯牙琴，闲夜思量泪满襟。（罗隐《重过随州故兵部李侍郎恩知因长句》）

借问人间愁寂意，伯牙弦绝已无声。（薛涛《寄张元夫》）

闻说萧郎逐逝川，伯牙因此绝清弦。（温庭筠《哭王元祐》）

知音既已死，良匠亦未生。(邵谒《赠郑殷处士》)

真正的古琴，只与知音结缘，所以，伯牙摔琴谢知音的故事，流传千年不朽。只是不辨音乐的耳朵，永远无法揭晓古琴与其他乐器的区别。

邓尔雅的诗文，许多都与古琴有关。他在《绿绮台琴》一诗中，就有“崇祯甲申毅宗烈皇帝御便殿鼓琴忽七弦俱断”的说明，而在《听琴师杨子遂先生弹琴》中，更有“群聪难索解，聋者独知音”的独特见解。邓尔雅从未以琴师扬名，却对古琴的理解深入到了骨髓，七弦的本质，被他用中医般的敏感手指，轻轻地触探到了脉搏的跳动。

古琴与其他乐器的本质区别，在于面对对象的不同。古琴只向弹奏者敞开内心，古琴美妙的声音，弹奏者往往是唯一的听众，在虚静中，弹奏者听见的是自己的心灵之音，而其他乐器，用声音取悦他人，听众多寡以及欢呼喝彩的掌声，则是乐器和演奏者的最高奖赏。

古琴的美妙之处，还在于与其他乐器弹奏的差异。当中国的民族乐器和外国的西洋乐器在教材上指引技法的时侯，统一、规范必然是书上的教条，而传统的古琴谱上，只标明左手按弦和右手弹奏的指法，音名、节奏则隐匿无痕，不同的演奏者，按照各自的理解处理琴曲，演奏者和创作者身份的交叉变换，使琴曲在古典的意境中复活，变化多端，生机无限。所以，有论者认为，古琴具有不可再现的当下性，或许正是“琴”字底下那个“今”想体现的妙义。

邓尔雅终生浸淫在书画篆刻艺术中，他用触类旁通的灵感觉悟打通了个人心灵通往古琴境界的秘密孔道。他在《绿绮台记》中回忆了自己于光绪二十八年（1902 年）在潘氏缉疋堂与马平杨子遂畅谈古琴艺术和绿绮台琴流离命运的往事，为绿绮台的未来和绿绮园埋下了伏笔。

崔岱远先生在《京范儿》一书中真实地表达了古琴的境界，这些描述，正是邓尔雅、查阜西追求的人生方式。在真正的琴家那里，琴只是修养和雅玩，不是职业，也不是谋生手段，更不是在歌舞场里出卖的艺术。“琴人只在感触极深时才会去弹琴，他们的琴艺也只是献给能理解他的人，而不能去变成钱。”

> 弹琴是一种境界，听琴同样是一种境界。弹琴和听琴都是极讲究的事情，而精于此道的人也都是内心高贵的人。他们或许现在很穷，但他们永远也摆脱不了精神贵族的派头和文人的影子。他们深信“一箪食，一瓢饮，人也不堪其忧，回也不改其乐”。权贵们请他们弹琴也必得在相互尊重的氛围下大家一起玩儿。即使有些馈赠，也不能明码标价。若真是有了标价，那琴家也就真不乐意弹了。而所谓的雅集，也只限于三五知

己。要是有陌生人在场，是不会轻易弹的。必得先坐下喝茶攀谈，若是投机，再摆琴，焚香，弹奏。若不对路子，也就找个托词婉言谢绝了。因为琴声是无处逃心的。琴者的情绪、心思，乃至气质、品性，会听的人全听得出来。谁又肯轻易对陌生人抛露心声呢？

八

邓尔雅和邝露，都是绿绮台琴的贵人。遇上一个贵人，是一张名琴的幸运。对于绿绮台琴来说，最好的贵人，并不能保它一生无忧，而是竭尽全力爱护它，在它遇难之时，奋不顾身。邓尔雅，作为绿绮台琴的贵人，更是在大难来临之时，两次让绿绮台琴化险为夷。那两次危难场面，均记录在《邓尔雅年表》中。

1920年，是绿绮台琴与邓尔雅结缘的第六个年头，没有任何征兆，预示绿绮台琴的第一场灾难。杨宝霖先生在《邓尔雅的〈绿绮园诗集〉》一文中有简略记叙："是时粤中政变频繁，尔雅广州寓所遭兵火，书画焚烧殆尽，幸绿绮台琴无恙。1922年，尔雅携眷避地香港。"（《容庚容肇祖学记》，广东人民出版社2004年版）1920年的兵燹，对于邓尔雅来说，是一次重大损失，而对于绿绮台琴，则只是一次虚惊，或者一次灾难的预演。杨宝霖先生的记叙虽然简略，却透露了邓尔雅未来行动的某些信息。两年之后，邓尔雅带着家眷离开广州转往香港，躲避乱世，更多的是出于绿绮台琴的安全。

一个将古琴作为自己生命组成部分的人，选择香港避居，当是他视琴如命的必然逻辑。从邓尔雅用象牙缩刻一对绿绮台琴作为女儿嫁妆的行动中，所有人都可以看出绿绮台琴之于他的价值和意义。所以，“1929 年，邓尔雅以治印、卖字所得，集资买地于九龙大埔，构小园，名为绿绮园，以中贮绿绮台琴”，就成了一个文人的选择。

邓尔雅用诗表达了他为绿绮台琴建筑暖巢的心情：

宋时庐墓锦为田，累叶犹容近祖先。
堂窄高吟暖岚气，岛荒长物富春天。
剩残山水非生客，勾股梅枝入梦圆。
床左囊琴虽弗御，不妨高举契无弦。

此诗之前还有八句。除了为绿绮台筑室告成纪念之外，邓尔雅还为能够近守安葬于元朗葵涌的祖墓而欣慰。

八十多年过去，绿绮园成了纸上描述的建筑，后人无法通过实物看到那座寄托了邓尔雅心血的房屋。1937 年 7 月的飓风，是一切人工建筑的杀手，绿绮园，不幸葬身在风暴中。从诞生到消失，绿绮园，只在香港大埔存活了六年。

1937 年飓风的威力，没有视频资料记录那些恐怖的现场，在文献的记载中，邓尔雅的绿绮园屋顶吹跑，只剩下四堵墙壁，藏书尽毁。在风灾面前，邓尔雅的心碎成了一堆瓦砾，但是，奇迹却也在废墟中出现，他视同性命的绿绮台琴，安然无恙。

“奇迹”，都是无法用语言解释的现象，在幸运面前，邓尔雅没有感恩上帝、佛祖、菩萨、鬼神等通灵的偶像，他认定的只是一张名琴的气节，那是一个抱琴殉国者英魂的护佑。

风灾之后，邓尔雅立即迁居九龙，他要为绿绮台寻找一个更安全的家。冥冥中，他得到了来自邝露的暗示。他用《丁丑七月飓风大步小园藏书被毁感赋》表达了绿绮台琴劫后幸存的庆幸。

绿绮台琴，在邓尔雅心中，已经成为抱琴殉国的抗清英雄邝露的化身。对一个英雄的崇敬，通过一张古琴折射，邓尔雅的高尚之举，同样得到了朋友的尊敬。

曾经在惠州西湖游船上参加过叶龙文召集的岭南名家雅集的丹霞别传寺和尚今释，在聆听过绿绮台声音之后，精心创作了并手书了长诗《绿绮台琴歌》。邓尔雅的好友潘至中，在广州的书肆中见到这幅墨宝，知道了绿绮琴藏于邓尔雅处，当即买下长卷。后来邓尔雅来潘至中家中探访，看到《绿绮台琴歌》欣喜不已，当他读到“南社风俊邓先生，求琴飞涕哀虫蚁。莫道无弦曷若弹，望海筑园惟景止”等诗句时，感慨唏嘘。

邝露当年，拥有两琴。在邝露的心爱之物中，绿绮台和南风，是一双同胞兄弟。邝露殉国之后，手足分离，血肉撕裂，邓尔雅能够感受到古琴的疼痛。如今的绿绮台，成了琴的孤儿，再也无人知道南风的生死下落。

绿绮台琴，还有另外一重意义上的亲缘。在所有的琴史文献中，绿绮台还和春雷、秋波、天蠁并列为岭南四大名琴。岭南四大名琴，在琴的家族中，就是一母所生的同胞手足。邓尔雅在绿绮园寂寞的长夜里与孤独的绿绮台琴沉默相对的时候，常常想起春雷、秋波、天蠁，却不知它们流落在何方。

邓尔雅从未想过，绿绮台和秋波、天蠁，会有团聚的一天。

1940 年，广东的一些文化精英，被日本侵略军的战火赶到了香港，许多珍贵文物，也随着它们的主人，来到了这个暂时安全的地方。绿绮台和秋波、天蠁相会的因缘，就在这个时候产生。在中华文化协进会的倡导下，邓尔雅带着心爱的绿绮台琴，参加了在香港大学冯平山图书馆举办的广东文物展览会，绿绮台和秋波、天蠁，一同在这个艺术氛围浓郁的展览馆中相会，接受无数观众惊喜的目光。著名的岭南四大名琴，除了春雷缺席之外，其他三琴，在文化的圣殿里，享受了千载难逢的荣耀。而此时的唐代名琴春雷，被张大千带到了万里之外的异国巴西，它缺席了这场古琴的盛会。

古琴，不仅是一种乐器，更是一种由木头、丝弦和精神组成的生命体，爱琴之人，则是它们的天使和护法。只是由于人的寿命短暂，古琴终不免易主更弦，但是它们的故事，总是和人融为一体。

邓尔雅七十二岁高龄时病逝于香港。在最后的日子里，绿绮台琴静静地陪在病榻旁边，邓尔雅时时抚摸，依依不舍。他以一种异于常人的方式，与绿绮台琴告别。

五年之后，香港大公报举办了一次隆重的广东名家书画展，邓尔雅的儿子将父亲所藏绿绮台琴和今释和尚的书法长卷《绿绮琴歌》展出，引起了文物界和艺术界的轰动。已经蚀于虫蚁而喑哑多年的绿绮台琴，又一次复活，让人看到了殉国的烈士和英雄的气节。

九

关于绿绮台琴的下落，有多种线索。陈莉女士认为“此琴由其后人捐赠广州博物馆”的说法似乎更让我信服。

我不是琴人，只是出于一个东莞市民的情感和写作者的需要想看一眼那张邝露殉国时在现场见证的古琴，想触摸一下邓尔雅先生留在琴上的余温。可是可园的绿绮楼上，只剩一个空阁，不见了绿绮台的影子。

惆怅，是可园，也是所有游客无法避免的遗憾。

我在灯下为邓尔雅和绿绮台琴绞尽脑汁的时候，一条信息和视频跨越千山万水到达身边，古琴的乡音将我带回到了义宁，在故乡的舞台上，游子终于见到了查阜西先生，听到了一个古琴大师遥远的声音。有史以来，这是义宁首次以古琴的名义，为一个被忽略了的先贤正名。在查阜西古琴艺术座谈会上，来自全国各地的古琴艺术家和古琴研究学者，一致肯定了查阜西先生“传统琴学的总结者和现代琴学的奠基者”的地位。“查阜西在古琴造诣上是最为杰出的，没有查先生就没有我们这一代琴人对古琴的延续”的评价，让一张古琴穿透百年时光，在义宁的幕阜大山中水落石出。

这场迟到的古琴盛宴的高潮，是一台名为古琴经典的音乐会，在富丽堂皇的大剧院舞台上演奏的《梅花三弄》《离骚》《广陵散》《渔樵问答》《流水》《乌夜啼》《阳关三叠》，虽然古意盎然，但却没有了空灵的意蕴。在古琴时代，所有经典的琴曲都是在面对知音和个人内心的情境下完成，月夜、空山、幽篁、冷雨、古渡、断桥……这些自然界中的景致，在琴声里化作了永恒的意境，真正的琴人，不会在权贵和金钱面前低头，真正的古琴，不会在闹市和俗人面前发声。

我不相信华丽的现代化剧场是古琴开言的最好场所，我怀疑最懂音乐的耳朵，也未必能在五光十色的舞台上领悟到高山的巍峨，听见山泉飞流的声响，知音不在，琴弦再也不会突然崩断。在八百里幕阜大山中，在辽阔的义宁故土上，最适合古琴弹奏的场所，应该是偏僻幽静的漫江乡来苏村，能够成为古琴知音的听众，应该是那些勤劳朴实的乡人。一个游子对权力宣传的不敬，本质是对艺术和大师的景仰。

古琴的身体上，找不到装饰的金属，但七弦的声音，却全是骨头。典故“雪夜访戴”中的戴逵，以琴为修身之道，而不作艺人之技，多次拒绝大宰武陵王司马晞弹奏古琴的邀请，在司马晞的纠缠之下，戴逵摔碎古琴，留下了“碎琴不为王门伶”“别鹤凄凉指法存，戴逵能耻近王门”的千古佳话。

从遥远的故乡义宁回到东莞，能够为我洗去一身疲惫的当是音乐。我踩着清朝的青砖登上可园的绿绮楼。为绿绮台而来的人，只会得到失望。可园的管理者们，让绿绮台琴回归的设想一次次破灭之后，只好请一个王姓琴人仿制了一张绿绮台琴。那张后人斫制的古琴，以替身的姿态，虚拟在古旧的岁月中。

真正的绿绮台古琴，只能在岁月深处寂寞，没有人看得穿它的心思。幸好琴事频繁，爱琴之人，总能在新闻中，得到慰藉。

即将到来的2018年8月8日，号称古琴拍卖价格之最的古琴松石间意，将离开北京的保利艺术博物馆，不远千里来到南粤，在肇庆庆祝广东省第十五届运动会。这张898岁的古琴，由于宋徽宗的御制和乾隆的御铭，在古琴拍卖史上以1.3664亿元独占鳌头，创造了世界古琴和世界乐器的拍卖纪录。

在《羊城晚报》看到这则消息的同时，我立即联想起了邓尔雅的绿绮台琴，想起了查阜西尽一生心血搜集的一百多首古琴曲。每一张名琴，都有着不同的命运遭际，在特殊的器物后面，活着的都是人物。

焚琴煮鹤，是汉语中最令人恐惧的一个成语。这个在李商隐《杂纂》中与清泉濯足，花上晒裈，背山起楼，对花啜茶，松下喝道并列的煞风景之举，却令我想起残暴的秦始皇和十年浩劫。拿琴当柴烧，把鹤煮了吃，只是人类失去了理智之后的疯狂。绿绮台琴一生中，有过战火的历险，有过风灾的考验，所幸它都一一逃脱，没有成为焚琴的悲剧。

一千多年前，就有人用诗歌预见了古琴的命运。唐朝赵博，在《琴歌》中看见了世道光阴：

绿琴制自桐孙枝，十年窗下无人知。
清声不与众乐杂，所以屈受尘埃欺。
七弦脆断虫丝朽，辨别不曾逢好手。
琴声若似琵琶声，卖与时人应已久。
玉徽冷落无光彩，堪恨钟期不相待。

一张名琴，无论出身如何高贵，无论血缘如何正统，总免不了断弦、蒙尘、烂尾，直至腐朽。从物质层面来说，没有一个人的寿命是古琴的对手，但千年过后，琴不复存在，但琴背后的人物，却在岁月的尘埃中站立起来，栩栩如生。

一个人的《中国史纲》

一

梁启超第一次知道“张荫麟”这个名字，缘于《学衡》杂志的一篇文章。那篇署名张荫麟的短文，以《老子生后孔子百余年之说质疑》为标题，开门见山，驳斥了梁启超“老子生于孔子之后”的六条证据。后人虽然用了“言简意赅，文气贯通，逻辑严密，考辨精细”等褒义词评价了《老子生后孔子百余年之说质疑》这篇文章，但是一个悬念始终在我心里无法放下，大名鼎鼎的梁启超先生，是否会像21世纪的中国文坛中人，拍案而起，雷霆震怒，甚至见簿公堂？

黄脆的史料化解了一个后人的担忧。那个时代的风气，超越了我的想象。任公先生用了“天才”二字，评价了一个陌生而又名不见经传的挑战者。

二十世纪初叶的中国史学界，名家辈出，如同夏夜的繁星，照亮了数千年历史的幽暗，即使如此，用“天才”这个大山一般分量的形容词赋予一个无名作者，不免让人感到唐突和冒失。幸好，这个内涵为卓绝的创造力、想象力的大词出自梁启超这样声名显赫的大家，任公的观察力、判断力为旁人架设了一座坚固的长桥，后来所有对张荫麟的赞美，都从这座桥上安全通过。

梁启超先生在《学衡》杂志上读到反叛他的《老子生后孔子百余年之说质疑》文章的时候，“张荫麟”这个名字，还是一个谜。《学衡》杂志的编辑们，也对这个陌生的投稿者一无所知，他们从敢于挑战梁启超的勇气和老辣的文笔猜测，作者应该是一个具有深厚学术功底的大学教授。

那个时候，梁启超已在清华讲述《中国近三百年学术史》，经过打听，他也知道了用文章质疑他的张荫麟，是一个未满 18 岁，刚考入清华学堂不久的学生。任公没有想到，张荫麟竟以一种低至尘埃的隐蔽姿态，在课堂上听讲，在文章中质疑。

用我们这个时代的标准评判，1923 年的张荫麟，绝对是一个性格怪异的学生，每一次同老师见面交谈的机会，他都敝屣一般地放弃，而在具有强烈锋芒的学术文章中，他却无比珍惜每一个质疑的文字。

那天晚上的课堂上，出现了意外的戏剧性情节。梁启超像往常一样走上讲台，没有开讲，却拿出了一封信。任公问道，哪一位学生叫张荫麟？

梁启超话音刚落，一个戴眼镜的学生站了起来，神情腼腆，满身斯文。

梁启超先生的想象里，写出《老子生后孔子百余年之说质疑》的学生，应该身材高大，一身锋芒。一个文弱书生与坚硬学术文章之间的反差，一时让名闻遐迩的任公恍惚起来。

回过神来的梁启超示意学生坐下，然后举起手中的信，大声说，这是张荫麟的信，对他《中国近三百年学术史》中的观点提出了质疑。

梁启超的话让课堂鸦雀无声，所有学生，没有从老师脸上看到半点不满和愠怒，他们从老师满意的神情里理解了鼓励和表扬。这堂课最后在梁启超先生的解答中结束，学术的分歧，在师生不同观念的碰撞中，找到了开锁的钥匙，找到了平等对话的有效方法。

这个课堂上的情节来源于陆其国先生《质疑的精神》的文章。在张荫麟的多次学术质疑中，梁启超没有感到丝毫的不敬，更没有感到学生挑战老师的忤逆。

梁启超离开教室的时候，张荫麟并没有用鞠躬和跟随的方式远送，他保持了自己一贯的精神孤傲，但是，他对梁任公先生的敬重，在他心中天平的一头，突然添上了山一般重的砝码。

这个可以成为后世佳话的情节，在20世纪20年代的大学课堂上，在梁任公那样的学术大师和张荫麟似的史学天才身上，其实并不是凤毛麟角的故事，一代人的纯朴和一个时代的风气，让后世的人感到新奇和惊讶，看来，社会在发展过程中，有些精神并未进化，而是萎缩了。

二

对于后世来说，“张荫麟”是一个被时光湮没了的名字。这个名字的滥觞之处，离我居住的地方近在咫尺。我曾多次去往石龙镇，寻找一个史学天才的蛛丝马迹。在我的理解中，一个早夭的人物，绝对不是器物的对手，当张荫麟的肉体消失在贵州遵义的荒野之外时，他出生的故土，一定可以找到砖瓦构筑的物质见证。

从某种意义来说，张荫麟故居就是用器物体现的历史。张荫麟故居，没有政府颁发文物的封号，它以一种陈旧衰败的低微姿态蜷缩在现代的高楼之下。当然，作为一个追寻者，语言就是一幢旧建筑的文字。在旁人的指引下，历史在石龙古镇以古旧砖瓦的形式让我们眺望到了晚清的光阴。

晚清太遥远了，即使目光锐利的人，也无法看到一百多年前张荫麟出生时的景象。沧海桑田，漫长的演变过程是人类用肉眼无法记录的图像。东莞大地上的名人故居，都寂寞得如同夕阳中的一茎荒草，那孤瘦的身影，让人生出无尽的怜惜。在我之前到达石龙的许多探寻者，也没有人从这幢晚清的建筑中找到一个史学天才成长的蛛丝马迹。《南方日报》的记者，集体走进石龙，依然一无所获。

记者们用叹息的口吻，记录了新闻的感受："在其出生地东莞，记者在采写的过程中极力寻找一点他曾经生活过的气息，但最终收获的，除了失望还是失望——他的老家早已成为民宅，不复有他生活的印记；而后人也都定居海外，无从联系。"

《南方日报》记者的遗憾，也注定是我的结果。只有通过文字，才能慢慢复原一幢衰落老屋"书香人家"的本来面目。我在张荫麟的学生李埏的文章中，找到了清朝光绪年间一幢建筑的注释：

> 张荫麟先生是广东东莞石龙镇人，清光绪三十一年（1905年）十一月生于镇上的一户"书香人家"中。他还幼小，母亲便去世了，父亲把他抚育长大。他的父亲既是一位慈父，又是一位严师。从他开蒙受书，便给他以严格的旧学训练，要他把五经、四书、三传、史汉、通鉴、诸子书、古文辞一一熟读成诵。他天赋很高，有异于常人的记性和悟性，对读书又特别爱，因此，课业虽重，不唯不以为苦，且常常愉快地超过了规定的课程。到十六七岁他辞家赴北京时，他的旧学根底已经很坚实，知识颇为广博了。

作为老师的得意门生，李埏先生介绍张荫麟的文字真诚朴实，严谨准确，这些文字体现了历史学家的职业特点。但是，李埏先生无意中漏掉了一个人的名字。张茂如，这个具有远见和培育人才的科学方法的读书人，是他将一粒史学天才的种子播撒在肥沃的土地上。作为父亲，张茂如是张荫麟成长的伟大园丁。

我和许多来到石龙镇的人，都在一幢破败的砖瓦老宅前终止了探寻的脚步，后人的目光，都被包围张荫麟故居的高楼大厦阻挡，只有李埏先生，他以一个历史学家的眼光，穿透了时光，看到了梁启超先生的背影。

1923 年《学衡》杂志发表的《老子生后孔子百余年之说质疑》的文章，并不是张荫麟一时的心血来潮，张荫麟与梁任公的学术缘分，早在他的少年时代就开始了。李埏先生，以一个史学家的眼光，发现了地理位置与一个人成长成才的隐秘逻辑关联：

> 石龙镇这个地方，濒东江下游南岸，当广州惠州中枢，广九铁路建成后，又为广州香港间一大站。从这里北往广州，南下港九，舟车都很方便，因此常得风气之先，不似内地的闭塞。荫麟先生之生，上距戊戌变法七载，下距辛亥革命六年。变法的首倡者为南海康有为和新会梁启超；革命党的领导人为香山孙文。南海、新会、香山和广州、东莞……都属珠江三角洲，相距咫尺。以乡里壤地相接之故，这些地方的知识界多稔和康、梁、孙诸人的活动、会议、学术……受其影响也特深。童年的荫麟先生，用心理学的术语说，是个“超常儿童”。他和许多成年人一样，争着传诵进步书刊，比许多年长的朋辈常

有更好的理解。新思潮的洗礼使他很早就能出入旧学，不受传统局限。他特别喜好那“笔锋常带情感”的辟蹊径开风气的饮冰室主人的学术著作，每得一篇，都视作“馈贫之粮”，细加玩索，可以说，早在清华亲炙之前很久，他已经私淑任公先生了。

梁启超先生，此时就以“饮冰室主人”的化名，接头了同弟子的暗号。所以，数年之后，张荫麟在《学衡》上的质疑文章，并不是一个青年的唐突，文字的锋芒，更没有让名满天下的大师受伤。

后人在研究评价张荫麟的学术成就，用“梁任公第二”的美誉为张荫麟封神时，显然忽视了石龙的那幢老屋和一个史学天才少年时的启蒙准备。应该说，张荫麟对梁启超的学术观点的质疑，早在入学清华之前就开始了。

三

清华国学院导师梁启超弟子众多，但能称得上“粉丝”的学生，可能只有张荫麟一人了。

民国时期的“粉丝”绝对不是如今的追星族。我虽然厌恶那些昙花一现的流行词语，但“粉丝”这个词却是比较准确地概括了张荫麟对梁启超人格、学术的崇敬和自觉追随。从少年时代开始，梁任公就在张荫麟的心中封神，但是，张荫麟作为追随者的崇拜，不是探寻恩师的年龄、星座、饮食、生活习惯乃至如厕的隐私，也不为收藏明星丢弃的敝屣或求明星在衣服上留下终生引以光彩的墨汁油彩，一个以史学研究作为追求理想的青年，内心波澜壮阔，外表却筑起了一道自尊自矜的篱笆。

在中国文化史的课堂上被老师点名之后，张荫麟并没有进一步接近梁启超的言行。对于这个才华出众而且籍贯相同的学生，梁任公也许有过学生上门求见或书信往来的师生交往的期待，然而，张荫麟似乎忽视了所有同老师靠近的有利因素，在旁人的眼里，张荫麟依然是一个沉默寡言，不善交际，只是埋首于书本的痴人，那个清瘦的背影，成了图书馆里一个固定的印象。

三年之后，在同学贺麟的生拉硬拽下，张荫麟终于忐忑不安地敲开了导师梁启超的家门。在门庭若市的家里见到了张荫麟，梁启超有些意外，张荫麟则用谦虚和腼腆抚平了老师的疑惑。让座、泡茶等常规的礼节之外，梁启超用最真诚最亲近的仪式欢迎了这个才华横溢敢于质疑的学生："你有做学者的资格呀！"亲切的粤语方言，化解了学生面对恩师时的拘束和礼数，张荫麟瞬间就回到了家乡，看见了珠江三角洲的桑基鱼塘和蕉林稻田。

方言，是家人和故旧好友之间交流的一种手段，它亲切随和，没有障碍，却在外人中间竖起了一道防御的土墙。四川人贺麟没有办法穿透粤语方言的城墙，但是，他从梁启超和张荫麟的面部表情和肢体动作中感受到了他们之间超越师生情谊的亲切和信任，那些发自内心的情感冲破了普通话的险阻，让贺麟生出了几分羡慕。

在后来的一次聊天中，贺麟问张荫麟，任公对你那么信任，你为什么不向老师求一幅墨宝？班里那么多同学，都收藏了任公的书法。

贺麟的提醒，让张荫麟想起了任公赠予学生的那些对联和条幅，张荫麟也有过想法，但是，他嘴巴似乎装了一道钢铁的闸门。后来，他用一首给贺麟的赠别诗，做出了让后人敬佩的解释：为学贵自辟，莫依门户侧。审问思辨行，四者虑缺一。愧缀陈腐语，不足壮行色。

贺麟是张荫麟交往最密切朋友，他最能读懂这首赠诗的含义。清华 7 年，贺麟见证了张荫麟的勤奋与刻苦。张荫麟在《学衡》《清华周刊》《清华学报》《燕京学报》《东方杂志》《文史杂志》《国闻周刊》《大公报》等报刊发表的 40 多篇学术文章，为他博取了清华四才子的声誉。张荫麟的名字与夏鼐、吴晗、钱锺书一起，代表了二十世纪清华学子的学术成就。百年之后，当后人回味这些名字的时候，依然看见了“清华四才子”的光辉，他们与“清华国学院四大导师”的称号一起，共同铸造了一所大学的高度和辉煌。

一个质疑偶像的人绝对不是我们这个时代的粉丝，一个遭遇学生质疑不怒且奖予“天才”称号的人也不可能成为这个时代的精神偶像。十九世纪二十年代清华园里的学术争论，让张荫麟和梁启超的师生关系变成了衣钵传人的佳话。吴宓教授认为张荫麟是“梁任公第二”，而香港中文大学教授许冠三则说“二十世纪中国新史学的开山大匠是两个广东人，一为新会梁启超，一为东莞张荫麟”。这些丝毫没有谀态的高度评价，都将张荫麟和他的老师梁启超连在一起。

学术是一种传承，面对张荫麟和梁启超两个名字，我不由想起“衣钵”“真传”“正果”这些名词。所以，李埏先生在追忆老师的文章中说：“荫麟先生确乎是‘最向往追踪’梁任公，但在学术研究上他真是‘吾爱吾师，吾尤爱真理’，做到了‘当仁不让于师’。而梁任公呢，不唯不因有慊于心，反而对他更加器重、奖掖。他们之间的师生深谊，真是现代学术史上的一篇佳话啊。”

四

张荫麟的故居，在 21 世纪的高楼大厦的城市夹缝中挣扎，一片衰朽气象。即使岁月倒回去百年，这幢建于晚清的小屋也没有富贵的面孔。

“张荫麟幼时失母，家道中落。”典籍中的描述流于空洞，后人在他赴京时父亲借钱告贷才勉强凑足川资的情节中依稀看到了一个书香人家的贫困。家庭的资助经常在清华园中断流，为了省钱，张荫麟经常靠干硬的烧饼充饥度日。更大的不幸出现在三年后，父亲去世，雪上的霜更加彻骨。此时的张荫麟肩上突然压上了一座大山，除了个人生活开支，他还要负担弟弟妹妹的生活和上学费用，写文章挣取的稿费，只是杯水车薪，张荫麟想到了兼职家教。

九十多年后，阅尽张荫麟与伦慧珠爱情婚姻的所有记录，我仍然无法找到这对夫妻之间的命运因果。就在张荫麟准备寻找一份家教兼职时，北京大学教授伦明也正在为他的女儿伦慧珠物色一个国文家教。“一拍即合”，这个与乐曲节奏有关的现代汉语成语，在1926年夏天成了张荫麟和伦明交往的形象诠释。这两个东莞人，在远离故土的京城里，用亲切的粤语乡音续上了他们的乡情乡思。

张荫麟没有想到即将成为他学生的伦慧珠是一个让他一见倾心的女孩。见面的地点在伦明居住的上斜街东莞会馆里，初次见面的时候，伦慧珠以一个书香门第的病弱女子的形象打动了张荫麟。后人无法在粗疏的历史中找到张荫麟追求伦慧珠的情节，但是无数的爱情故事向我们展示了超越生死悲欢的两性欲望的过程与步骤。爱情之所以能够成为文艺创作的永恒主题，实在是爱情的魅力无比强大，教人以生死相许。

张荫麟坠入情网，痛苦万分，而伦慧珠则冷若冰霜，无动于衷。

爱情的痛苦刻骨铭心，但是不能自拔，必须有人指引一条解脱的道路。燕京大学教授容庚，此时就成了解去张荫麟身上绳索的人。

东莞人容庚主编《燕京学报》，张荫麟通过投稿与他结识，并且一见如故，从此将这个年长他 11 岁的金石学家当作深可信赖的人。

其实，容庚的话也并非石破天惊之语，他只是劝告这个小老乡，不要沉迷在无望的情网中，应该振作起来，去追求更加光明的未来。张荫麟信任容庚，也就信任了容庚的劝告。

张荫麟在容庚的劝告中振作起来了，两年之后，他考取了公费的美国斯坦福大学，攻读哲学和社会学。张荫麟之所以选取斯坦福大学，是因为这所大学位于美国西部，费用较低，可以节省一部分公费供弟妹上学。

张荫麟庆幸自己跳出了情网，身心得到了解脱，他在给容庚的信中写道：

> 去国前蒙兄揭露真相，醒弟迷梦，于弟于珠都是有益。复何所悔恨？珠不知如何？若弟之苦痛，迟早终不免，愈迟则痛愈深，而振拔愈难，今若此已是万幸。近来反思静念，萦系渐除，乃知两年来之苦痛皆由太与社会隔绝，不知处世对人之道，使当初遇珠即存一临深履薄之戒，何致失望？

爱情与婚姻，是两个人的珠联璧合，一个人的一厢情愿，永远不可能导航家庭的走向。

就在容庚收到张荫麟的书信，张荫麟庆幸自己解脱的时候，一封意外的书信却漂洋过海，到达了张荫麟的身边。

信是伦慧珠写来的，虽然只是问候，但语言中的热度却让张荫麟冻僵的心复苏了。张荫麟没有迟疑，立刻回复。伦慧珠的信以最快的速度再次来到了张荫麟身边。文字的循环往复，每一个笔画都充满了甜蜜。

爱情，看似死了，其实只是冬季的枯枝，它经不起春风的吹拂，春雨降落，枝头又会重新泛绿。

现实生活中的爱情其实也是舞台上的爱情，充满了戏剧性和复杂性。张荫麟和伦慧珠的爱情喜剧以及日后的婚姻悲剧，由这封书信奠基，伦慧珠，不仅是这台戏剧的主角，而且也是幕后的编剧。

岚枫在《红玫瑰与白玫瑰》一文中解释伦慧珠主动修书续接前缘的原因时，有如下一段准确的分析：

> 他不明白她的态度为什么突然发生了转变。其实那个年代的中国少女，尤其是伦慧珠这类养在深闺中的富家小姐，都一种欲说还休的扭捏气，明明喜欢一个人，却偏不肯说，反而要拒绝了他，说自己不喜欢，仿佛不这样就显不出女儿家的尊贵。他不了解少女的心理，不过对于她的转变，他欣喜异常。

这段话的准确精彩超越了我所有看到过的对张荫麟爱情婚姻坎坷的分析文字。即便后来他同伦慧珠离婚，在另一个他钟情的女人那里跌倒，全部的原因，其实都是一样的，只不过后来的女人，则用一种与伦慧珠相反的方式，让张荫麟的爱情再受创伤。

“相思之苦”，是专为不能见面的热恋情人创造的一个成语。伦慧珠那封续接前缘的书信，让大西洋那边的张荫麟苦乐交织，从此以后，张荫麟经常在梦里同伦慧珠相会。容庚教授对他的所有劝告和他信中的反思、觉悟均被他弃于宽阔的太平洋中。

1933 年回国的时候，张荫麟的学业并未期满。张荫麟放弃博士学位提前回国的异常行为，显然与爱情相关。《南方日报》记者在《世纪广东学人·张荫麟》一文中认为：

> 作为张荫麟的知己，贺麟曾经说过，张荫麟生平精力所集中，心神所寄托，除了学术研究之外，就是纯真爱情，“天真纯洁，出于至情至性，牺牲一切，在所不惜”，这也就不难解释张荫麟为何会放弃博士学位而提前回国的“疯狂”举动了。

宽阔的太平洋在爱情的力量下变小，轮船在香港靠岸，张荫麟就见到了那个夜夜在枕上相见的女子。伦慧珠不远千里，专程来到香港，也只为早一刻见到这个日后成为她丈夫的男人。

从香港回到北平的旅途，虽然漫长，但爱情的甜蜜，已经让一条长路失去了距离。

1934年新年那天，张荫麟邀请伦慧珠一同去逛厂甸。由于寄住在容庚家中，知道了这个消息的容庚女儿也求着同往。

在世俗的生活习惯里，热恋中的情侣行动最喜欢隐秘，而不愿意有丝毫暴露，但1934年的张荫麟和伦慧珠，都没有把容琬的同行当作干扰和累赘。尤其是张荫麟，只把容琬当成一个不谙世事的小孩。她的跟随，如同足球比赛之前运动员牵手的小小球童，无法左右爱情的射门。

游完厂甸之后，张荫麟伦慧珠又去拜访了贺麟。见到跟随在两人身后的小姑娘时，贺麟只觉得容琬虽然明媚清丽，却还稚气未消。

在贺麟家中，伦慧珠突然头昏，日常生活粗疏的张荫麟立即从口袋里取出药来，照顾着她服下。这个鲜见的细节感动了贺麟，他没想到，再粗心的书生，面对爱情时，都会变得体贴、细腻，爱情，不可能影响世界，却可以改变一个人。

1934年新年家中的一幕永远留在了贺麟脑海里，尤其是那个青春活泼，小鸟一般的小姑娘容琬。谁都不会想到，张荫麟和伦慧珠坚不可摧的爱情，日后会被她轻而易举地摧毁。

五

张荫麟还在归国的轮船上的时候，一封与他密切相关的书信却以超过轮船的速度，来到了傅斯年先生的手上。

傅斯年先生是中央研究院历史语言研究所所长，历史学家，他亲手创办的史语所，聚集了当时历史、考古、语言等领域的顶尖研究人才，被人称为“教授之教授”的著名历史学家陈寅恪先生，即是史语所的历史组组长，到达傅斯年先生手中的这封短信，正是陈寅恪先生的推荐书：

孟真兄：顷阅张君荫麟函，言归国后不欲教授哲学，而欲研究史学，弟以为如此则北大史学系能聘之最佳。张君为清华近年学生品学俱佳者中之第一人，弟尝谓庚子赔款之成绩，或即在此一人之身也。张君年颇少，所著之学术论文多为考证中国史性质，大抵散见于《燕京学报》等。四年前赴美学哲学，在斯丹福大学得博士学位。其人记诵博治而思想有条理，以之担任中国通史课，恐现今无更较渠适宜之人。若史语所能罗致之，则必为将来最有希望之人材，弟敢书具保证者，盖不同寻常介绍友人之类。北大史学系事，请兄转达鄙意于胡、陈二先生，或即以此函转呈，亦无不可也。

收录《与傅斯年书》一文的汉语大词典出版社 2002 年 10 月出版的《张荫麟先生纪念文集》一书，与此文相关的有两条注释，其一有“此函前有‘中华民国廿三年一月廿五日收到转’等字，末有傅斯年批语‘此事现在以史语所之经费问题似谈不到，然北大已竭力聘请之矣’”的内容。

由于经费的原因，张荫麟没有进入傅斯年领导下的史语所，但陈寅恪的推荐信却如同一粒种子落在了傅斯年的心里。日后张荫麟撰写《中国史纲》，就是此时结下的善缘。

张荫麟虽英年早逝，著述却达百万字以上。在他所有的文字中，只有《中国史纲》是唯一一部史学专著。这部史学著作，支撑起了他作为一个史学天才的金字塔。而这本著作的写作机缘，源自傅斯年先生。

后人的文章在论述《中国史纲》的源起时，都认为1935年暑期之后，张荫麟应教育部聘请，编撰高中历史教科书。后人的记忆忽视了傅斯年先生从中发挥的关键作用。真实的情况是，傅斯年先生的看重和推荐，才是国民政府教育部聘请的因由。

傅斯年是民国名人，他在后人的心目中多以一种学术机构领导人的身份出现，他曾经担任过的史语所所长、中央研究院总干事、北京大学代理校长等职务，均是他身份的体现。很多时候，人们只记得他脾气暴躁，刚正不阿，曾用一己之力将民国时期宋子文、孔祥熙两任行政院长弹劾下马，往往忽视了他领导史语所取得的辉煌学术成就，忘记了他在民国教育史和学术史上纵横捭阖的领袖风范。

我没有从大海一般浩繁的民国史料中找到张荫麟与傅斯年地域

乡情，学术同门，亲情友好等升华人际关系的任何蛛丝马迹，傅斯年对张荫麟的信任，除了陈寅恪教授的那封推荐信之外，其余的都来自张荫麟发表的那些学术文章，傅斯年对张荫麟学术水平的判断力符合他历史学家的身份和独到眼光。

张荫麟无法决定自己生命的长短，更不知道自己一生中能够写出几部有价值的著作，对于《中国史纲》的写作，他用“向清华告假，专事著述”的方式全心投入。

张荫麟与《中国史纲》，构成了一种宿命的关系。

斯坦福的留学生涯，奠定了张荫麟的学术思想。筚路蓝缕之后，他用一系列有关两宋史事的学术文章，提出了宋初王小波、李顺的农民起义，“在中国民众暴动史中，创一新旗帜，辟一新道路”“有裨于阶级斗争说之史实”“当世无道及者，今故表而出之”的观点，引起史学界的广泛注意，并让农民战争史在中华人民共和国之后的历史教科书和史学教育中广泛通行。

对于当时的历史教育，张荫麟一直持批评的态度，他认为，“改良历史课本及改良历史教育的先决问题”，所以，当主编高中历史教科书的委托郑重出现的时候，他觉得机缘终于以一纸聘书的形式来了。

我在如今黄脆的故纸上，见到了82年前张荫麟组织的豪华著述班子。吴晗、千家驹、王芸生三人，分别负责撰写唐宋之后和鸦片战争、中日战争的历史，汉以前的历史，则由张荫麟亲自挂印。

《中国史纲》自序的开头，清楚无误地记录了这本书写作的起止时间：“这部书的开始属草，是在卢沟桥事变之前二年，这部书的开始刊布，是在事变之后将近三年。”显现在后人面前的《中国史纲》，共十一章，约16万字，却展示了中国自殷商至东汉漫长的两千年社会历史。习惯长篇大论追求史诗巨著的后人无法想象，如此有限的篇幅，如何论述两千年之间“社会组织的变迁，思想和文物的创辟，以及伟大人物的性格和活动”？

在一个读图的浅阅读时代，很少有人怀着崇敬和耐心深入中国历史，在汉字中看穿中国五千年历史的风云长卷。作为一个散文作者，我在进入乡贤的内心世界时，也对《中国史纲》充满了畏惧。幸好前人有先见之明，在自序中，张荫麟为后来的读者提供了一把进入和理解中国历史的万能钥匙：

> 若把读史比于登山，我们已达到分水岭的顶峰，无论四顾与前瞻，都可以得到最广阔的眼界。在这时候，把全部的民族史和它所指向道路，作一鸟瞰，最能给人以开拓心胸的历史的壮观。
>
> 我们不能把全部中国史的事实，细大不捐，应有尽有的写进去。

张荫麟用“内容叙述精确，文笔优美，达到才、学、识的高度结合”的稀有金属铸成的钥匙，至今扔挂在我们的腰间，让它成为后人在面对中国历史的坚固大门时默念的芝麻开门的暗语。

八十多年之后，史学界仍将张荫麟16万字的《中国史纲》誉为“历史教科书中最好的一本‘创作’，更是一种别具一格的通史读物，是与钱穆先生的《国史大纲》、吕思勉先生的《中国通史》并肩的史学经典”。

可以用“好评如潮”这个成语来形容《中国史纲》出版之后的盛况。在张荫麟那个时代，学术风气纯正，没有出版机构组织的炒作，没有策划部门安排的研讨，更没有作者个人的自我宣传标榜和朋友圈中的吹捧点赞，一本朴实素雅的薄书，穿透了漫长时光的检验，让后人感到了岩石一般的重量。

1957年苏联《古代史通报》刊登的苏联学者鲁宾的书评，让我们看到了来自异邦的评价：

> 这位历史学家的全部论述给人以这样独特的印象——可以说，从本书的字里行间会感觉到他不但是位历史学家，而且是一个人。
>
> 把科学的解释和通俗性成功地结合起来也是《中国史纲》的一个突出的优点。在张荫麟的笔下，中国古代的历史是鲜明生动的，容易了解的，对现代的读者是亲切的。同时书中没有一点庸俗化的地方，也没有因简述一些问题而使论述降低到非

专家水平，更没有否认别人的成果。如果估计到中国古代史料的复杂性以及几千年形成的儒家的历史编纂学的影响——有时甚至于那些努力运用马克思主义的观点来阐明中国古代史的历史学家们也还不容易从它们的影响之下跳出来——那么就应该大力赞扬著者的才能已达到高度科学水平，同时又能生动地引人入胜地、简洁地讲述古代中国历史的变迁。

所有的评论家和读者，都没有从一本16万字的薄书中看到张荫麟的汗水，以及他许多个通宵达旦的无眠，张荫麟也不知道，日后致命的病魔，就在此时悄悄潜伏下来。

六

《中国史纲》出版的那年，也是张荫麟与伦慧珠的爱情到达顶峰的时候。这一年，他们牵手越过爱情，进入婚姻的殿堂。古老的北平，成了一对新人爱情最后甜蜜的温床。

日军侵华是张荫麟伦慧珠爱情颠沛流离婚姻最终夭折的根源。

清华、北大炮火中南迁，张荫麟那张写史的书桌，也无法在侵略军横行的北京城里找到安放的地方。张荫麟虽然没有紧跟清华北大南撤的脚步，但他知道，在沦陷之后的表面平静中，去与留，依然是检验一个书生爱国情怀的标尺。他没有像他的同乡和朋友容庚那样，选择留在北京，而是带着一纸邀约南下浙江，为西天目山禅源寺里的浙江大学新生讲授中国通史。对于战争的残酷和时局的动荡，张荫麟显然有所预料，所以，天目山禅源寺的佛堂，只是他独身的暂时居所，伦慧珠则带着两个年幼的子女，回到了东莞老家。

对于红尘之中的人来说，暮鼓晨钟只是心灵之外的清静，张荫麟知道，在中华民族遭到侮辱，国家生死存亡危在旦夕的时候，天目山里毕竟只是一段短暂的时光。当 1938 年西南联大在遥远的昆明打出了“刚毅坚卓”校训的时候，张荫麟千里迢迢赶到了昆明，向母校清华销假，转而成了西南联大的教授。

我在 1938 年西南联大文学院历史学系教授的名单上，看到了陈寅恪、傅斯年、郑天挺、钱穆、雷海宗、姚从吾、刘崇鋐、向达等人的名字，而张荫麟，则与那些名字排列在白纸黑字上。而他的好友贺麟，则在哲学心理学系的阵营内，与汤用彤、冯友兰、金岳霖、熊十力、沈有鼎等人为伍。

昆明与西南联大，见证了张荫麟爱情的不幸和痛苦婚变。

1938 年的容琬，已经脱去了北平时期的青涩和天真，她以西南联大学生身份出现在张荫麟眼前的时候，青春活泼，有如一朵正在怒放的山茶。

容琬考上北京大学中文系以后，就和后来任教耶鲁大学的张充和、同史学名家何兆武结成伉俪的曹美英一起，成了北大中文系仅有的三个女孩。当一枝鲜花在清晨的阳光下滚动着晶莹的露珠时，那就是爱情最好的年华。

那个时候，张荫麟住在欧美同学会的会所里，家人不在身边便少有柴米油盐的琐事羁绊。容琬经常过来找他聊天。热情的容琬，将青春与开朗画上了等号，她的放声大笑，经常盛开在明朗的土壤里。在容琬的大方活泼里，张荫麟不由得想起伦慧珠的含蓄、内敛和欲说还休，性格的反差，折射了女性不同的美，更让过往的岁月清晰起来。

多年来，张荫麟同容琬一直保持着书信往来，一个求知少女的许多文章经常通过书信的方式到达他的身边，而他回复的每一封信乃至每一个文字，都被容琬宝贝似的珍藏着。那些珍藏的文字，积累了少女的好感，也收藏了张荫麟越来越多的感动。在欧美同学会会所里聊天的美好时光里，容琬由一个跟在张荫麟、伦慧珠身后的小女孩成长为一个洋溢着青春美貌的维纳斯。

世界上所有的美，都会有人追求。张荫麟听到的故事是，北大教授沈有鼎追求容琬，经常到容琬寄居的叔父北大教授容肇祖家蹭饭。容肇祖教授慢慢看出了端倪，他开诚布公地对侄女说，沈有鼎追你追到家里来了，如果你对他没有好感，我就对他下逐客令了。

容琬用坦率直接的方式回答了叔父，她说，他不是我喜欢的人！

沈有鼎教授在容肇祖不再为他添设碗筷的拒绝中碰了软钉子，并用符合读书人身份的方式停止了追求。

在同容琬的交往中，张荫麟也碰上了钉子。这个钉子来自他的朋友容庚。容庚用疏远张荫麟，而且不再在《燕京学报》上发表张荫麟的文章表明了一个父亲的态度。一个有妇之夫，爱上了朋友的女儿，这种不伦之爱，让张荫麟产生了一种负罪的感觉。

张荫麟第一次尝到爱情苦果的时候，是容庚伸出了友情之手，让他的小舟在风雨中安全靠岸。在张荫麟的第二次爱情苦果面前，容庚再也无法扮演救世的角色，任何语言，在自己的女儿和朋友面前，都无法布道。倒是张荫麟，在容庚的无声举动面前逐渐觉悟，自己是已婚之人，背着妻子，追求婚外爱情，已属不伦；而且，容琬也是婚姻门口的人，她的未婚男友，更有资格获得她的爱情。在不会有结果的爱情面前，只有回头，才能登上拯救的堤岸。

回头之后的张荫麟，努力劝说容琬，去北平完婚。为了彻底斩断这根结着苦果的瓜藤，张荫麟釜底抽薪，匆忙写信给远在东莞的伦慧珠，让她带着儿女，来昆明团聚。

无意中承担了解围任务的伦慧珠带着儿女和母亲、妹妹在 1939 年 10 月赶到西南联大，一行五人，路途的奔波和辛苦，足以让在婚外情中幸福和痛苦交织的张荫麟愧疚！

其实，张荫麟并没有足够的心理准备，迎接柴米油盐和家庭烦恼组成的俗世生活，他以为，伦慧珠的到来，可以让他回到 1933 年的幸福和甜蜜中。

1939 年 10 月的伦慧珠，早已不是那个羞羞答答的病态少女，而是一个被抚养子女操持家务等繁重琐事压弯了腰的烟火主妇。张荫麟的书桌失去了宁静，内心便滋生出焦躁，所有期待过的激情与冲动，都被生活的烦恼压在了五行山下。

柴米油盐和抚养儿女是家庭和婚姻的必然之路，无法绕行。成功的爱情，可以将生活的烦恼化为和谐的润滑剂，而失败的爱情，则会被生活的绳索捆住手脚，甚至麻痹心灵。

张荫麟渐渐有了逃离的渴望。

而伦慧珠呢，则满腹委屈。她不明白，那个'因着她的一封信提前回国的男子哪里去了？从他的同事那里，她听到了一些他与容琬的风闻"。

岚枫《红玫瑰与白玫瑰》一文中的一段描绘，让我看到了张荫麟与伦慧珠爱情枯萎死亡的过程：

> 每天早晨，他一睁开眼，便听到无数声音。两个孩子在客厅里追打，她系着一条围裙，气急败坏地叫孩子们吃早饭，一会儿哥哥打翻了妹妹的盘子，妹妹尖锐的哭声四起，她教训孩子的骂声，孩子的外婆的阻拦声……空气中，永远有无处不在的小孩子的奶骚气，这纷扰的生活让他简直是烦透了。天长日久，他心里都生出苔藓来，黏稠稠，湿答答，暗绿的颜色像霉菌。
>
> 他开始指责她，大事小事，他总有看不惯的地方。对他横

生的指责，他一开始还忍着，渐渐地也不愿意再忍下去。

当激烈的吵架变成了生活的常态之后，张荫麟想到了离婚。在“离婚”这两个绝情的汉字面前，伦慧珠亦不含糊，她用点头表示态度，她带着一双儿女，和母亲妹妹一同回到了东莞。

从婚姻开始，爱情最后走进了坟墓。

七十多年之后，我从发黄的文字中看到了张荫麟的如释重负。张荫麟以为，伦慧珠离去之后，容琬一定会为他的爱情接力。他没有想到，容琬给了他当头棒喝。

容琬说，对不起，我要结婚了。容琬平淡的口吻，七十多年之后的我，似乎也感到了张荫麟的心寒。

在婚姻的选择面前，容琬遵从父命，北平的徐庆丰医生，在等待她回去完婚。张荫麟苦苦追求的爱情，在容琬那里，也许就是一种异性之间的友谊。

岚枫以一个女性的细腻，对张荫麟爱情的悲剧，做出了令人信服的分析：

其实这场所谓的爱情，不过是他一厢情意的结果。容琬不是伦慧珠，伦慧珠式的传统中国女子，是男子接近也难，一旦接近，却是非结婚不可的。因为旧式女子肯与那男子交谈，意味着她们芳心已许。而容琬这样的新女性，观之可亲，亦易接近。她不介意与一个男子相谈甚欢，只要这男子言谈有趣，学识颇丰。然而，她会不会爱上这男子，那便是另外一回事了。

爱情一旦失败，就不会有胜利者。伦慧珠带着一双儿女，回到老家东莞疗养伤口，张荫麟更是身心俱疲。一个史学天才的名誉，在战时的西南联大遭到了重创，那些背后的议论，就是一支支插在他心上的暗箭。所有的风言，都认为他移情别恋，薄情寡恩。

七

张荫麟离开西南联大，转赴遵义任教浙江大学，显然与他失败的婚姻有关。人言可畏，勇敢者，必然会成为浑身箭矢的草船。

作为交往最密切的朋友，贺麟教授同他话别至深夜。贺麟对张荫麟严重违背作息规律的习惯深为忧虑。

张荫麟的另一个朋友也是史学家的吴晗先生，也对张荫麟随心所欲的不良生活习惯提出过忠告，他在文章中回忆说："张荫麟晚年脸色老是苍白，到死后，我们才明白那是患肾炎者所特有的一种病态。"

中国从来不乏读书人，在我们这个出版业空前发达的科技文明时代，读书者如过江之鲫，许多人用读图的方式娱乐严肃的汉字和个人的生活，某种意义上，如今的读书和娱乐已经消弭了"苦"的边界。我也是一个俗世中的读者，轻松阅读也是我的一项选择，三大本的《张荫麟全集》放置床边，四年仍未读完。从读书求知的意义来说，真是辜负了乡贤。

张荫麟是我知道的极端读书著书者。由于年轻，又对自己的身体和健康过于自信，所以他经常用“死”和朋友开玩笑。“如你不幸早逝的话，我一定会编印遗文、墓志、行状、传记之类，一概负责到底。”他没有想到，这些恶语谶言，竟会在自己身上应验。

《南方日报》在《世纪广东学人·张荫麟》一文中对张荫麟损害健康的生活写作习惯有准确的描述：

> 张荫麟嗜书如命，房间里到处都凌乱地扔着书，读书入迷时，不管白天黑夜。在清华时，吴晗几次去找他，都是在沙发上把他摇醒的。原来他一夜没睡，读书读到迷糊就睡在沙发上了。在撰写《中国史纲》的两年内，张荫麟养成了一个非常坏的习惯，常常为了写一篇文章，几天几夜不睡觉，直到文章完成，才大睡几天、大吃几顿，结果健康大为受损，得了肾脏炎，和他最尊敬的恩师梁启超是同样的病。他尚且不以为然，认为“梁任公先生五十外婴此疾，本不致死，不幸误于医术，他这三十几岁人的抵抗力，必不至于如梁先生”。

张荫麟自号素痴，这个出自他自己命名的号，似乎正是他性格行为的说明。这个只知读书著书的人，从无娱乐，以至朋友赠送给了他一项“张文昏公”的外号，张荫麟也从不抵赖，朋友赠送的“张文昏公”和自我命名的“素痴”，其实是一根藤上的果实，它们的成分在化学试剂的分析检验下呈现出相同的本质。

婚后的第二天，张荫麟出门拜客。回来时，看见客厅里坐着一个生人，他立即道歉说，对不起，累你久等了。那人莫名其妙，张荫麟恍惚了半天，才发现自己走错了人家。这样的生活故事，许多文章都有记载。吴晗先生在他的《记张荫麟》中也有收录。吴晗去看望婚后的张荫麟，见他满手泥水，蹲在地上布置假山。张荫麟高兴地告诉吴晗，说他将朋友们赠送的花圈做成一个花园，好极妙极。吴晗哈哈大笑，用“花篮”纠正了他的“花圈”。张荫麟内心知错，嘴上却不服软，狡辩说：“圈与篮虽不同，而其为花则一也。”

一个著书的人，必然是一个读书的人，一个读书的人，必然是一个爱书的人。张荫麟的爱书，数百倍于今人的爱钱，让人生出许多叹息。

1937年春天，吴晗在开封相国寺的地摊上，意外地买到了一本《中兴小记》，张荫麟见了亦爱不释手，提出用四部丛刊本明清人文集十种交换，吴晗无奈勉强答应。但此后吴晗去讨四部丛刊本明清人文集时，张荫麟又大打折扣，只愿拿《牧斋初学集》《有学集》两种书应付。

张荫麟的嗜书，我不知道是否和他的岳父伦明先生有关联。八十多年之后，已经少有人知道当年的北大教授伦明了，即使在他的家乡东莞，也鲜有人了解这个被称为“破伦”的大藏书家了。

我在中华书局出版的《近代藏书三十家》中，轻而易举就找到了伦明的名字。

伦明一生的理想就是续修《四库全书》。《四库全书》是一部基本囊括了中国古代所有图书的大书，按照经、史、子、集四部分类，近十亿字。这是一本无法尽读的巨型图书，刘梦溪先生认为20世纪的学者，只有马一浮先生通读过这部巨著。因为一个人的寿命，不可能有《四库全书》漫长。对于乾隆皇帝亲自组织编纂的国家工程，伦明认为它缺点甚多，他决心用一已之力，为这套中国历史上规模最大的丛书做出世所公认的修正。

为了《四库全书》续修工程，伦明开始了搜书藏书。他节衣缩食，变卖了妻子的首饰以及家中值钱的物品。由于他衣衫褴褛，整天流连于书肆中，黄昏时候拉了一车书回家，落魄穷愁，被人们笑称为“破伦”。日积月累，聚沙成塔，1937年伦明被战火赶回广东时，所藏书籍已达百万卷，房屋十间已堆存不下。

汉字和书籍，是伦明张荫麟两代人的命运。幸运的是，张荫麟的一本《中国史纲》，成为后人心中的史学巨著，而他曾经的岳父伦明，完成了《续修四库全书提要》，留下了《四库全书目录编序》《读书楼读书记》《读修四库全书刍议》《拟印四库全书之管见》等近两千篇文章。他们用心血编织的著作，延续了肉体的生命。只要文字不朽，他的肉体就依然活着。

八

贵州遵义和浙江大学，并不是张荫麟的福地。崇山峻岭，虽然阻止了侵略军的战火，却也因为生活医疗条件的落后而束手人类的病情。穷乡僻壤，疾病与死亡靠得很近，所以吴晗说张荫麟"死于肾脏病，平时营养坏，离婚后心境坏，穷乡僻壤医药设备坏，病一发就非倒下不可，非死不可。假使没有这战争，假使这战争不能避免，而有一个好政府，或者是不太坏的政府，能稍稍尊重学者的地位和生活的时候，荫麟那样胖胖茁壮的身体，是可以再工作二十年以至三十年的"。

对中国历史目光炯炯的张荫麟，对自己的病情却缺乏深察的目光。在 1941 年给傅斯年的短信中，他轻描淡写地谈到自己的病情：

孟真先生左右：

九月十五日示敬悉，仆于七月底往贵阳中央医院检验，知有慢性贤炎病 chronic ne pnrites，程度尚轻，体中自觉亦不剧，医嘱休息半年。闻此症类别颇多，贵阳中央医院无肾脏专家，不能析断，而贵阳一往返，劳顿逾月方平复（肾病忌劳）。以现时交通工具之劣，不敢遽往重庆，以增其病，且冒覆车之危险也。承垂问，谢谢……

晚　张荫麟拜上

（1941 年）九月廿七日

张荫麟那个时代，贵州遵义那个山区僻壤，肾病就是如今扩散之后的癌症。弥留之际，张荫麟想起了庄子，他用《庄子·秋水篇》为灵魂止痛，他的朗诵，打动了在场的每一个学生：明乎坦涂，故生而不说，死而不祸，知终始之不可故也……

1942 年 10 月 24 日凌晨，张荫麟的噩耗让战争中的中国史学界感受到了震动和悲伤，蒋介石的万元赙仪和陈寅恪、吴宓、朱自清、熊十力、贺麟、钱穆、王芸生、张其昀、吴晗、钱锺书等名人的祭悼诗文雪片一般飞至遵义。

爱情，在生离死别之时，呈现了人性的本来面目。伦慧珠在《大公报》上看到了张荫麟的死讯，当即昏死过去。醒来之后，她写下了一段悲痛入骨的悼念之词：

无论如何，在他的生前，我曾经爱过他，恨过他。爱虽一度消灭，但因他的一死，恨也随之而逝。到现在我依然爱他……我们把有限的宝贵的韶光辜负了。他憎恨着我，我仇视着他，以为还有个无限的未来给我们斗气呢！结果彼此抱恨终身！

然而，人世间的一切悲欢离合和生离死别，还有伦慧珠伤心的眼泪，张荫麟都看不到了。随之而来的教育部的丧葬费，浙大校长竺可桢参加的公祭、葬礼、纪念周、追悼会、张荫麟奖学金和梅贻琦在西南联大主持的追悼会及冯友兰、雷海宗、吴晗、吴宓等人的发言，《思想与时代》张荫麟纪念专刊、报刊发表的挽诗、悼文、怀念文章等等，所有的哀荣都成了一个史学天才的身外之物。

李欣荣、曹家齐先生的《张荫麟评传》中，有一段论述：

> 对于张荫麟出走浙大，极为欣赏荫麟的陈寅恪似乎也不表同情。陈寅恪一向主张：力主屏绝杂务，专心读书著作，生活种种，均不足计也。抗战时期图籍颇为难得，而北大可借用史语所的藏书，昆明又聚集后方最多的学者，正是做学问的合适之地。而且生活、医疗方面，似乎也较有保障。两年后张氏在遵义因病去世，昆明学界即有舆论称，“张荫麟苟不赴浙大而留联大，当不至死”。

从石龙镇竹园街张荫麟的故居回到书房的时候，我想，只有重读先贤的著作，才能看到一个人的精神，才能看到《中国史纲》的生命力。

当初怀王曾与诸将约，谁先入关中，即以其地封他为王。刘邦因此以关中的主人自居。而项羽西进之前已封了章邯为雍王（秦地古牧雍州），大有否认怀王初约之意。刘季闻讯，派兵守函谷关，拒外军入境，同时征关中人民入伍以扩充实力。

项羽至函谷关，不得入，大怒，攻破之。进驻鸿门，与刘季军相距只四十里。是时外军四十万，号百万；内军十万，号二十万。项羽大飨军士预备进攻。项羽的叔父项伯曾受张良救命之恩。半夜去给张良通消息，劝张良快跟他走。张良却替他和刘季拉拢。刘季会项伯一见如故，杯酒交欢，约为婚姻。刘季道："我入关以来，秋毫不敢有所沾染，簿籍吏民，封闭府库，以等待项将军。派人守关，只是警备盗贼。日夜盼望项将军到，哪里敢反？"恳求项伯代为解释。项伯答应，并约他次早亲到鸿门营中来。

四十多年前我在中学课本上读到司马迁的《鸿门宴》时，头疼欲裂，那些生僻的汉字和深奥的文言，让一个中学生晕头转向，所有的情节和悬念，都被古代汉语的艰涩消磨殆尽。

张荫麟《中国史纲》第八章第四节《项羽在关中》的那些文字，平白朴实，清新晓畅，人物性格栩栩如生，故事情节紧张曲折。四十年前的我，如果在课堂上读到《中国史纲》，一个中学生厌倦的心里，将会云开日出，气朗风清，快乐和喜悦，将会引导少年一步一步走进文字的高处和历史的深处。

青少年时代不识张荫麟和《中国史纲》，不仅是我人生的遗憾，更是社会的过错。花甲之年，我终于由于乡贤地域的缘故续上了与张荫麟的精神联系，但错过的那些青葱，却永远也无法回头。

吴晗用“遗忘”两个字，为张荫麟的一生画上了句号：

> 去年我得到消息，荫麟离婚的夫人又结婚了，两个孩子也带过去抚养。浙大复员回杭州了，荫麟的孤坟被遗忘在遵义的郊外，冷落于荒烟蔓草中。联大复员回平津了，荫麟生前所笃爱的藏书，仍然堆积在北平东莞会馆。
>
> 这个人似乎是被遗忘了。

吴晗先生总结的遗忘，无疑是一种事实，但是，从另外一种意义上说，张荫麟依然活着。前年，东莞当地政府在现代化的市政广场上，为31位东莞历史名人塑像，那些冰冷的青铜，带着历史的体温，复活了袁崇焕、伦明、容庚等先贤的英姿，素痴先生，带着他的《中国史纲》，站立在阳光之下。

只要《中国史纲》不死，张荫麟就依然活着。活着的，还有那个“素痴”的符号。所以，明末散文家张岱说：“人无癖不可与交，以期无深情也；人无痴不可与交，以其无真气也。”

远去的房客

一

清末探花陈伯陶用五千两白银买下年羹尧宅院的时候，正是新旧两个朝代更换交替的节点，溥仪的清朝即将退出历史舞台，而中华民国的青天白日旗尚在孙中山的精心缝制之中。

当陈伯陶将自己手书的“东莞新馆”木制牌匾挂在大门门楣上方时，他就看见了许多陌生的东莞面孔和广东面孔，络绎不绝地走进了这所大院。后人在会馆近六亩的占地上，发现了康有为、梁启超、伦明、张其淦、张伯桢、容庚、容肇祖、张荫麟、陈垣、单士元、邓之诚、朱自清、启功、叶恭绰等人的脚印，他们在一片小天地中的奋斗，让一个名叫“东莞”的遥远而陌生的名字插上了翅膀。

“东莞新馆”的繁体字招牌，充满了暗示意味，它让人想起宣武区（今西城区）上斜街54号这片建筑的血缘和渊源。

会馆，这个在明清两朝风云一时的名词，虽然在二十世纪七十年代彻底断流，但我依然在陈腐的文献中，找到了东莞新馆的发源和路径。

以“东莞”命名的会馆，滥觞之地在宣武区（今西城区）的珠朝街，由于历史久远和城市变化的原因，最早的东莞会馆，已经从北京的城市地图上消失了。据对北京的东莞会馆素有研究的伦志清先生考证，珠朝街东莞会馆建立的时间，大约在清朝乾隆三十五年（1770年）。伦先生走访了珠朝街最早的住户，在那些耄耋老人的描述中，在古老建筑的残留中，他还原了乾隆年间东莞会馆的图景：

> 青砖瓦房的珠朝街15号东莞会馆，是东西长、南北窄的小四合院，共有十间房，占地面积约零点四亩。进会馆大门窄门道右侧是一间小房，顶头是北房的山墙，左拐是小院，西屋是正房。

会馆，是一个已经消失了的名词，后人只能在辞典和文献中看到它们的真实面目。在研究者的描述中，会馆是各省同乡会自发组织的驻京机构，它不仅是赶考的举人进京应试的居住场所，也是各省官员来往京城的政治活动中心。乡音和乡情，是会馆个性化的面孔。

由于属地文化和行政管辖的关系，在数千公里之外的北方，东莞，永远是广东乃至广州的一个组成部分。当广东省最早的北京会馆在明朝永乐初年（1403 年）的崇文区（今东城区）草场头条挂牌的时候，东莞会馆，只不过是会馆母腹中一个尚未成熟的精卵。那个年代的东莞举子，顺理成章地寄居在以广东命名的会馆中，只是后来举人众多，固定的建筑无法容纳不断膨胀的南粤子弟，各个州县，就陆续创办起了自己的会馆。

明清时期的广州府，下辖南海、番禺、中山、顺德、三水、新会、东莞、龙门、从化、花县、增城、宝安、清远、台山十四县。作为大家庭中的一个成员，进京的东莞举人，必然在广州府的旗号下，进入广东乡试的名单。

伦志清先生的《北京东莞会馆考略》，记录了广州府名下的五处会馆，即建于明代万历三十九年（1611 年）的广州老馆；位于崇文区（今东城区）草场头条 20 号的广州会馆；位于宣武区（今西城区）韩家胡同 25 路北的广州会馆（李渔故居）；清乾隆三十五年（1770 年）建立的广州七邑会馆；位于前门附近王皮胡同 3 号的仙城会馆。

由于缺少文献，进入《北京东莞会馆考略》中的五所广州会馆，并未严格按照建立的时间序齿排班，也非按照会馆规模大小确定顺序，然而，后人依然可以从这些建筑身上，看到后来县级会馆诞生的因果和血缘。

伦志清用一段考证，为后人描画了一幅北京广东会馆的全景图：

清末，广东有省级会馆九处，府级十七处，县级三十六处，商业行业会馆八处，合计七十处。这其中馆产又有主产四十五处，附产二十五处。各省在北京的会馆房产面积最大的是广东，有二千四百七十九点五间房。由于会馆归行政、地区权属及管辖，会馆分为省级馆产、府级馆产和县级馆产，也有私人馆产。其中有广州府级会馆四个，占广东府级会馆数的24%，东莞县属广州府下辖县，明代至清代中前期，自东莞县赴京的要员和举子赶考多住在广州府级会馆。清中后期东莞县先后建有三个独立会馆，占广东县级会馆的8%。

二

孙中山先生来到香山会馆的时候，中国历史，进入民国元年（1912年）。所以，陈伯陶在年羹尧的旧居挂上“东莞新莞”牌匾的时候，这个日后被称为伟大革命先行者的香山县人，还在通往会馆的路上。

从珠朝街东莞会馆到烂缦胡同东莞会馆，再从烂缦胡同东莞会馆到上斜街东莞会馆，其间的路程并不遥远。孙中山先生出入的香山会馆，曾经是明代宰相严嵩的花园，与东莞会馆为邻，它们共同分享了广东会馆的一段美好时光。与香山会馆五千多平方米的占地、建筑上的荷花彩绘、西洋五彩玻璃窗阁和魁星楼的豪华富丽相比，东莞会馆显得寒酸和小气，所以，东莞会馆的迁址，就成了必然。

与香山会馆为邻的珠朝街东莞会馆已经在北京的土地上彻底消失，伦志清先生多次走访用皮尺和线条绘制的图纸，无法还原晚清的旧景，老一辈东莞文人内心的落寞空虚永远不能用现代的钢筋水泥填补。

北京所有的会馆，都无法突破清廷旗民分制的防线而止步于宣武门外，宣武区（今西城区），收留了来自全国各省的大小会馆，逐步形成了由椿树、陶然亭和大栅栏组成的宣南会馆区。东莞会馆从珠朝街迁到烂缦胡同，只有布鞋脚步可以丈量出的距离，宣武区（今西城区），依然是“东莞”这个名词的一个巨大容器。

后人在描述宣武区（今西城区）的广东会馆群时，用文字确定了广东省各会馆之间的距离：

广东省在北京的会馆不似山西、陕西、安徽、福建等省兼有商业以及其他行业，大多数是为科举士子们提供寓所。广东会馆接待的读书士子们还有自己的读书圈子，而聚会之所也自然在会馆的厅堂。在北京宣武区的广东会馆彼此相邻最远不过二公里，最近的在同一条胡同甚至门对门。所以，在旧时这些广东籍的举人们彼此谈论诗文，相互督促学业或郊游结社井然有序。所以，北京的广东会馆可谓是京师的岭南文化学堂。（张卫东《广东会馆给北京带来岭南文化》）

北京烂缦胡同的东莞会馆，是东莞明伦堂出资九百二十五两银购置的产业。清朝光绪元年（1875 年）邓蓉镜经手办理购置手续的时候，不远处的菜市口米市胡同的南海会馆，还是一片寂静。

二十年后，康有为来到了南海会馆。光绪二十一年（1895 年）的 4 月 22 日，康有为在灯下奋笔疾书。一万四千多字的《上今上皇帝书》，成为一个时代最有分量的文字，也让南海会馆，成为最有影响的建筑。

康有为和东莞会馆里的那些东莞举人，都没有想到，中国历史，会有“公车上书”这个动词，将他们的爱国主义行为，深深地刻在历史的石头上，让后世的人，在中学的课本上，听到中国近代史上变法图强的声音。

1895 年 5 月 2 日，康有为梁启超和来自十八个省的一千三百多名举人，走出会馆，聚集在宣武门外达智桥松筠庵杨椒山祠，在宣纸上庄重地签下自己的名字，然后前往都察院上书。

广东会馆里的那些故事，如今已经淡薄了，81 名广东举人参加了公车上书，至于那些从烂缦胡同东莞会馆走出来的东莞举人，他们的名字也未能留在石头上。

城市化建设，是一些古旧建筑的噩耗。

烂缦胡同的东莞会馆，如今已成了老人心中的记忆，它的格局，只存在于怀旧者的笔下：

> 有青砖瓦房四十九间，占地二点零七三亩，系明代建筑，东莞会馆大门是金柱式大门，上世纪五十年代，门上仍悬挂“东莞会馆”黑字匾额，由于历史久远匾额已呈黄白色，门两侧有一对鼓形石门墩，门墩顶部刻有小狮子。进入大门，直对靠南房山墙砌的精致影壁，往右一转原有月亮门，右边四间东厢房，入月亮门南侧有五间房，房前一条较宽阔的自东向西的甬道，北侧一道通体墙分成了坐北朝南四个独立的四合院。（伦志清《北京东莞会馆考略》）

在不同年代的三处东莞会馆中，烂缦胡同的建筑，是最有故事性的砖瓦。

烂缦胡同 49 号，最早是东莞人张家玉的住宅。这个被后世称为“岭南三忠”之一的明崇祯十六年进士，时任授编兼给事中，后因明朝覆亡回到广东事忠南明，以死抗清。后人在介绍烂缦胡同东莞会馆时，有一句语焉不详的陈述：“一日乡人偶然从旧文残片中觅得张家玉曾居烂缦胡同时所写的诗句，故在清光绪初年（1875

年）以九百二十五两白银由东莞县明伦堂购置并开设此馆。”由于史无记载，后人无法得知交易此宅的另外一方。张家玉是在李自成的五凤楼被悬吊拷打七日之后，冒死逃出京城南归的，这个发生于明崇祯十七年清顺治元年（1644年）的生死情节，表明了张家玉的家产，已经在战争中成了他人的财富。

后人的语焉不详，形成了历史复原的障碍。我分析，最有可能接近真实的当是《谒大司马袁自如先生遗祠》和《谒大司马袁自如先生遗祠怆然有感》两首：

司马遗忠尚有祠，重来客泪洒荒碑。
长城借得先生在，肯致中原苦乱离。

吊罢遗祠泪几挥，辽阳回首事成非。
空留冷庙沧江上，不见胡边铁骑归。
星落尚疑阴雨暗，风高犹想阵云飞。
只今羽檄纷驰急，那得先生再解围。

在后人的考证中，烂缦胡同的东莞会馆，曾经悬有近代名人叶恭绰所书“明代先烈张家玉故居”的横额，还有康有为题写的“莞园”题额。叶恭绰的题跋，至今还让东莞人记住：莞园为明末张文烈公家玉故居，公在粤起义抗清，名重历史，乡人与有荣焉！

每过斯园，辄想慕风徽，肃然起敬。

三

北京的会馆，一律以人的形貌和口音方言作个性鲜明的招牌。在历史和建筑的比拼中，东莞会馆，难以进入争冠的行列。但是，当一个会馆同《四库全书》联系起来之后，这幢建筑便有了鹤立鸡群的意味。“续书楼”，是一块比东莞会馆，甚至比北京的所有会馆分量更重的招牌，这块牌子，属于一个名叫伦明的读书人。

伦明那个年代，乾隆皇帝用举国之力花费十年时间编纂而成的《四库全书》，以一座皇家图书馆的形式安置在紫禁城的文渊阁和圆明园的文源阁。这是离伦明最近的两座书籍大山，伦明在以一个版本目录学家的仰望中，发现了文化高峰的缺失，他用七阁抄本急于完书，以致缮校不精，讹错百出；参加编修的大臣不识版本，往往以劣本充数，随意删节和篡改书中的内容；忌讳太多，遗书未出，进退失当三大理由，向学界宣誓续修《四库全书》的伟大抱负。

经、史、子、集四部，79309 卷，36300 册巨大体量的《四库全书》，是一座文化的珠穆朗玛峰，是一个人穷尽毕生时间都无法卒读的巨大书库。当别人在《四库全书》面前望洋兴叹的时候，伦明却想着登上山顶，用文字补天。

伦明与烂缦胡同东莞会馆的缘分，始于光绪二十八年（1902

年)，二十五岁的青年伦明，以京师大学堂学生的身份，第一次入住东莞会馆。毕业之后，伦明以知县的头衔发往广西，以及任教两广方言学堂等，宣统二年（1910 年）时，进京城购书，民国四年（1915 年）全家迁居北京，烂缦胡同，从此就成为“续书楼”的奠基之地。

续书楼，最早是伦明书房的名字，即使以后赋予了它续书四库的抱负，东莞会馆最里院的那排房子，也总是以沉静寡言的面目呈现在粤语方言中。拒绝粤语的北京人，没有发现一座私人图书馆的真实面目，更没有人看到一个读书人的伟大梦想。

藏书，是续书四库的起点。伦明辞去北京大学教授，开办通学斋书肆，变卖家产，访书搜书，烂缦胡同的东莞会馆，是直接的见证者。

房屋，是人类的居所，是人类社交的场所。当房屋超越这些基本功能和属性之后，就会升华为天堂。从这个意义来说，北京烂缦胡同的东莞会馆和北京上斜街的东莞新馆，不仅是避风挡雨的民居，更是如同文渊阁文源阁一样的宫殿和宝库。“续书楼”，借助了这些平凡普通的建筑，让一个续书四库梦想的读书人，有了立足的土地，有了展翅的空间。

一百多年之后，我依然能够想象，在烂缦胡同和上斜街两处东莞会馆里，面对那些珍贵的宋版古椠，背着手静心沉思慢慢走过的伦明，就是文渊阁和文源阁里的乾隆皇帝。

书籍拥城，是东莞会馆和东莞新馆最辉煌的气象。后人用简朴的文字，描述了那幅已经消失了的场景：

当年，伦明在东莞新馆的家中装满藏书，由于书多且堆至屋檐下。这只是私人藏书的小部分，另有400多箱藏书放在烂缦胡同的东莞会馆，总计数百万册书，当年雇有李书梦先生专门负责看书，晒书。

在广州，伦明的藏书分别存储在小东门寓所和南伦书院。

后人用“嗜书成癖，鉴裁甚精，收藏至富，可称汗牛充栋，蔚为大观”等词描述伦明与他的藏书。但是，伦明毕竟只是一介书生，财力薄弱，两处东莞会馆，远远不能同帝王的文渊阁相比，所以，“或力有不足，或囿于技术，其藏书疏于整理，保存不善，虫蛀、水浸、人窃，散失颇多。即使如此，孙殿起回忆伦明在两处东莞会馆的藏书时仍称：拥书数百万卷，分贮箱橱凡四百数十只，书房非有十楹屋宇，不得排列”。

朱希祖和伦明，都是并列在《近代藏书三十家》中的重要人物，1929年，朱希祖感叹伦明藏书清代集部最富，认为“北平藏书家无出其右者”。历史学家顾颉刚来到东莞会馆，赞叹伦明说：“伦哲如先生性好搜罗秘籍，任辅仁大学教授，课外足迹全在书肆，数十年中所得孤本不少，其居在宣外东莞会馆，刚于抗日战争前曾往参观，室中不设书架，惟铺木板于地，置书其上，高过于人，骈接十数间，不便细索也。”

伦明续书《四库全书》梦断于日军侵华，但是，一个读书人，却用自己毕生收藏的古籍，让东莞会馆金碧辉煌。

四

每一座城市，都有自己的英雄。即使远离家乡，英魂也会在后人身上附体。

东莞的英雄，以一幅画像的形式挂在东莞会馆的正墙上。冤屈而死的抗清英雄袁崇焕督师，身穿红袍，眉目俊朗，端坐于虎皮椅上，这和我在他的东莞故乡袁崇焕纪念园里见到的仰天拔剑的将军形象相距遥远。文人与武将两种身份融于一人，袁崇焕身上交织了儒雅和勇猛的不同气质，他让人们长久以来的对广东人的偏见不攻而破。

对于新旧三座东莞会馆来说，袁崇焕的画像，就是镇宅之宝，就是东莞人的精神偶像。会馆里“粤峤显辰钟旧里；蓟门风雨引灵旗”的对联，正是这种关系的最好说明。

在一个没有发明摄影技术的时代，画像，就是人物形貌的最好留存。站立在工笔和五彩之上的袁崇焕，须髯垂胸，神情自然庄重，栩栩如生。从清朝乾隆四十九年（1784 年）皇帝下诏为袁崇焕平反，后人从《清高宗实录》见到“袁崇焕督师蓟辽，虽与我朝为难，但尚能忠于所事，彼时主暗政昏，不能罄其忱悃，以致身罹重辟，深为可悯”的文字中，看到了一个忠臣身受磔刑，遭人食肉寝皮的今古奇冤。袁崇焕从来都以反面人物的口碑出现，只有这张出自宫廷画师的工笔肖像，才是东莞英雄的真实面孔。

由于画像已于1857年移交广东会馆保存，并以文物的身份不再面世，我只能在印刷品上，看到陈伯陶题写的“袁元素先生真像”和黄节、梁锦汉、关祖章、陈丙光等名人的题跋。

广东新会人梁锦汉，是袁崇焕画像的发现者和传承人。

1924年，已经退位的逊帝爱新觉罗·溥仪被冯玉祥逐出紫禁城，故宫一时乱象丛生，许多书画精品、古籍善本和奇珍异宝流出宫中。时任京师第二监狱典狱长的梁锦汉，在文物市场上发现了这幅画像，在绘画书法上学有专攻的梁锦汉，慧眼识珠，当即买下了这幅被后人称为“民间国宝”的袁督师像。

1934年春天的惊喜，被梁锦汉记录于画像之上，后人也在诗中看到了一个司法界著名学者对南粤先贤的敬仰：

筹边惜未竟全功，遗像清高画亦工。
儒将风流今若在，不教依样共辽东。

梁锦汉的鉴赏眼光，与后来故宫的文物专家考证相符，证实为清宫所藏历代名臣画像之一。

梁锦汉的题诗之后，我还看到了岭南近代四大家之一的黄节教授的题跋以及收藏家关祖章的题跋，画像上的文字，最后止步于东莞人陈丙光的七绝：遗像珠运还偶然，近于大树远凌烟。英灵如在金瓯缺，待变台膨钓岛天。

所有的题跋和诗，都记录了东莞英雄的伟业，描述了一张画像走过的坎坷岁月。

袁崇焕那个时代，还没有以会馆的名义出现在北京的建筑。袁崇焕冤死之后，被愚民饮血食肉，只剩尸骨和头颅，即使一个佘姓义士冒着满门抄斩的风险，偷偷盗走袁崇焕的首级，连夜请悯忠寺里的法师超度，然后偷偷葬于广渠门附近，并尽心为之守墓，但是，从死后还家的传统来说，袁督师依然是一个游于异乡的孤魂。

烂缦胡同的东莞会馆，康有为的弟子、民国司法部监狱司第一科长张伯桢是同伦明一墙之隔的邻居。伦明的藏书，在张伯桢父子眼中，就是芝麻开门咒语之后展示的宝藏。张次溪编辑的《清代燕都梨园史科》，借助了伦明丰富的藏书。伦明非常看重张次溪的著作，不仅为《清代燕都梨园史科》写了序跋，而且亲自联系邃雅斋为其出版和校对。

张伯桢和儿子张次溪，是袁崇焕英魂回归会馆的功臣。

1915 年，张伯桢以自己清史馆名誉协修的身份，将自己撰写的《袁督师配祀关岳议》分别寄给各省的将军、巡按使及京师各部院。

张伯桢认为，袁崇焕的忠勇行为和高尚气节可以与关云长和岳飞相提并论，应该设立专门的庙堂祭祀。张伯桢顺应历史潮流的提议，首先得到了黎元洪的赞同，各省将军、巡按使和北京部院也纷纷响应，并以联名上书的方式呈请政府，请求建立祠庙，祭祀袁崇焕。

民国初年的北京烂缦胡同东莞会馆，在张伯桢的努力下，正在成为为冤屈而死的袁崇焕昭雪的一座灵堂。呼吁袁崇焕配祀关岳的另年，张伯桢依据道光年间的《岭南遗书》，重新刊行了《袁督师遗集》。同时，他又捐资在北京左安门内的广东新义园内建造袁督师庙，不遗余力的张伯桢，又用捐资的方式，重修了广渠门内广东旧义园内的袁督师墓。

几年之后，张伯桢选址左安门内建造自己的私家园林。张伯桢之所以选择左安门，是因为袁崇焕曾在此处屯兵，守卫京师。张伯桢还在园里建了一处袁崇焕故居，袁督师的塑像，让一个冤屈而死的亡灵栩栩如生。康有为、齐白石、陈三立、章士钊、叶恭绰等名人，在张园里，看见了金戈铁马的袁崇焕复活的身影。

十几年前，我去东莞南城的度香亭采风，意外地发现了隐藏在篁溪深处的张伯桢故居。张伯桢离开之后，他的出生地，就成了一处供人游览休息的公园，没有人看出，度香亭的那头，连着遥远的东莞会馆和张园。

五

被梁启超称为“天才”的历史学家张荫麟，在烂缦胡同的东莞会馆认识了伦明、容庚、容肇祖，并收获了复杂曲折的爱情。

张荫麟考上清华大学的时候，家道中落，校园里的张荫麟经常用干硬的烧饼和开水度日。写文章换来的稿费，已经不能负担父母去世之后弟弟妹妹的生活费和上学需要。这个时候，烂缦胡同东莞会馆里的伦明正为在北京第一女子中学读书的女儿伦慧珠物色一名家庭教师，伦明看中了张荫麟这个极具才华的东莞同乡，机缘巧合，张荫麟走进了东莞会馆，成为伦慧珠的家庭教师。

张荫麟的爱情不知不觉萌生在东莞会馆的伦家，但是，亲切的粤语乡音，并不能让张荫麟的爱情早熟，这时，另外一个东莞人，曾经的东莞会馆常客，因为在燕京大学担任教授之后入住了校园的容庚教授，用东莞方言，规劝痛苦中的张荫麟振作。

在遥远的北京，会馆，就是东莞人的家。伦明、张荫麟、容庚、容肇祖、罗瑶、伦慧珠，这些东莞人的故事，都是用粤语方言讲述的精彩情节。

在容庚的鼓励下，张荫麟放下了爱情，考入了公费的美国斯坦福大学。他和伦慧珠的爱情，几年之后，才慢慢开花，结果。

太平洋战争之后，日本侵略军占领了燕京校园，容庚又回到了会馆。容庚教授以一个失业者的身份回到上斜街 54 号的时候，东莞会馆用家一般的温暖，接纳了这个沮丧中的金石学家。

容庚和他的胞弟容肇祖，1922 年就到了北京，在北京大学求学期间，“常与同乡施少川、陈宗圻、钟苏等人往中天或真光影院看电影，到天桥听戏，夜则宿于东莞会馆”，宣武门外的大街小巷，熟悉得如同自己手上的掌纹。容庚虽然没有亲眼看见外祖父邓蓉镜经手购置烂缦胡同 127 号房屋的情景，但东莞会馆这个名词早已深深地扎根于他的心里。上斜街、烂缦胡同乃至最早的珠朝街，都被他的布鞋走得烂熟。

燕京大学在侵略军的刺刀下解散之后的日子，成了容庚人生中最难熬最灰暗的岁月，由于儿女尚小和书籍彝器等文物拖累等原因，容庚没有转移到后方，东莞会馆，就成了他的燕京校园。

对于这段会馆里的岁月，容庚日后有一段自述：“比京沦陷于日寇，穷极无聊，乃以书画遣日，力所不能得者，则临摹之如小儿仿本，略得形似而已。自 1939 年起，至 1945 年止，7 年间，得画 100 卷轴。”（《容庚传》，易新农、夏和顺著，花城出版社 2010 年版）

为了生计，容庚后来进入了日军刺刀下的伪北京大学任教，但是，燕京大学讲台前的岁月，却再也没有回来过。

东莞人，不仅在北京的会馆里相见，他们更会在精神的深处相通。

被人誉为现代学人大资料库的琉璃厂，与上斜街的东莞会馆近在咫尺。东莞人踩在琉璃厂街道上的脚印，无人超得过伦明和容庚。为了续书四库，伦明辞去了北京大学教席，在琉璃厂开设了通学斋书肆，容庚则为了收藏，频繁在字画店里出入。

在琉璃厂的字画店里，容庚最愿意见到的是东莞人张穆。

张穆是和张家玉在南明的残阳里拼死抗清的豪杰。张家玉同清朝浴血的生死战中，许多地方都写着张穆的名字。张家玉在广州增城身中九箭，投水而死，张穆作挽诗一首：曾从百战出重围，只手空思挽落晖。莫道孤忠有遗恨，睢阳如值信同归。遂回到老家东莞茶山隐居。

战场之外的张穆，却是一个丹青高手。《广东历史人物辞典》称他“擅长画山水兰竹，画马尤其有名”。容庚在《张穆传》中，评论张穆画马说：“穆善画马兽，兰竹山水皆工。尝畜名马：曰铜龙、曰鸡冠赤，与之久习，得其饮食喜怒之精神与夫筋骨所在，故每下笔如生。”又说：“穆之性情抱负及出处，颇类李白。虽声名不如白之大，然同以布衣名世传后，有足称者。……诗如其人，雅健不凡，似杜甫，似高、岑，亦时有奇气类李白，于岭南三家而外，允推独树一帜。”

在北京琉璃厂，张穆以一张国画的面孔，出现在容庚面前。容庚囊中羞涩的时候，就会在张穆的马前，久久凝视。书店里的伙计，想象不到一个文人胸中的波澜，看不到一个书生内心的风云。

二十多年之后，容庚已经彻底告别了上斜街的东莞会馆，回到了千里之外的广州，张穆和他的马，也从北京来到了南方。凡是来过容宅的客人，都会在最醒目的位置，看到张穆的马。

容庚离开北京的时候，日寇已经投降，抗日战争胜利的欢呼之后，知识分子随着国内战争的爆发开始了一轮新的洗牌。由于走得匆忙，一些书籍、篆刻材料和印章等来不及运走。会馆董事长伦绳叔便细心地帮他收拾装箱，这个在东莞会馆出生和长大的热心人，坚定地相信，经过战争幸存下来的东西，一定会回到它的主人身边。伦绳叔是伦明的儿子，他在做这件事的时候，容庚已在千里之外，但是，一个在会馆中熏陶过的人，有理由相信，他匆忙中遗落的那些物品，一定会以“东莞”的名义得到保护。

容庚的相信，最后被事实验证。1951 年，容庚的家人来京，分两次将这批物品运往广东。

六

相对于珠朝街那处已经消失了的东莞会馆来说，烂缦胡同和上斜街两处东莞会馆，则是同时并存和充满活力的年轻建筑。东莞新馆，不以后来居上的姿势取代它的前任，它只是作了烂缦胡同不足的补充，那是“东莞”两个汉字的锦上添花。

我在伦志清先生的考证中找到了上斜街东莞新馆出生的理由：上斜街东莞会馆之所以称为新馆，是因为最早有南横街珠巢街老东莞会馆，清光绪元年又购得烂缦胡同的东莞会馆，清朝末年会馆人已住满难有空房，才购建“东莞新馆”。

东莞新馆占地面积五点七四五亩，有房九十间，八个院落，住家四十余户。这幅民国初年的风景，被“北京市西城区文物保护登记单位”的金属铭牌固定，但是，记录了一幢建筑历史沿革和时代沧桑的《东莞新馆题记碑》却不知所踪。一幢建筑的真实面目，常常暗藏在雾霾深处，即使坚硬的石头，也不能例外。一家三代均在东莞会馆度过的伦志清，还清晰地记得七岁时的情景：

> 在东莞会馆门前玩耍仍能看见骆驼队运货抄近道从上斜街故道进城。会馆门前是一个较敞阔的高平台，两侧八字形影壁，下有台阶，两边各有一棵老槐树。大门朱红斑驳而厚重，由于是木轴门，推拉很费劲，门槛高有一尺，门两侧有鼓形石门墩，门墩上雕刻着小狮子，大门占据一间房的位置，俗称“金柱大门”，略显官宦门第气派，门的上面悬挂着白底黑色楷书“东莞新馆”四字牌匾，很显庄严。

九十年代初期，我曾在北京有过一年时间的滞留。我许多次来到琉璃厂，一个人独自走过上斜街、烂缦胡同和珠朝街。那个时候，我离成为一个户籍意义上的广东人，还隔着几个年头的距离，所以，作为一个外省人，我对东莞会馆和东莞新馆，不可能产生乡情。我走过那些古旧厚重的建筑时，不仅没有看到袁崇焕、张家玉、伦明、容庚这些有故事的人物，即使面对上斜街东莞新馆墙上那个残留的伤疤，也没有探究的兴趣。我在文献上看到的诞生于1917年的东莞新馆题记碑，只是一片灰色的漶漫，我高度近视的眼睛，不可能穿透石头，看到粤语讲述的故事。

伦志清用了许多年时间，大海捞针，终于在五塔寺的北京石刻博物馆东墙上，找到了那块失踪的石碑，寻回了一幢建筑的真相。东莞文人张伯桢撰写的文字，中国科举的最后一个榜眼广东清远人朱汝珍的书刻，让久远了的时光水落石出：

> 东莞新馆，世传为年大将军羹尧之故宅。前临上斜街与番禺新馆接壤，后通金井胡同与四川会馆毗连。闻诸父老年大将军故后，展转归诸蜀人，自某君返蜀后，东洋人赁之居，即曩日东文学堂之旧校地也。庚戌秋，陈提学伯陶履都，与同人议，谋添设邑新馆，藉陈孝廉锡恭介绍，与杨东皋订约，以五千数百金得之。……吾邑人素以文章节烈著于世，代出伟人多与历史朝代有关系，诚为吾邑之光，甚愿吾辈尚论古人，以乡先哲为法，使吾邑声誉传播于大地，则不徒旅京莞人之幸，抑亦后起者之幸也。

年羹尧这个名字，对于一座建筑，未必是一个可以带来荣耀的名词。没有先知能够预测世事的沉浮，也没有人在辉煌的时候看到一幢建筑的衰落。作为清朝雍正年代的川陕总督、抚远大将军和太保、一等公，由于自恃功高，骄横跋扈，结党营私和贪赃受贿，被朝廷革职赐死。一个权臣从荣到衰，从生到死的两极处境，雍正皇帝用御笔批阅为后世留存了一份不寒而栗的皇宫档案："朕实不知如何疼你，方有颜对天地神明也。""朕永远料理事之大臣也。""尔亦系读书之人，历观史书所载，曾有悖逆不法如尔之甚者乎。"年羹尧生前，在京城有两套住宅，城内一套较小，上斜街这一套的面积，和一个显宦的权势相符。只不过，权势太过炙手，未必尽皆好事，京城里的悲剧，历朝历代，都在上演，反而是袁崇焕、张家玉那些为国尽忠之人，生前悲壮，死后不朽。

《东莞新馆题记碑》中提到的番禺会馆，也曾是年羹尧私宅的一部分。一个人在权力和生命岌岌可危的时候，宅院的肢解，当是正常的逻辑。资料证实，年羹尧宅院转卖割裂出去的地方，后来成了诗人龚自珍的西花园。三年之后，龚自珍又以二千二百两白银卖给广东番禺人潘仕成，成就了之后的番禺会馆。世事如棋，财聚蚕食，龚自珍在卖房帖中的一句注明，让私人的预告变成了社会的现实："此房子前后院原系零星凑买，经越象庵、潘云阁、魏伯鸿诸先生陆续起盖，方有房子如许之多……"

七

北京所有的会馆，都是砖瓦木料组合的建筑，这些为人类服务的房屋，从建造开始，就注入了强大的长寿基因。从长寿的意义来说，人类远远不是建筑的对手，在时光的较量中，俯首称臣的，永远是血肉组成的人类。

一百年过去，后人已经淡忘了许多的人事，幸好有文字，它可以让一些情节回光返照，在世上留下最后的回响。

旅京的东莞学生和教员，曾经在北京成立过“北京东莞学会”和“留京东莞学会”，这两个组织，分别于 1918 年和 1922 年在东莞新馆建立，两个学会，都将他们会址，设在粤语和乡情的暖巢中。伦明先生，以北京大学教授的身份，被大家推举为北京东莞学会会长。民国初年的文字，让我看到了那些远离家乡的东莞学生和教师，在东莞新馆宽敞的大厅里活跃的场景。两个学会的东莞青年，在东莞会馆里发现了一处隐秘的建筑，当平日封闭的大门打开之后，大家看到了袁崇焕、张家玉两位先贤，他们的英魂，让所有人肃然起敬。这处康有为题额“息影庐”，宋伯鲁题词“希古堂”的神圣之地，呈中堂和东西侧房的对称结构，青砖铺地，庄严肃穆。两个学会的东莞青年，在供奉先贤的息影庐里，看见了康有为、梁启超、齐白石、陈三立、辛士钊、叶恭绰、李可染、马寅初、陈垣等名人敬奉的香火。

珍贵的《北京东莞会馆会员录》，百年之后，珍藏在国家图书馆古籍部。我在那份毛笔手抄的名单上，看到了伦明、陈达材、翟俊千、欧宗佑、陈国矩、袁振英等94个人的名字和他们入读的大学以及年龄、籍贯。

这份名录上的东莞人，大多无愧于“功成名就”这个成语。翟俊千，是五四运动的学生领袖之一，后来留学法国，获法学博士学位，担任过暨南大学第一任副校长和汕头市市长。陈达材，毕业后回广东，出任黄埔军校秘书处秘书长和东莞县长。欧宗佑也是五四运动的学生骨干，有法学著述传世。陈国矩，是梁启超在北京创立的松坡纪念图书馆的主持，后任汕头市市长。袁振英，更是中共党史上一个绕不过去的人物，陈独秀创建中国共产党，离不开这个学生和助手的有效帮助。

伦志清先生，在国家图书馆找到了祖父伦明捐赠的大批珍贵图书，百感交集。祖父的余温，仍然残留在繁体竖排的线装书上。当他用每页72元的价格复印祖父的心血时，他听到了伦明先生的一声叹息。

入读北京大学、法政大学、朝阳大学、清华学校、农业大学、民国大学、培华女子高校、北京医学校、陆军医学院、陆军部宪兵校、新华商业校、军需学校的东莞学生，分开住入烂缦胡同49号东莞会馆和上斜街东莞会馆，另有少数几人住在草场头条广州会馆和骡马市大街的泰安栈。

古代的民居，尤其是家族祭祀的祠堂，不以高度作招展的旗帜，而是用精致和对称营造美感。而对联，则是对称最直观的形式，是用简洁凝练的汉字表现的最完美最深沉的内容。一幢没有对联的祠堂，就是一具没有灵魂的空壳。

东莞会馆内的对联，是一幢建筑最美的风景：

服官记二十年前，把酒论文，旧梦勿忘燕雪地；

聚首在七千里外，乘风破浪，壮怀应话虎门潮。

孤忠曾督蓟辽师，问前朝，柱石何人，赫赫大将军，足显山川聚灵秀；

伟烈犹思东莞伯，愿后辈，风霜炼骨，茫茫新世界，好凭时势造英雄。

禺山莞水，邻结两家，花间问斜街，到此应思前世事；

辽蓟增城，烈传千古，芳徽贻后代，可能还忆故乡人。

已费中人十家产；

此为广厦万间心。

兴祥溯东汉之年，文范炳千秋，仰征土风高，郡贤星聚；

启宇在南天而外，秀灵钟百粤，看石门返照，珠海回澜。

这些隐含了袁崇焕、张家玉、何真等先烈前贤事功的对联，出自陈伯陶、张其淦、张伯桢、尹庆举等东莞文人笔下，那些文字的壮烈和翰墨的芳香，至今仍然留在后人心里。

北京所有的会馆，均以地域作为建筑的姓氏，外姓之人，只能以客人的身份，欣赏门外的风景。东莞会馆，始终恪守着外乡人拒宿的规矩。

唯一的例外，发生在 1937 年的 8 月。“七七事变”，是让一座会馆改变性质的国难。日本侵略军进入北京古城的时候，东莞新馆的董事长伦明，正在回广东的火车上。伦明的儿子，正在高中读书的伦绳叔，立即召集会馆里的同学和邻居，分析事态发展和制定应对措施。

大家认为，会馆闲置的空房，一定会成为侵略军觊觎的目标。于是，东莞房产不许外人入住的规定，瞬间就被打破。所有人一齐行动起来，动员可靠的亲戚朋友搬入东莞会馆，几天之内，东莞新馆内的所有空房，都装满了人气。

几天之后，果然有汉奸找上门来，登记空房，说日本人要进驻，汉奸在上斜街 54 号碰到了墙壁，然而，附近的四川会馆却没有这样的幸运。九十多岁的四川会馆老住户齐先生，亲眼见证了日本兵进驻，抢占了西院的一排平房，“都改建成日式推拉门和一进门就上炕的榻榻米，脱鞋一律放到门外台阶上，封闭小院，日本兵荷枪实弹站岗，喝令会馆居民不许乱说乱动”。

四川会馆离东莞新馆近在咫尺，日本兵和汉奸都没有发现，那幢挂着东莞新馆牌子的建筑内，正在滋生抗日的力量。

伦绳叔的高中同学徐树仁，经常借东莞新馆的深宅大院掩护开会，伦绳叔听他们讲抗日的道理，后来才知道徐树仁是中共的地下党员，还是中国人民抗日先锋队中学区域的重要负责人。后来徐树仁的身份暴露，被开除了学籍，一家人逃离北京，回到了东莞。

金石学家、燕京大学教授容庚，就在此时回到了东莞会馆居住。日寇侵华，燕京大学关门了，容庚的学术也停滞了，幸好，东莞会馆可以容身，他可以在会馆这个相对安全平静的空间里，等待日寇灭亡，等待抗战胜利。

东莞会馆虽然没有枪炮硝烟，但在一个民族遭辱的年代，古老的建筑之内，也不可能平静。1939 年的一天夜里，伦绳叔刚刚睡下，突然听见敲击窗户的声音。他披衣起床，见是邻居好友陈宝楠，一个正在大学就读的学生，陈宝楠压低声音说：“明天要出远门，不便告诉家人，今后家里有事，请帮忙照顾一下。”陈宝楠说完，匆匆消失在黑暗中，他带走了所有的秘密，让伦绳叔猜测了四十一年。1980 年春天，退休在家的伦绳叔接待了一个不速之客，互报姓名之后，两人紧紧拥抱。伦绳叔做梦都没有想到，世道翻覆，生存死灭，他还能在生命的夕阳里，见到让他想念和猜测了几十年的青年好友。

陈宝楠离家之后，去了延安，在抗日和解放战争的枪林弹雨中，身经百战，战功卓著，中华人民共和国成立后，担任了某军分区政委。

已经改名陈秉德的陈宝楠，也没有想到，这是他们人生的最后一次相见。一年之后，伦绳叔病故，相见成了永别。

类似陈宝楠的故事还有很多，东莞会馆，全部看在眼里，记在心上，砖瓦的沉默，化作了纸上的文字。我在《东莞人在北京》一书中，看到了远去了的房客，看到了那些古老建筑矗立的高度。